启迪人生的智慧故事大全

宿春礼　主编

光明日报出版社

图书在版编目（CIP）数据

启迪人生的智慧故事大全 / 宿春礼主编 . –– 北京：光明日报出版社，2011.6

（2025.4 重印）

ISBN 978-7-5112-1130-9

Ⅰ . ①启… Ⅱ . ①宿… Ⅲ . ①故事—作品集—世界 Ⅳ . ① I14

中国国家版本馆 CIP 数据核字 (2011) 第 066428 号

启迪人生的智慧故事大全

QIDI RENSHENG DE ZHIHUI GUSHI DAQUAN

主　　编：宿春礼			
责任编辑：温　梦		责任校对：华　胜	
封面设计：玥婷设计		责任印制：曹　净	

出版发行：光明日报出版社

地　　址：北京市西城区永安路 106 号，100050

电　　话：010–63169890（咨询），010–63131930（邮购）

传　　真：010–63131930

网　　址：http://book.gmw.cn

E – mail：gmrbcbs@gmw.cn

法律顾问：北京市兰台律师事务所龚柳方律师

印　　刷：三河市嵩川印刷有限公司

装　　订：三河市嵩川印刷有限公司

本书如有破损、缺页、装订错误，请与本社联系调换，电话：010–63131930

开　　本：170mm×240mm

字　　数：200 千字　　　　　　　　　印　张：15

版　　次：2011 年 6 月第 1 版　　　　　印　次：2025 年 4 月第 4 次印刷

书　　号：ISBN 978-7-5112-1130-9-02

定　　价：49.80 元

前 言

　　几十年前，在一座大山里，一个18岁的年轻人决定离开家乡去开创自己的未来。少小离家，云山苍地，纵然心中壮志凌云，也难免有几分彷徨。起身前，他前去拜望本族的老族长，请求给予一些关于人生的指点或忠告。

　　老族长正在练字，见到来访的少年，写下3个大字"不要怕"，然后抬起头来，望着年轻人说："孩子，人生的秘诀只有6个字，今天先告诉你3个，供你半生享用。"

　　年轻人来到一个繁华的都市，他经历了很多挫折和失败，每当这时，他就反复告诉自己：不要怕！

　　经过几十年的努力，他已经人到中年，有了美满的家庭，而且还很富有，但是他并不快乐，他开始后悔曾经做过的一些事情。他想起了族长要告诉他的另外3个字，于是，他又回到了大山中的故乡。

　　此时老族长已经去世，临终前留给他一封信。他打开信封，里面赫然3个大字"不要悔"，他心中豁然开朗。

　　的确，前半生我们要有"不要怕"的胆识，努力去拼去闯，输了又何妨？后半生，我们要有"不要悔"的气魄，心灵承载不了太多的负荷，既然无法回头，适时放下一些，你才能走得更坦然。

　　人生许多时候都面临着选择，你的选择决定着你的未来。选择了平庸，你会是芸芸众生中毫不起眼的一员，辉煌，也许与你终身无缘；选择了卓越，你就选择了自己的风光，从此无论急流险滩，还是风平浪静，你的人生都将异彩纷呈。

在人类认识世界、勘探世界的旅程中，智慧，无疑是一种最为重要的力量。著名哲学家笛卡儿说："对于人来说，理性是人的主要特征，人类首先应该关心的是寻找真正的食粮——智慧。"人生中那簇最明亮的生命火焰是由智慧的火花点燃的，人生道路上那些散发出芳香的花朵，也是由智慧的种子生长出来的。

智慧是人对内在世界与外在世界的一种透视、一种反思、一种远瞻，是人类对世界的一种认知与改造的能力。

古罗马哲学家塞内加曾说："智慧是唯一的自由。"英国戏剧家莎士比亚写道："智慧就像天使降临，举起鞭子，把犯罪的亚当驱逐出了他的心房。"在微软总裁比尔·盖茨的头脑中，"我们每一项新产品的开发，都是运用智慧的结果"。

然而，智慧并不是与生俱来的，它是生活体验的一种理性沉淀，是人生经验的一种归纳总结。它与知识不同，知识可以言传身教，可以死记硬背，可以强行灌输，可以从书本上、课堂上、实验室中获得，智慧却只有靠静下心来从生活中去发现、去品读、去感悟。希望《启迪人生的智慧故事大全》能搭建一个智慧交流的平台，让读者在徜徉于智慧丛林之余，能开阔视野，启迪心智，开启智慧与成功之门。

在这本书里，古今中外的一个个故事就是一脉脉智慧的清泉，它们可以启迪你的智慧，滋养你的心灵，使你在生活中更加如鱼得水，更加潇洒自如。

这里有点石成金的奇思妙想，有奇峰不断的经商创意，有创建生活的思路方法，有品评爱情的促膝长谈，有曾在历史长河中激起朵朵浪花的重大发明发现……书中每个故事后都附有一条鞭辟入里、意味深长的精彩点评，它们从智慧的高度诠释了这些优美故事的现实意义所在，愿它们能起到以小见大、抛砖引玉的妙用。

最后，让我们聆听智慧流淌的歌声，于岁月长河中激荡起生命的涟漪，让我们搭乘智慧的飞船，去遨游梦想的蓝天，去创造人生的辉煌。

目 录

CONTENTS

第一章　人生无须被保证，让生命拥有一切可能………　1

目标引领人生……………………………………………… 1

听从梦想的召唤…………………………………………… 2

未来掌控在自己手中……………………………………… 3

给自己一个悬崖…………………………………………… 5

没有比脚更长的路………………………………………… 6

挣脱心灵的缰绳…………………………………………… 7

人生无须被保证…………………………………………… 8

找寻自我，做自己的圣人………………………………… 9

赎回自己的梦想…………………………………………… 11

定位改变人生……………………………………………… 13

成功之门是虚掩的………………………………………… 13

第二章　有钱人想的和你不一样………………………　15

毁掉名画的策略…………………………………………… 15

1 元钱的"繁殖"能力……………………………………… 17

"抠门"的施莱克尔………………………………………… 18

皮尔·卡丹的决策………………………………………… 19

借鸡生蛋成大业…………………………………………… 21

连横合纵成盟友…………………………………………… 22

好风凭借力………………………………………………… 24

妙手生花，让钱生钱 …………………………………………… 27

一次特殊的考核 …………………………………………………… 28

向前线挺进 ………………………………………………………… 30

第三章　空等运气不如把握机遇 …………………… **33**

机遇成就事业 ……………………………………………………… 33

任命谁为经理助理 ………………………………………………… 34

兄弟买卖珍珠 ……………………………………………………… 35

把握机遇，走向胜利 ……………………………………………… 36

永远错过的时机 …………………………………………………… 38

天下没有白吃的午餐 ……………………………………………… 39

机遇垂青于那些有准备的人 ……………………………………… 41

抓住万分之一的机会 ……………………………………………… 42

善于把握机遇的盖茨 ……………………………………………… 43

一次旅游带来的商机 ……………………………………………… 44

谁经得起考验 ……………………………………………………… 45

有需要就有市场 …………………………………………………… 48

夫妻老店 …………………………………………………………… 49

第四章　人脉是事业最大的存折 …………………… **50**

人脉铸就了他的辉煌 ……………………………………………… 50

合作才能生存 ……………………………………………………… 52

英才齐聚方可成大业 ……………………………………………… 53

伊丽莎白的交际方法 ……………………………………………… 54

提拔的标准 ………………………………………………………… 55

赞美是人际交往的润滑剂 ………………………………………… 56

倾听为你的交际魅力加分 ………………………………………… 57

坦诚赢得人脉 ……………………………………………………… 58

善于沟通的推销员 …………………………………………………… 60

第五章　习惯不是造就你，就是毁掉你 ……………… **61**

被遗忘的朋友 ………………………………………………… 61

刻苦让梦想变成现实 ………………………………………… 62

远离懒惰部落 ………………………………………………… 64

和时间赛跑 …………………………………………………… 65

顺应人体的生物规律 ………………………………………… 67

习惯之根 ……………………………………………………… 68

戒除不良习惯 ………………………………………………… 69

第六章　每天敲敲成功的门 …………………………… **71**

做最好的自己 ………………………………………………… 71

小兔子发挥优势成冠军 ……………………………………… 73

沙粒向珍珠的转变 …………………………………………… 73

告诉自己"我可以" ………………………………………… 74

时刻准备着 …………………………………………………… 76

勇争第一 ……………………………………………………… 78

自食其力的擦鞋童 …………………………………………… 79

影响一生的明信片 …………………………………………… 80

活到老，学到老 ……………………………………………… 81

铁匠磨剑 ……………………………………………………… 82

莱特兄弟的飞翔信念 ………………………………………… 83

让自己变得强大 ……………………………………………… 84

永远进取的施罗德 …………………………………………… 85

成本运算 ……………………………………………………… 86

心沉气定，自有所成 ………………………………………… 87

第七章　迈出一小步，人生前进一大步…………………… 89

踏实跨出你的每一步 ………………………………………… 89

行动创造奇迹 ………………………………………………… 90

海马的梦 ……………………………………………………… 91

马与驴子的区别 ……………………………………………… 93

买梦和卖梦 …………………………………………………… 94

从现在就开始行动 …………………………………………… 94

把握今天 ……………………………………………………… 96

雄鹰与山鸡 …………………………………………………… 97

国王的战争 …………………………………………………… 98

一生追逐的心愿 ……………………………………………… 99

无声的行动感动客人 ……………………………………… 100

一次做好一件事 …………………………………………… 101

每天进步一点点 …………………………………………… 102

多做一点，更容易成功 …………………………………… 103

成功就在下一个街口 ……………………………………… 105

每天投资 5 分钟 …………………………………………… 106

机会是创造出来的 ………………………………………… 107

早一步与晚一步的区别 …………………………………… 107

第八章　思路决定出路，想到才能做到…………………… 109

眼睛所到之处，是成功到达的地方………………………… 109

三个要求，三种人生 ……………………………………… 111

他山之石的妙用 …………………………………………… 112

会讲笑话的垃圾桶 ………………………………………… 113

放飞想象的翅膀 …………………………………………… 114

做一条反向游泳的鱼 ……………………………………… 115

挣脱你的"思维栅栏" …………………………………… 116

用智慧获取成功…………………………………… 117

鞋子的发明………………………………………… 119

从身边寻找灵感…………………………………… 120

不贴身的雨衣……………………………………… 121

最顶尖的雕像……………………………………… 122

福特的灵感………………………………………… 123

小男孩求租………………………………………… 124

高明的求职策略…………………………………… 125

推销高手…………………………………………… 126

敢有特别的想法…………………………………… 127

"灵机一动"的收获……………………………… 128

把防毒面具卖给驼鹿……………………………… 129

第九章　责任胜于能力，态度决定高度……………… **131**

责任提升价值……………………………………… 131

主动负责，勇于承担……………………………… 132

秉持敬业的精神…………………………………… 133

放弃责任就等于放弃机会………………………… 134

责任让他成长……………………………………… 135

为自己的行为埋单………………………………… 137

王子选仆人………………………………………… 138

责任创造机遇……………………………………… 139

老木匠的礼物……………………………………… 140

不因事小而不为…………………………………… 141

责任与借口………………………………………… 142

第十章　感谢折磨你的人……………………………… **144**

成长需要折磨……………………………………………… 144

感谢折磨你的人就是在感恩命运 ···················· 145

反击别人不如充实自己 ···························· 146

向挫折说一声"我能行" ·························· 148

沙漠里也能找到星星 ······························ 149

抱怨生活之前先认清你自己 ······················ 151

学会必要的忍耐 ································· 152

第十一章　方法总比问题多，莫为失败找借口········· **154**

寻找最佳的方法 ································· 154

"金河"的传奇 ·························· 156

不为失败找借口 ································· 158

方法使"不能"成为"能" ······················ 160

将难题进行分解 ································· 162

问题引领成功 ··································· 164

善于发问 ······································· 165

多一种方案 ····································· 166

学会变通 ······································· 167

开启智慧之门 ··································· 169

第十二章　学会选择，懂得放弃················· **172**

善于选择最重要 ································· 172

脚踏实地是最好的选择 ·························· 174

学会放弃 ······································· 175

不同的环境，不同的人生 ························ 176

放弃是为了更好的选择 ·························· 177

不为打翻的牛奶哭泣 ···························· 178

卸下生命的负担 ································· 179

迎接新的生活 ··································· 181

敢于放下身架 ……………………………………………… 182

第十三章　缺乏勇气的人永远不会成功 …………… **184**

积极迈出第一步 …………………………………………… 184

勇于突破才能成功 ………………………………………… 186

一次不同寻常的面试 ……………………………………… 186

迎着风雨才能成功 ………………………………………… 188

生机只在一念间 …………………………………………… 188

成功的捷径是敢于冒险 …………………………………… 189

敢作敢为的哥伦布 ………………………………………… 190

敢干但不蛮干 ……………………………………………… 192

敢于冒险的富兰克林 ……………………………………… 194

尝试"不可能"的事 ……………………………………… 195

10 美元购买豪华别墅 ……………………………………… 196

第十四章　可以平凡，但不能平庸 ………………… **198**

追求卓越才能成为核心人物 ……………………………… 198

邮差弗雷德 ………………………………………………… 199

三个建筑工人 ……………………………………………… 201

在平凡中追求卓越 ………………………………………… 201

耕耘播种希望 ……………………………………………… 202

在平凡的岗位上做到最好 ………………………………… 204

艺贵在精，而不在多 ……………………………………… 205

第十五章　细节决定成败，小事成就大事 ………… **206**

被马掌钉打败的国家 ……………………………………… 206

小数点 ……………………………………………………… 208

天下第一关 ………………………………………………… 209

"磨"出来的科学院士·····················210

聚少成多的力量·····················211

20 分钟的代价 ·····················212

爱思考的加藤·····················213

第十六章　成长比成功更重要·················· **215**

诗人与钟表匠·····················215

女郎的拒绝·····················216

棋品和人品·····················217

真实的高度·····················218

一次特别的复试·····················219

钓鱼的诀窍·····················221

技术顾问·····················222

救人终救己的丘吉尔·····················223

一杯鲜奶给予的力量·····················224

严格要求自己·····················225

理解的力量·····················227

第一章

人生无须被保证，
让生命拥有一切可能

　　手中有"生命线"、"事业线"、"爱情线"，不管别人怎么说，不管"算命先生"如何算，握紧拳头，命运全攥在自己手心。

　　自己的人生不需要别人的保证，无论你处于何种境地，无论自己拥有怎样的过去，只要坚持自己心中的梦想，人生便永远在自己的掌握之中。没有比脚更长的路，没有比人更高的山，推开人生虚掩的门，山高人为峰，只要一小步，就有新高度。

❁ 目标引领人生 ❁

　　目标可以改造一个人的思想，引导他的行为。如果你期望自己成为什么样子，那么在你的意识中就会产生对自己的期望，就会在日常行为中自觉不自觉地按照自己的期望去指导自己的行为，使自己努力地朝这个方向发展。下面的故事说明了这个道理。

　　一位白人老师来到一所贫民区的小学给孩子们上课，他在这里看到的是打架、斗殴，以及因为贫穷带给人们的冷漠和自私。

　　他替这些活泼可爱的孩子可惜，实在不忍心看着他们在这种环境中这样生活下去，他想出了一个绝妙的办法。他知道这里的人们非常迷信，于是就在课堂上给孩子们看起了手相，他用这个方法鼓励他们。刚开始，这些孩子们都不愿意接近这位白人老师，后来抵不住好奇心，都想知道以后的自己会变成什么样的人，因此孩子们也都乐意接受。

　　一个黑人小孩也按捺不住好奇心，将手伸向了白人老师。白人老师认真地把这只黑乎乎的小手看了又看，"研究"了好半天，然后才说道："你以后一定会是纽约州的州长。"

　　"这是真的？我会是一名州长？"黑人小孩有点不敢相信自己的耳朵，他疑惑地望着老师，从此却在心里暗暗给自己定下了做一个州长的目标。

　　从那以后，黑人小孩开始改掉自己身上的种种恶习，或许在他看来一个真正的州长就应该是这样的。无论遇到什么困难，他心中当州长的念头丝毫没有动摇，直到51岁那年，他真的当上了纽约州州长。

智慧
语珠

　　目标引领人生！没有目标的人生是可悲的，无所事事，自暴自弃，只会让时光白白流逝，最终将一事无成。只有确立起正确的人生目标，并为之努力奋斗，我们离成功才不会太遥远。

❋ 听从梦想的召唤 ❋

　　在美国西部的一个乡村，一位少年在15岁那年写下了他气势不凡的计划——《一生的志愿》："要到尼罗河、亚马孙河和刚果河探险，要登上珠穆朗玛峰、乞力马扎罗山和麦金利峰；驾驭大象、骆驼、鸵鸟和野马；探访马可·波罗和亚历山大一世走过的道路；主演一部《人猿泰山》那样的电影；驾驶飞行器起飞降落；读完莎士比亚、柏拉图和亚里士多德的著作；谱一部乐曲；写一本书；拥有一项发明专利；给非洲的孩子筹集100万美元捐款……"

他洋洋洒洒地一口气列举了127项宏伟志愿，不要说实现它们，就是看一看，就足够让人望而生畏了。许多人看过他设定的那些远大目标后，都一笑置之。

然而，少年的心却被他那庞大的《一生的志愿》鼓荡得风帆劲起。他的脑海里一次次浮现出自己漂流在尼罗河上的情景，梦中一次次闪现出他登上乞力马扎罗山顶峰的豪迈，甚至在回家的路上，他也会沉浸在与那些著名人物交流的遐想之中……他的全部心思都已被《一生的志愿》紧紧地牵引着，他从此踏上了将梦想转变为现实的漫漫征程。

他一路豪情壮志，一路风霜雪雨，硬是把一个个近乎空想的夙愿，变成了一个个活生生的现实，他也因此一次次地品味到了搏击与成功的喜悦。44年后，他终于实现了《一生的志愿》中的106个愿望。

他就是20世纪著名的探险家约翰·戈达德。

当有人惊讶地追问他，是凭借着怎样的力量，把那么多的艰辛都踩在了脚下，把那么多的绊脚石都变成了攀登的基石时，他微笑着回答："我总是让心灵先到达那个地方，随后，周身就有了一股神奇的力量。接下来，就只需随着心灵的召唤前进好了。"

智慧语珠

敢于梦想才能成就精彩的人生，因为梦想有一种巨大的魔力，能够不断召唤着你前进。因此，不管你的梦想看起来多么不可思议，只要你勇敢地听从梦想的召唤，并在心灵深处坚持不懈，你终将会到达成功的彼岸。

❈ 未来掌控在自己手中 ❈

在新泽西州市郊的一座小镇上，一个由26个孩子组成的班级被安排在教学楼最里面一间光线昏暗的教室里。他们中所有的人都曾有过不光彩的历史：有人吸过毒，有人进过管教所，有一个女孩子甚至在一年之内堕过3次胎。家长拿他们没办法，老师和学校也几乎放弃了他们。

就在这个时候，一个叫菲拉的女教师担任了这个班的辅导老师。新学期开始的第一天，菲拉没有像以前的老师那样，首先对这些孩子进行一顿训斥，给他们一个下马威，而是为大家出了一道题：有3个候选人，他们分别是——A．笃信巫医，有两个情妇，有多年的吸烟史，而且嗜酒如命；B．曾经两次被赶出办公室，每天要到中午才起床，每晚都要喝大约1升的白兰地，而且曾经有过吸食鸦片的记录；C．曾是国家的战斗英雄，一直保持素食习惯，热爱艺术，偶尔喝点酒，年轻时从未做过违法的事。

菲拉给孩子们的问题是："如果我告诉你们，在这3个人中，有一位会成为众人敬仰的伟人，你们认为会是谁？猜想一下，这3个人将来各自会有什么样的命运？"

对于第一个问题，毋庸置疑，孩子们都选择了C。对于第二个问题，大家的推论也几乎一致：A和B将来的命运肯定不妙，要么成为罪犯，要么就是需要社会照顾的废物。而C呢，一定是一个品德高尚的人，注定会成为社会精英。

然而，菲拉的答案却让他们大吃一惊。"孩子们，你们的结论也许符合一般的判断，但事实是，你们都错了。这3个人大家都很熟悉，他们是二战时期的3个著名的人物——A是富兰克林·罗斯福，他身残志坚，连任四届美国总统；B是温斯顿·丘吉尔，英国历史上最著名的首相；C的名字大家也很熟悉，他叫阿道夫·希特勒，一个夺去了几千万无辜生命的法西斯。"

学生们都呆呆地瞅着菲拉，他们简直不敢相信自己的耳朵。"孩子们，"菲拉接着说，"你们的人生才刚刚开始，以往的过错和耻辱只能代表过去，真正能代表一个人一生的，是他现在和将来的所作所为。每个人都不是完人，连伟人也有过错。从过去的阴影里走出来吧，从现在开始，努力做自己最想做的事情，你们都将成了不起的优秀人才……"

菲拉的这番话，改变了 26 个孩子一生的命运。如今这些孩子都已长大成人，他们中有的做了心理医生，有的做了法官，有的做了飞机驾驶员。值得一提的是，当年班里那个个子最矮也最爱捣乱的学生罗伯特·哈里森，后来成为华尔街上最年轻的基金经理人。

"原来我们都觉得自己已经无可救药，因为所有的人都这么认为。是菲拉老师第一次让我们觉醒：过去并不重要，我们还有可以把握的现在和将来。"孩子们长大后这样说。

智慧语珠

我们每个人都有一扇"改变之门"，除了自己，没有人能为你找到。只要你愿意敞开心扉，抛弃旧的观念，将良好准则转化为习惯，成功就会在你的掌握之中。从现在开始，重新探索自我，由里而外地全面造就一个崭新的自我！

✽ 给自己一个悬崖 ✽

有一个老人在山里打柴时，拾到一只样子很怪的鸟。那只怪鸟和刚满月的小鸡一样大小，也许因为它实在太小了，还不会飞，老人就把这只怪鸟带回家给小孙子玩。老人的孙子很调皮，他将怪鸟放在鸡窝里，充当母鸡的孩子，让母鸡养育。母鸡没有发现这个异类，全权负起一个母亲的责任。怪鸟一天天长大了，后来人们发现那只怪鸟竟是一只鹰，人们担心鹰再长大一些会吃鸡。为了保护鸡，人们一致要求：要么杀了那只鹰，要么将它放生，让它永远也别回来。因为和鹰相处的时间长了，有了感情，这一家人自然舍不得杀它，他们决定将鹰放生，让它回归大自然。然而他们用了许多办法都无法让鹰重返大自然。他们把鹰带到很远的地方放生，过不了几天那只鹰又回来了；他们驱赶它，不让它进家门；他们甚至将它打得遍体鳞伤……许多办法都试过了，均不奏效。最后他们终于明白：原来鹰是眷恋它从小长大的家园，舍不得温暖舒适的窝。

后来村里的一位老人说："把鹰交给我吧，我会让它重返蓝天，永远不再回来。"老人将鹰带到附近一个最陡峭的悬崖绝壁旁，然后将鹰狠狠地向悬崖下的深涧扔去。那只鹰开始也如石头般向下坠去，然而快要到涧底时它终于展开双翅托住了身体，开始缓缓滑翔，然后轻轻拍了拍翅膀，飞向蔚蓝的天空。它越飞越高，越飞越远，渐渐变成了一个小黑点，飞出了人们的视野，永远地飞走了，再也没有回来。

其实我们每个人又何尝不像那只鹰一样，总是对现有的东西不忍放弃，对舒适安稳的生活恋恋不舍。我们就像温室里的花朵，养尊处优，安逸舒适，却永难突破自己，一旦危机来临，我们便会因力量不足，而陷入困境。因此，一个人要想防患于未然，要想让自己的人生有所突破，就必须懂得在关键时刻把自己带到人生的悬崖。给自己一个悬崖，其实就是给自己一片蔚蓝的天空。

智慧
语珠

人要有突破自我的勇气，要相信你的潜能。只要你有勇气去争取，你就能够改变现状，实现梦想。

❋ 没有比脚更长的路 ❋

古老的阿拉比国坐落在大漠深处，多年的风尘肆虐，使城堡变得满目疮痍。国王对4个王子说，他打算将国都迁往美丽而富饶的卡伦。

卡伦离这里很远很远，要翻过许多崇山峻岭，要穿过草地、沼泽，还要涉过很多的大河，但究竟有多远，没有人知道。

于是，国王决定让4个儿子分头前往探路。

大王子乘车走了7天，翻过三座大山，来到一望无际的草地边，一问当地人，得知过了草地，还要过沼泽，还要过大河、雪山……便马上往回走。

二王子策马穿过一片沼泽后，被一条宽阔的大河挡了回去。

三王子渡过了那条大河，又被那一望无际的大漠吓退了。

一个月后，三个王子陆陆续续回到国王那里，将各自沿途所见报告给国王，并都再三强调，他们在路上问过很多人，都告诉他们去卡伦的路很远很远。又过了5天，小王子风尘仆仆地回来了，兴奋地告诉父亲到卡伦只需18天的路程。

国王满意地笑了："孩子，你说得很对，其实我早就去过卡伦了。"

几个王子不解地望着国王：那为什么还要派他们去探路？

国王一脸郑重道："我只想告诉你们4个，脚比路长。"

相信脚比路长时，你就会对生活充满希望，无论你在人生的旅途中遭遇多大的困难，都不会悲观沮丧，只会信心百倍地投入生活。

❊ 挣脱心灵的缰绳 ❊

一个小孩在看完马戏团精彩的表演后，随着父亲到帐篷外拿干草喂养表演完的动物。

小孩注意到一旁的大象群，问父亲："爸，大象那么有力气，为什么它们的脚上只系着一条小小的铁链，难道它们无法挣开一条铁链吗？"

父亲笑了笑，耐心为孩子解释："没错，大象是挣不开那条细细的铁链。在大象还小的时候，驯兽师就是用同样的铁链来系住小象，那时候的小象，力气还不够大，起初也想挣开铁链的束缚，可是试过几次之后，知道自己的力气不足以挣开铁链，也就放弃了挣脱的念头。等小象长成大象后，它就甘心受那条铁链的限制，而不再想逃脱了。"

在大象成长的过程中，人类聪明地利用一条铁链限制了它，虽然那样的铁链根本系不住有力的大象。在我们成长的环境中，是否也有许多肉眼看不见的铁链在系住我们？而我们也就自然将这些链条当成习惯，视为理所当然。于是，我们独特的创意被自己抹杀，认为自己无法成功。我们告诉自己，难以成为配偶心目中理想的另一半，无法成为孩子心目中理想的父母，不是父母心目中理想的孩子。然后，我们开始向环境低头，甚至开始认命、怨天尤人。

然而，这一切都是我们心中那条系住自我的铁链在作祟，这也就是我们所说的"自我设限"。

要挣脱自我设限，关键在自己。西方有句谚语说得好："上帝只拯救能够自救的人。"成功属于愿意成功的人。如果你不想去突破，挣脱固有想法对你的限制，那么，没有任何人可以帮助你。不论你过去怎样，只要你调整心态，明确目标，乐观积极地去行动，你就能够扭转劣势，更好地成长。

智慧语珠

人在生活中不知不觉就会被各种各样的锁链困住，正是这些锁链使我们丧失了当初的热情、干劲与梦想。所以，我们要悉心审视缠绕于身的锁链，让自己从中解放出来，去创造新的生活。

❋ 人生无须被保证 ❋

一位成功人士在回忆他的经历时说："小学六年级的时候，我考试得了第一名，老师送我一本世界地图。我好高兴，跑回家就开始看这本世界地图。很不幸，那天轮到我为家人烧洗澡水。于是，我就一边烧水，一边在灶边看地图。看到一张埃及地图，想到埃及很好，埃及有金字塔，有埃及艳后，有尼罗河，有法老王，还有很多神秘的东西，心想长大以后有机会我一定要去埃及。

"正当我看得入神的时候，突然有一个人从浴室冲出来，围一条浴巾，用很大的声音跟我说：'你在干什么？'我抬头一看，原来是爸爸，我说：'我在看地图！'爸爸很生气，说：'火都熄了，看什么地图！'我说：'我在看埃及的地图。'我父亲跑过来'啪、啪'给了我两个耳光，然后说：'赶快生火！看什么埃及地图。'打完后，还踢我屁股一脚，把我踢到火炉旁边去，用很严肃的表情跟我讲：'我给你保证！你这辈子都不可能到那么遥远的地方去！赶快生火！'

"我当时看着我爸爸，呆住了，心想：我爸爸怎么给我这么奇怪的保证？真的吗？这一生真的不可能去埃及吗？20年后，我第一次出国就去了埃及，我的朋友都问我：'到埃及干什么？'我说：'因为我的人生不要被保证。'于是，自己就跑到埃及旅行。

"有一天，我坐在金字塔前面的台阶上，寄了张明信片给我爸爸。我写道：'亲爱的爸爸，我在埃及的金字塔前面给你写信。记得小时候，你打我两个耳光，踢我一脚，保证我不能到这么远的地方来，现在我就坐在这里给你写信。'写的时候感触很深。我爸爸收到明信片时跟我妈妈说：'哦！这是哪一次打的，怎么那么有效？一脚踢到埃及去了。'"

智慧语珠

被别人保证，并且照着别人的保证去做的人，他的生命注定只能碌碌无为。只有对自己的生命充满激情和幻想的人，才会不断地超越自己，达到一个又一个高峰，人生也才会因此而绚丽多彩。

❋ 找寻自我，做自己的圣人 ❋

1947年，美孚石油公司董事长贝里奇到开普敦巡视工作，在卫生间里，看到一位黑人小伙子正跪在地上擦洗黑污的水渍，并且每擦一下，就虔诚地叩一下头。贝里奇对此感到很奇怪，问他为什么要这样做，黑人答道："我在感谢一位圣人。"

　　贝里奇好奇地问他："为什么要感谢那位圣人？"小伙子说："是他帮助我找到了这份工作，让我终于有了饭吃。"贝里奇笑了，说："我曾经也遇到一位圣人，他使我成了美孚石油公司的董事长，你想见他一下吗？"小伙子说："我是个孤儿，从小靠锡克教会养大，我一直都想报答养育过我的人。这位圣人如果能让我吃饱之后，还有余钱，我很愿意去拜访他。"

　　贝里奇说："你一定知道，南非有一座有名的山，叫大温特胡克山。据我所知，那上面住着一位圣人，他能给人指点迷津，凡是遇到他的人都会有很好的前途。20年前，我到南非时登上过那座山，正巧遇上他，并得到他的指点。如果你愿意去拜访他，我可以向你的经理说情，准你一个月的假。"

　　这位年轻的小伙子是个虔诚的锡克教徒，很相信神，他谢过贝里奇后就真的上路了。30天的时间里，他一路披荆斩棘，风餐露宿，终于登上了白雪皑皑的大温特胡克山。然而，他在山顶徘徊了一整天，除了自己，没有遇到任何人。

　　黑人小伙子很失望地回来了。他见到贝里奇后说的第一句话是："董事长先生，一路上我处处留意，但直至山顶，我发现，除我之外，根本没有什么圣人。"贝里奇说："你说得很对，除你之外，根本没有什么圣人。因为，你自己就是你自己的圣人。"

　　20年后，这位黑人小伙子成了美孚石油公司开普敦分公司的总经理，他的名字叫贾姆纳。在一次世界经济论坛峰会上，他以美孚石油公司代表的名义参加了大会。在面对众多记者的提问时，关于自己传奇的一生，他说了这么一句话："你发现自己的那一天，就是你遇到圣人的时候。"

　　因为看不见自己，就只会崇拜他人、崇拜偶像，而让自己消失在芸芸众生之中。心中没有"我"的人，就不会有信心，也不会有勇气，更不可能有人生的目标，只有自己才能成就自己，只有自己才能使人生变得美丽。

❈ 赎回自己的梦想 ❈

　　芝加哥市一位名叫赛尼·史密斯的中年男子，向当地法院递交了一份诉状，要求赎回自己去埃及旅行的权利。因为它涉及的内容非同寻常，立即引起了人们极大的关注。

　　事情发生在40年前，当时赛尼·史密斯只有6岁，在威灵顿小学读一年级。有一天，品德课老师玛丽·安小姐给学生们布置作业，让大家说出自己未来的梦想，全班24名同学都非常的积极和踊跃，尤其是赛尼，他一口气就说出两个：一个是拥有一头属于自己的小母牛，另一个是去埃及旅行。

　　当玛丽·安小姐问到一个名叫杰米的男孩时，不知怎么搞的他一下子没想出自己未来的梦想，因为他所想到的，别人都说了。为了让杰米也拥有一个自己的梦想，玛丽·安小姐建议杰米向同学购买一个。于是，在老师的见证下，杰米就用3美分向拥有两个梦想的赛尼买了一个。由于赛尼当时太想拥有一头自己的小母牛了，于是就把第二个梦想——"去埃及旅行"卖给了杰米。

　　40年过去了，赛尼·史密斯已人到中年，并且在商界小有成就。40年来，他去过很多地方，如瑞典、丹麦、希腊、沙特、中国、日本，然而他从来没有去过埃及。难道他没想过去埃及吗？不，他想过。他说，自从卖掉去埃及的梦想之后，他就从来没忘记过这个梦想。但是，作为一个虔诚的基督徒，他不能去埃及，因为他已经把这个梦想卖掉了。

　　现在，他和妻子打算到非洲去旅行，在设计旅行线路时，妻子提议埃及的金字塔是重点观光项目。赛尼·史密斯忍无可忍了，他决定赎回那个梦想，因为他觉得只有这样，他才能心安理得地踏上那片土地。

　　令人遗憾的是，赛尼·史密斯没能如愿以偿。经联邦法院判决，那个梦想已经价值3000万美元，赛尼·史密斯要想赎回必然倾家荡产。其中的缘由，从杰米的答辩状中可以略知一二。

　　杰米是这样说的——"在我接到史密斯先生的律师送达的副本时，

我正在打点行装，准备全家一起去埃及，这好像是我一口回绝史密斯先生要求赎回那个梦想的理由。其实，真正的理由不是我们正准备去埃及，而是这个梦想本身的价值。

"小时候我是个穷孩子，穷到不敢拥有自己的梦想。然而，自从我在玛丽·安小姐的鼓励下，用3美分从史密斯先生那里购买了这个梦想之后，我彻底改变了。我的心灵变得富有了，我不再淘气，不再散漫，不再浪费自己的光阴，我的学习有了很大进步。我之所以能考上华盛顿大学，我想完全得益于这个梦想，因为我想去埃及。

"我的儿子正在斯坦福大学读书，我想也是得益于这个梦想，因为从小我就告诉他，我有一个梦想，那就是去埃及，如果你能获得好的成绩，我就带你去那个美丽的地方。我想他就是在埃及金字塔的召唤下，走入斯坦福大学的。现在我在芝加哥拥有6家超市，总价值超过2500万美元。我想，如果没有那个去埃及旅行的梦想，我是绝对不会拥有这些财富的。

"尊敬的法官和陪审团的各位女士们、先生们，我想，假如这个梦想属于你们，你们也一定会认为它已经融入你们的生命之中，已经和你们的生活、你们的命运紧密相连。你们也一定会认为，这个梦想就是你们的无价之宝。"

要花3000万美元赎回一个以3美分卖出去的梦想，在有些人看来也许没有必要，或者说根本不值得。然而，赛尼·史密斯却发誓说，哪怕花两个3000万，也要将那个梦想赎回。因为，现在他才明白，人的一生中最珍贵的东西就是——梦想。

梦想是一笔无价的财富，有梦想，人生才有目标，生活才会多姿多彩。所以不要出卖自己的梦想，正视它，直到梦想成为现实。

❋ 定位改变人生 ❋

一个乞丐站在路旁卖橘子，一名商人路过，向乞丐面前的纸盒里投入几枚硬币后，就匆匆忙忙地赶路了。

过了一会儿，商人回来取橘子，说："对不起，我忘了拿橘子，因为你我毕竟都是商人。"

几年后，这位商人参加一次高级酒会，一位衣冠楚楚的先生向他敬酒致谢，并说：他就是当初卖橘子的乞丐。而他生活的改变，完全得益于商人的那句话——你我都是商人。

这个故事告诉我们：你定位于乞丐，你就是乞丐；当你定位于商人，你就是商人。

一个人怎样给自己定位，将决定其一生成就的大小。志在顶峰的人不会落在平地，甘心做奴隶的人永远也不会成为主人。

你可以长时间卖力工作，创意十足、聪明睿智、才华横溢、屡有洞见，甚至好运连连——可是，如果你无法在创造过程中给自己正确定位，不知道自己的方向是什么，一切都会徒劳无益。

所以说，你给自己定位什么，你就是什么，定位能改变人生。

智慧语珠

一个人的发展在某种程度上取决于自己对自己的评价，这种评价就是定位。在心中你将自己定位为什么，你就是什么。

❋ 成功之门是虚掩的 ❋

1968 年，在墨西哥奥运会百米赛道上，美国选手吉·海因斯撞线后，转过身子看运动场上的记分牌，当看到 9.95 秒的字样后，海因斯摊开双手自言自语地说了一句话。这一情景后来通过电视转播，全世界至少有几亿人看到，但当时他身边没有话筒，海因斯到底说了什么话，谁都不知道。

直到 1984 年洛杉矶奥运会前夕，一名叫戴维·帕尔的记者在办公室回放奥运会资料时注意到这个镜头，于是他找到海因斯询问此事，此时这句话才被破译出来。原来，自欧文创造了 10.3 秒的成绩后，医学界断言，人类肌肉纤维承载的运动极限就是 10 秒。所以当海因斯看到自己 9.95 秒的记录之后，自己都有些惊呆了，原来 10 秒这个门不是紧锁的，它虚掩着，就像终点上那根横着的绳子。于是兴奋的海因斯情不自禁地说："上帝啊！那扇门原来是虚掩着的。"

成功就好比一扇虚掩着的门，只要我们鼓起勇气，打破思维定式，勇敢地去推，也许会有让你意想不到的收获。

思维的框架容易使人产生怯懦的心理，让人无法鼓起一丝勇气去迎接挑战，最终流于平庸。其实，成功者与失败者之间的分水岭，有时并不在于他们之间有多大的差距，而在于一点小小的勇气。

当我们超越被禁锢得有些麻木的思想，勇敢地迈出那一步时，我们就会惊喜地发现，在这个世界上，除了牢门是紧锁的，其他的门都是虚掩的，尤其是成功之门。

第二章

有钱人想的和你不一样

金钱是一种思想，这是罗伯特·清崎在《富爸爸穷爸爸》一书中提出的一个理念。贫穷与富裕的分水岭就在于会不会思考。善于思考，财富便无处不在；一味蛮干，辉煌将遥遥无期。

康有为在"维新变法"运动中曾提出"穷则变，变则通，通则久"。你现在的贫穷并不可怕，从某种意义上来说，贫穷是一种资源，贫穷是一种力量，只要你改变自己的贫穷思维，接受富有的思维，你就会像富人一样行动，并开拓出自己的财富人生。

❈ 毁掉名画的策略 ❈

一位印度人拿了三幅名画，这三幅画均出自名画家之手，恰好被一位美国画商看中，这位美国人自以为很聪明，他认定：既然这三幅画都是珍品，必有收藏价值，假如买下这三幅画，经过一段时期的收藏肯定会大大的涨价，那时自己一定会发一笔大财。他打定主意，无论如何也要买下这三幅画。

于是，他问那位印度人："先生，你带来的画不错，如果我要买的话，你看要多少钱一幅？"

"你是三幅都买呢，还是只买一幅？"印度人反问道。

"三幅都买怎么讲？只买一幅又怎么讲？"美国人开始算计了。他的如意算盘是先和印度人敲定一幅画的价格，然后，再和盘托出，把其他两幅一同买下，肯定能沾点儿便宜，多买少算嘛！

印度人并没有直接回答他的问题，只是表情上略显难色。美国人却沉不住气了，他说："那么，你开个价，一幅要多少钱？"

这位印度人是一位地地道道的商业精，他知道自己的画的价值，而且他还了解到，美国人有个习惯，喜欢收藏古董名画，他要是看上，是不会轻易放弃的，必肯出高价买下。并且他从美国人的眼神中看出，这个美国人已经看上了自己的画，心中就有底儿了。

印度人于是装作漫不经心的样子回答说："先生，如果你真心诚意地买，我看你每幅给250美元吧！这够便宜的！"

美国画商并非商场上的庸手，他抓住多买少算的砝码，1美元也不想多出。于是，两个人讨价还价，谈判一下陷入了僵局。

那位印度人灵机一动，计上心来，装作大怒的样子，起身离开了谈判桌，拿起一幅画就往外走，到了外面二话不说就把画烧了。美国人很是吃惊，他从来没有遇到过这样的对手，对于烧掉的一幅画又惋惜又心痛，于是小心翼翼地问印度人剩下的两幅画卖多少钱。想不到烧掉一幅画后的印度人要价的口气更是强硬，两幅画少了750美元不卖。

美国画商觉得太亏了，少了一幅画，还要750美元。于是，强忍着怨气还是不同意，要求少一点价钱。

想不到，那位印度人不理他这一套，又怒气冲冲地拿出一幅画烧了。这回，美国画商可真是大惊失色，只好乞求印度人不要把最后一幅画烧掉，因为自己太爱这幅画了。接着又问这最后一幅画多少钱。

想不到印度人张口还是750美元。这一回画商有点儿急了，问："三幅画与一幅画怎么能一样价钱呢？你这不是存心戏弄人吗？"

这位印度人回答："这三幅画出自知名画家之手，本来有三幅的时候，相对来说价值小点儿。如今，只剩下一幅，可以说是绝宝，它的价值已经大大超过了三幅画都在的时候。因此，现在我告诉你，这幅画 750 美元不卖了，如果你想买，最低得出价 1000 美元。"

听完后，美国画商一脸的苦相，没办法，最后以 1000 美元成交。

人常说："物以稀为贵。"懂得制造紧缺的氛围和局面，是赚取财富的一个有效方法。故事中一幅画卖出的最后价钱，高于开始时三幅画的总和，这是经济学中"一大于三"原理的妙用之例。

❋ 1 元钱的"繁殖"能力 ❋

曾经雄心勃勃的祥子，终于破产了，所有的东西都被拍卖得一干二净。现在口袋里的 1 元钱及回家的车票，是他所有的资产。

从深圳开出的 143 次列车开始检票了，他百感交集。"再见了！深圳。"一句告别的话，还没有说出，就已经泪流满面。

"我不能就这样走。"在跨上车门那一瞬间，祥子又退了回来。火车开走了，他留在了站台上，手在口袋里悄悄撕碎了那张车票。

深圳的火车站是这样繁忙，你的耳朵里可以同时听到七八种不同的方言。他在口袋里握着那 1 元硬币，来到一家商店，5 角钱买了一只儿童彩笔，5 角钱买了 4 只"红塔山"的包装盒。在火车站的出口，他举起一张牌子，上书"出租接站牌（1 元）"几个字。当晚，祥子吃了一碗加州牛肉面，口袋里还剩了 18 元钱。5 个月后，"接站牌"由 4 只包装盒发展为 40 只用锰钢做成的可调式"迎宾牌"。火车站附近有了他的一间房子，手下有了一个帮手。

3 月的深圳，春光明媚，此时各地的草莓蜂拥而至。10 元 1 斤的草莓，第一天卖不掉，第二天就只能卖 5 元，第三天就没人要了。此时，祥子来到近郊一个农场，用出租"迎宾牌"挣来的 1 万元，购买了 3 万只花盆。第二年春天，当别人把摘下的草莓运进城里时，祥子栽着草莓的花盆也进了城。不到半个月，3万盆草莓销售一空，深圳人第一次吃上了真正新鲜的草莓，祥子也第一次领略了1万元变成30万元的滋味。

　　要吃即摘，这种花盆式草莓，使祥子拥有了自己的公司。他开始做贸易。他异想天开地把谈判地点定在五星级饭店的大厅里，那里环境幽雅且不收费。两杯咖啡，一段音乐，还有彬彬有礼的小姐，祥子为没人知道这个秘密而兴奋，他为和美国耐克公司成功签订贸易合同而欢欣鼓舞。总之，祥子的事业开始复苏了，他有一种重新找回自己的感觉。

　　1元钱，在许多人看来刚刚够买一杯水，而在有些人那里却能够"繁殖"出千万资产。也许，世界上产生了富翁和乞丐的原因之一，便是由于他们之间存在着认识上的差别。当然，要使小钱创造出巨额的财富，还得重视资源的组合和信息的利用，这两样东西结合到一起，便构成了财富增长点。

✳ "抠门"的施莱克尔 ✳

　　发财靠什么？正确的答案照理说应该是：开拓。而安东·施莱克尔的答案却是："抠门。"

　　以施莱克尔的名字命名的连锁杂货超市，在德国各地到处都有，而且越来越多。但是，这些超市却不是门庭若市，反倒经常是门可罗雀。这种店的店主也能发财吗？事实还真的就是这样：2003年年初，施莱克尔所拥有的资产高达13亿欧元，是一位名副其实的亿万富翁。

　　施莱克尔出生在德国斯田加特以南那一大片以"人人节省"著称的施瓦本地区。1965年，年仅21岁的施莱克尔接管了他父亲的肉品店。同年，他在艾宾根城的边上开出了他的第一家自选商场。

　　1975年，施莱克尔迈出了他商业道路上的关键一步。那时正值杂货价格下跌，他创办了一家销售洗涤剂、刷子和香水等商品的新式商场。两年后，他已经拥有 100 多家这样的商店。施莱克尔的扩张战略很简单、很特别，但也很有效。哪个城市不那么繁荣的街区如果有一家小店关门倒闭，施莱克尔便派人到那里。经过一番讨价还价之后，施莱克尔以超低的价格租下店面。他并不要求高销售额，而只求以最低的成本来经营。

施莱克尔的这种超低成本经营法，有时竟到了让人哭笑不得的地步。例如，为了节省开支，有些分店很长时间里只用一名雇员。又如，在相当长的一段时间里，许多分店不安装电话。因为施莱克尔认为，电话放在那里只能被雇员们用来打私人电话。

你说他特别也好，吝啬也罢，但他的确成功了。施莱克尔超市如今在德国已拥有 8000 多家分店，35000 余名员工，年营业额高达 35 亿欧元，是欧洲最大的 25 家商业集团之一。

> 在财富的王国里，深谙理财之道的人往往能够勤俭节约，并且懂得充分有效地利用资源，以取得利润的最大化。理财是一门精深的学问，必须从一分一厘抓起，这样，财富就会在不知不觉中来临。

❀ 皮尔·卡丹的决策 ❀

"热爱世界的冒险家"，这是世界著名服装设计师皮尔·卡丹最欣赏的自称。正是由于皮尔·卡丹对原先的传统服装经营方式进行了开拓性的改革，时装才得以普及到最广大的消费者。而皮尔·卡丹对马克西姆餐厅的经营策略更是体现了这位现代企业家和服装设计大师的决策能力和才干。马克西姆餐厅创办于 1893 年，是法国较高档的著名餐厅。但是，发展到 20 世纪 70 年代，经营却越来越不景气，到 1977 年为止，已濒临倒闭的边缘。

当时的皮尔·卡丹已是著名的时装大王，但他却把目光转向了马克西姆餐厅。"买下这个餐厅"，这就是皮尔·卡丹的决定。朋友都以为皮尔·卡丹在开玩笑，纷纷劝阻他："这个餐厅本来就不景气，而且要买下来耗资巨大，等于让自己背了一个大包袱。"还有人对他说："不要让自己走向破产，头脑要冷静一点。"但是，皮尔·卡丹却有自己独到的见解：马克西姆虽然目前不景气，但历史悠久，牌子老，有优势。它经营状况不佳的主要原因在于档次太高，而且单一，市场也局限在国内，只要从这几方面加以改进，肯定可以收到成效。而且，趁其不景气的时候收购，才能以低价买进。

成功的机会很多。但能抓住机会的人不多，正因如此，成功的人不多。要想与众不同，关键时刻必须有自己的见解，要敢于冒险！皮尔·卡丹说："我是一个履行诺言的实干家，我喜欢说到做到，使自己的想法变成现实。"

1981年，皮尔·卡丹花费巨款买下了马克西姆这一巨大产业。经营伊始，他立即着手改革。首先，增设档次，在单一的高档菜的基础上再增加中档和一般的菜点。其次，扩大经营范围，除菜点外，兼营鲜花、水果和高档调味品。另外，皮尔·卡丹还在世界各地设立马克西姆餐厅分店，取得了良好的经济效益。

皮尔·卡丹用自己的行动的成功封住了那些当初劝阻他的人的嘴。

智慧语珠

"高风险，意味着高回报"，商场就是这样——风险越大，赚钱越多。事实上，冒险与收获常常结伴而行。险中有夷，危中有利。要想有卓越的结果，就要敢于冒风险。一个人纵然有强烈的致富欲望，若不敢冒险，就永远做不到最大最强。

❋ 借鸡生蛋成大业 ❋

美国船王丹尼尔·洛维格的第一桶金，乃至他后来数十亿美元的资产，都是借鸡生的"金蛋"。甚至可以说，他整个事业的发展是和银行分不开的。

当他第一次跨进银行的大门，人家看了看他那磨破了的衬衫领子，又见他没有什么可做抵押的，自然拒绝了他的申请。

他又来到大通银行，想方设法总算见到了该银行的总裁。他对总裁说，他把货轮买到后，立即改装成油轮，他已把这艘尚未买下的船租给了一家石油公司。石油公司每月付给他的租金，就用来分期还他要借的这笔贷款。他说他可以把租契交给银行，由银行去跟那家石油公司收租金，这样就等于在分期付款了。

许多银行听了洛维格的想法，都觉得荒唐可笑，且无信用可言。大通银行的总裁却不那么认为。他想：洛维格一文不名，也许没有什么信用可言，但是那家石油公司的信用却是可靠的。拿着他的租契去石油公司按月收钱，这自然十分稳妥。

洛维格终于贷到了第一笔款。他买下了他所要的旧货轮，把它改成油轮，租给了石油公司。然后又用这艘船作抵押，借了另一笔款，从而再买一艘船。

洛维格的成功与精明之处，就在于他利用那家石油公司的信用来增强自己的信用，从而成功地借到了钱。

这种情形继续了几年，每当一笔贷款还清后，他就成了这条船的主人，租金不再被银行拿走，而是顺顺当当进了自己的腰包。

当洛维格的事业发展到一个时期以后，他嫌这样贷款赚钱的速度太慢了，于是又构思出了更加绝妙的借贷方式。

他设计一艘油轮或其他用途的船，在还没有开工建造，尚处在图纸阶段时，他就找好一位顾主，与他签约，答应在船完工后把它租给他们。然后洛维格才拿着租船契约，到银行去贷款造船。

当他的这种贷款"发明"畅通后，他先后租借别人的码头和船坞，继而借银行的钱建造自己的船。他有了自己的造船公司。

就这样，洛维格靠着银行的贷款，登上了自己事业的巅峰。

智慧语珠

西方生意场有句名言：只有傻瓜才拿自己的钱去发财。"给我一个支点，我就能撬动地球。"阿基米德的"支点"就是一种凭借。任何巨额财富的起源，建立在借贷基础上是最快捷的。就是说，要发大财先借贷。毕竟，"买船不如租船，租船不如借船"，借得大船，方能去远洋。

❋ 连横合纵成盟友 ❋

张果喜，江西果喜实业集团公司董事长兼总经理。1979 年开始生产出口日本的佛龛，占据了日本大部分佛龛市场，并在加拿大、德国、韩国、泰国和香港等地开辟了经销处和办事处，产品共 5 大类 2000 余种，个人资产达数亿元。

有"巧手大亨"之称的张果喜深知"合纵结盟"的重要性，在开拓日本市场时照顾好方方面面的利益，善待盟友和对手，很快便成为日本佛龛市场的"龙头老大"。

张果喜在日本取得了一定的市场地位以后，就与日商建立了稳固的代理关系，全部佛龛产品都由日商代理经销。不久，新情况出现了。随着张果喜生产的佛龛在日本市场的畅销，一些颇具眼光的日本商人看到销售这种佛龛非常有利可图，为降低进货成本，一些销售商就想走捷径，绕过代理商直接从张果喜那里进货。

张果喜慎重考虑了这个新情况。

从眼前利益看，销售商的直接订货，减少了中间环节，厂方确实可以多得一些钱，捞到实惠；但从长远考虑，接受直接订货，就意味着将失去以前费了很大力气开辟的销售渠道，甚至使以前的销售渠道背向自己，走到自己的竞争面，这无疑得不偿失。

从这种思路出发，张果喜婉转而又坚决地回绝了那几家要求直接订货的零售商，继续维持与日本代理商的盟友关系。后来，日本代理商知道此事后，很受感动，增强了对张果喜的信任，在推销宣传方面下了不少功夫。向来不轻易买账的日本代理商这次果敢地打出了张果喜是"天下木雕第一家"的招牌，从而使张果喜的产品在日本市场越来越畅销。

人无远虑，必有近忧。张果喜清醒地看到，生产佛龛是一种利润丰厚的行业，除了他的果喜集团公司，韩国与台湾地区制作的产品也有相当的竞争力，更不用说在日本本土还有成千上万的同类中小企业了。如果照以前那样，单靠原有的销售网络和一两个合资的株式会社与强大的竞争对手抗衡，只能处于劣势而被人家踩在脚底下。

权衡利弊，张果喜决定扩大"同盟军"，把一些原先的对立派拉到自己一边。张果喜为慎重起见，还与他的智囊团成员对此细细地作了分析研究，选择了分散在日本各地的有代表性的一些中小型企业。经过多方协调，于1991年成立了"日本佛龛经销协会"，专门经销果喜集团的漆器雕刻品。这种方式变消极竞争为积极合作，当年立竿见影，张果喜在日本佛龛市场的份额占到六成，取得了更大的市场主动权。

这就是张果喜的合纵连横，其真谛在于周密思考，权衡利弊，摆脱眼前利益和一己之利的束缚，开阔视野，正确处理与盟友和竞争对手的关系，最终才能稳住阵脚。

聪明的企业家着眼于长远，在对待盟友和竞争对手时善于处理好眼前利益和长远利益的关系，不四面出击，而是广交朋友，周密考虑，谨慎从事。

❋ 好风凭借力 ❋

安徽省岳西县地处大别山腹地的高寒地带，这里是王永安的家乡。为了能走出这片贫瘠的大山，当地老百姓的最大"爱好"就是做鞋，拼命地做鞋。经年累月，这里的妇女几乎人人都做得一手好布鞋。

1993年，繁华的深圳。走过100多里山路到了县城，又坐车1000多里颠簸到深圳的王永安身上背着3双母亲和妻子赶制的布鞋，在街头观赏着繁华的现代都市，并寻找着自己的未来。

高中文凭，加上写得一手漂亮文章，在当时的深圳，王永安就比其他打工仔多了一些优势。非常顺利地，他进了一个广告公司搞文案。王永安在工作中拼命地学习，接受着改革开放吹入国门的各种新观念、新思想。

一次偶然的谈话却改变了王永安的人生轨迹。他听到一个做外贸的朋友说，现在出口一台冰箱还不如出口几双布鞋挣钱，国外对中国传统布鞋的需求量很大，每年有1000多万双中国传统布鞋销往世界各地。

说者无心，听者有意。王永安想到了自己包里的那两双一直都舍不得穿的布鞋。他的第一个反应就是，可不可以把家乡的布鞋也拿到国外去卖呢？他的家乡，一个闭塞得几乎与外界隔绝的穷地方，妇人们只按自己的方式来制作她们心目中认为最美丽、最实用的鞋样，以尽量减轻男人们在外奔波的痛楚。没有机械，全凭手工，非常传统。

经过两年的市场考察，王永安证实了朋友并没有骗他，而且令他欣喜的是：所有出口布鞋要么是黏合底，要么是注塑底，没有一双真正传统意义上的全手工布鞋。这让他把家乡布鞋推广出去的愿望更加强烈了。

可是他只知道布鞋在国外市场空间大、生意好，但朋友并没有教他怎么做产品才能打入国外市场。因为毕竟这不是去岳西县城卖鸡蛋，不但要让老外知道你在卖中国最传统的布鞋，还要熟悉出口产品的一系列繁杂手续。

网络技术在中国如火如荼的发展让他了解并亲身体验到了这种方式的便捷。他所在的公司要了解客户，一般都是看客户公司的网页介绍，信件的往来也通过 E—mail。有一天，王永安拍着自己的脑袋踱出办公室大笑：这不就是最好的方式吗？把自己的布鞋产品信息发布到互联网上，让全世界的人都知道中国有个布鞋之乡——岳西。

1997 年，王永安回到家乡。他的设想遭到了家人的一致反对。但是，王永安认定了，他要用事实来说话。第二天，王永安背了几个干馍，揣着打工的积蓄，到县城里去了，走出了他办厂的第一步。同时，为了打通山里与外界的隔阂，他买电脑、办上网手续，买电脑方面的书，自学电脑相关知识和与客户直接交流的简单英语……

王永安买了电脑和王永安要办一个布鞋厂，对山里的人来说，都具有相当于中国加入 WTO 签订了双边协议同样的轰动效果。因为这带来的不仅是现代观念的冲击，更有乡亲们对提高当地经济水平、改善生活质量的渴盼。

按照自己的设想，王永安招收了 500 名当地妇女，扯起了养生鞋厂的大旗。这 500 名"工人"利用一年中农闲的 8 个月，在自己家里进行布鞋加工制作。再设几名专职的管理人员，负责产品质量的控制和物料的管理，自己则负责总体管理和对外营销。

王永安最多时可以发动 1 万多名乡亲来进行布鞋加工。整个生产进行流水作业，500 名"工人"各司其职，一天正常可生产 100 双鞋。安排好生产，王永安便专心致力于销售通路的建设。他的目标是网络。

一个美国资深电子商务专家为不适合在网上销售的商品排了一个名次，鞋子在其中排第 4 名。但是王永安却以自己的方式，让他"全国独一家"的网上鞋店红红火火地经营起来。

最先，王永安只能依靠电子公告板，到许多国内有影响的站点上去发布自己产品的信息。不过几天时间，他居然卖掉了两双布鞋，而且是凭借网上零售方式售出的。这给了王永安莫大的信心。

1998 年 7 月，通过上网了解和查询，王永安又将已有一点名气的养生鞋厂挂接到郑州一个叫"购物天堂"的网站上，网页的制作与维护都由郑州方面负责，1 年的服务费用为 600 元，王永安只负责提供资料。客户在网上看样、下订单、签合同，最后按客户的要求通过深圳外贸进出口公司，发往指定港口、码头交货，整个网上销售系统显得十分的顺畅。20多家国内外代理商通过网络认识了这个小县城里的鞋厂，并开始与其磋商做养生鞋厂的代理事宜，其中从国外发来电子邮件的有好几家。令王永安永生难忘的是第一笔同外商交易成功的业务，那是在深圳进出口公司的帮助下，700多双布鞋销到了美国洛杉矶。这些在常人看来难登大雅之堂的布鞋，这些出自中国农民粗糙之手的布鞋，终于走出了国门。在接下来的短短几个月时间里，王永安通过他的网上鞋店共销售了约1万双左右的布鞋，让贫困的山里人真正看到了知识的力量和致富的希望。网上销售的成功让王永安激动不已，更让家里人改变了对他的看法。

随着销售量的提高，王永安进一步扩大了布鞋品种，加大了对外宣传力度。1999年2月，王永安申请了自己独立的国际域名，用英文、中文简体和繁体三种语言形式在网上发布养生鞋厂的信息，并与国内许多与鞋产品有关的几十个网站进行了链接。其效果十分明显，在鞋类上，养生厂可以生产老、中、青、少、小不同层次、不同类型的布鞋100多种。

养生鞋厂的业务量突飞猛进，布鞋产品全部出口国外，包括美国、日本、英国、芬兰等10多个国家。产品供不应求，生产与销售已基本走上了正轨。依靠昔日难登大雅之堂的平凡的布鞋，王永安让全村人均增收达到每年2000元，昔日的贫困山区面貌得到了彻底的改变。而他的3万元投资，两年时间增值到了50余万元。

善于利用一切便利的工具和条件，是一个投资者"财智"的重要表现。如今，我们面对着一个波澜云涌、瞬息万变的社会，充分利用高科技的成果，便可"好风凭借力，送我上青云"。

❋ 妙手生花，让钱生钱 ❋

真正的挣钱人对金钱有着独特的理解：他们赚钱是为了花出去，他们花钱是为了赚更多的钱。洛克菲勒王朝的创始人约翰·戴维森·洛克菲勒的童年时光是在一个叫摩拉维亚的小镇上度过的。每当黑夜降临，约翰常常和父亲点着蜡烛，相对而坐，一边煮着咖啡，一边天南地北地聊着，话题又总是少不了怎样做生意赚钱。约翰·洛克菲勒从小就满脑子装满了父亲传授给他的生意经。

7岁那年，一个偶然的机会，约翰在树林中玩耍时，发现了一个火鸡窝。他想火鸡是大家都喜欢吃的肉食品，如果他把小火鸡养大后卖出去，一定能赚到不少钱。于是，洛克菲勒此后每天都早早来到树林中，耐心地等到火鸡孵出小火鸡后暂时离开窝巢的间隙，飞快地抱走小火鸡，把它们养在自己的房间里，细心照顾。

到了感恩节，小火鸡已经长大了，他便把它们卖给附近的农庄。于是，洛克菲勒的存钱罐里，镍币和银币逐渐增多，变成了一张张绿色的钞票。一个年仅7岁的孩子竟能想出卖火鸡赚大钱的主意，实在令人惊叹！

父亲和母亲对长子行为的反应截然相反。笃信宗教、心地善良的母亲对此又气又恼，狠狠地把他揍了一顿，可是颇有眼光的父亲却说："哎呀，爱丽莎，你何必呢！这个国家现在最重要的就是钱、钱、钱！"他对儿子的行为大加赞赏，满心欢喜。约翰·洛克菲勒就是由这样一个相信圣经上所写的一言一语、敬畏上帝的基督教徒的母亲抚养大，由父亲的实际处世之道教育成人的。

在摩拉维亚安下家以后，父亲雇用长工耕作他家的土地，他自己则改行做了木材生意。人们喜欢称他父亲为"大比尔"，大比尔工作勤奋，常常受到赞扬，另外他还热心社会公益事业，诸如为教会和学校募捐等，甚至参加了禁酒运动，一度戒掉了他特别喜爱的杯中之物。

大比尔在做木材生意的同时，不时向小约翰传授这方面的经验。洛克菲勒后来回忆道："首先，父亲派我翻山越岭去买成捆的薪材以便家里使用，我知道了什么是上好的硬山毛榉和槭木；其次，父亲告诉我只选坚硬而笔直的木材，不要任何大树或'朽'木，这对我是个很好的训练。"

洛克菲勒年幼时就显示出经商的天赋。在和父亲的一次谈话中，大比尔问他：

"你的存钱罐，大概存了不少钱吧？"

"我贷了 50 元给附近的农民。"儿子满脸的得意神情。

"是吗？50 元？"父亲很是惊讶。因为那个时代，50 美元是个不小的数目。

"利息是 7.5%，到了明年就能拿到 3.75 元的利息。另外我在你的马铃薯地里帮你干活，工资每小时 0.37 元，明天我把记账本拿给你看。其实，这样出卖劳动力很不划算。"洛克菲勒滔滔不绝，很是在行地说着，毫不理会父亲的惊讶表情。

父亲望着刚刚 12 岁就懂得贷款赚钱的儿子，喜爱之情溢于言表，儿子的精明不在自己之下，将来一定会大有出息的。

财富的积累需要储蓄，但如果一直储蓄，不思投资，那么钱就成为死钱。你虽然不会为没钱生活而忧虑，但你也永远不能成为亿万富翁。钱就像水一样，只有流动起来了，才能创造更多的价值。

❋ 一次特殊的考核 ❋

日本松下公司准备从新招的 3 名员工中选出一位做市场策划，于是，对他们例行上岗前的"魔鬼训练"予以考核。

公司将他们从东京送往广岛，让他们在那里生活一天，按最低标准给他们每人一天的生活费用 2000 日元（合人民币 160 元左右），最后看他们谁剩回的钱多。剩是不可能的，这点谁都明白，想要"剩"

回的钱多，就必须利用自己的智慧让 2000 日元的生活费在短短的一天里生出更多的钱来。

做生意是不可能的，一罐乌龙茶的价格就是 300 日元，一听可乐的价格是 200 日元，住一夜最便宜的旅馆就需要 2000 日元……也就是说，他们手里的钱仅仅够在旅馆里消费一夜，要不就别睡觉，要不就别吃饭，除非他们在天黑之前让这些钱生出更多的钱。而且他们必须单独生存，不能联手合作，更不能给人打工。

第一个先生非常聪明，他用 500 日元买了一个墨镜，用剩下的钱买了一把二手吉他，来到广岛最繁华的地段——新干线售票大厅外的广场上，演起了"瞎子卖艺"，半天下来，他的大琴盒里已经装满钞票了。

第二个先生也非常聪明，他用 500 日元做了一个大箱子，上写"将核武器赶出地球——纪念广岛灾难 40 周年暨为加快广岛建设大募捐"，也放在这最繁华的广场上，然后用剩下的钱雇了两个中学生做现场宣传讲演。还不到中午，他的大募捐箱就满了。

第三个先生真是个没头脑的家伙，或许他太累了，他做的第一件事就是在中午找个小餐馆，要了一杯清酒、一份生鱼和一碗米饭，好好地吃了一顿，一下子就消费了 1500 日元。然后钻进一辆被当作垃圾抛掉的旧丰田汽车里美美地睡了一觉。

广岛人真不错，两个先生的"生意"异常红火，一天下来，他们都窃喜自己的聪明和不菲收入。谁知，傍晚时分，厄运降临到他们头上。一位佩戴胸卡和袖标、腰挎手枪的城市稽查人员出现在广场上，他扔掉了"瞎子"的墨镜，摔碎了"瞎子"的吉他，撕破了"募捐人"的箱子并赶走了他雇的学生，没收了他们的财产，收缴了他们的身份证，还扬言要以欺诈罪起诉他们——然后扬长而去。

这下完了，别说赚钱了，连老本都亏进去了。他们都气愤地骂那个稽查人员："太黑了，简直是个魔鬼！"

当他们想方设法借了点路费，狼狈不堪地比规定时间晚一天返回松下公司时——天哪，那个"稽查人员"正在公司恭候。"稽查人员"掏出两个身份证递给他们，深鞠一躬："不好意思，请多关照！"

是的，他就是那个在饭馆里吃饭、在汽车里睡觉的先生。他的投资是用 150 日元做了一个袖标、一枚胸卡，花 350 日元从一个拾垃圾老人那儿买了一把旧玩具手枪和一副化装用的络腮胡子，当然，还有就是花 1500 日元吃了顿饭。

这时，松下公司国际市场营销部总课长宫地孝满走出来，一本正经地对站在那里怔怔发呆的"瞎子"和"募捐人"说："企业要生存发展，要获得丰厚利润，不仅仅要会吃市场，最重要的是懂得怎样吃掉吃市场的人。"

智慧语珠

真正聪明的投资者便是那些用最巧的方法赢得最大利益的人。他们深谙竞争的法则，懂得将市场和竞争对手一样"歼灭"，这就是人们惯常所说的"赢家通吃"规则。

❋ 向前线挺进 ❋

马登在 7 岁时就成了孤儿，这时他不得不自己去寻找住处和饮食。早年他读过苏格兰作家斯玛尔斯的《自助》一书。作家斯玛尔斯像马登一样，在孩提时代就成了孤儿，但是，他找到了成功的秘诀。《自助》一书中的思想种子在马登的心中形成了炽烈的愿望，发展成崇高信念，使他的世界变成了一个值得生活得更美好的世界。

在 1893 年经济大恐慌之前的经济繁荣时期，马登开办了 4 个旅馆。他把这 4 个旅馆都委托给别人经营，而他自己则花许多时间用于写书。实际上，他要写一本能激励美国青年的书，正如同《自助》过去激励了他一样。

马登把他的书叫作《向前线挺进》。他采用的座右铭是："要把每一时刻都当作重大的时刻，因为谁也说不准何时命运会检验你的品德，把你置于一个更重要的地方去!"

就在这个时候,命运开始检验他的品德,要把他安排到一个更重要的地方去了。

1893 年的经济大恐慌袭来了。马登的两家旅馆被大火烧得精光,即将完成的手稿也在这场大火中化为灰烬。

但是他审视周围,看看国家和他本人究竟发生了什么事。他的第一个结论是:经济恐慌是由恐惧引起的,诸如恐惧美元贬值、恐惧破产、恐惧股票的价格下跌、恐惧工业的不稳定等。

这些恐惧致使股票市场崩溃。567 家银行和贷款信托公司以及 156 家铁路公司,都破产了。失业影响了数以百万计的人们,而干旱和炎热,又使得农作物歉收。

马登觉得有必要来激励他的国家和人民。有人建议他自己管理其他两个旅馆,他否定了。占据他身心的是一种崇高的信念,马登把这种信念同积极的心态结合在一起。他又着手写另一本书。他的新座右铭是一句自我激励的语句:"每个时机都是重大的时机。"

他告诉朋友们说:"如果有一个时候美国很需要积极心态的帮助,那就是现在。"

他在一个马厩里工作,只靠 1.5 美元来维持每周的生活。他夜以继日不停地工作,终于在 1893 年完成了初版的《向前线挺进》。

这本书立即受到了热烈的欢迎。它被公立学校作为教科书和补充读本,它在商店的职工中广泛传播,它被著名的教育家、政治家以及牧师、商人和销售经理推荐为激励人们采取积极心态的最佳读物。它以 25 种不同的文字同时发行,销售量高达数百万册。同时,马登也成了一个百万富翁。

马登和我们一样,相信人的品质是取得成功和保持成果的基石。并认为达到了真正完满无缺的品质本身就是成功。他指出了成功的秘密,他追求金钱,但是他反对追逐金钱和过分贪婪。他指出有比谋生重要千倍的东西,那就是追求崇高的生活理想。

马登阐明了为什么有些人即使已成为百万富翁,但仍然是彻底的失败者。那些为了金钱而牺牲了家庭、荣誉、健康的人，一生都是失败者，不管他们可以聚敛多少钱财。追求金钱、崇尚金钱，本身并没有错，只要你不过分沉溺于其中，不贪财，不被其所左右。

　　不管人们处于何种地位，钱都是生存的必需品，钱也是增加休闲方式、提高生活品质的一种途径。然而，金钱不是万能的，如果把金钱本身当成了目的，人们就会陷入失望和不满，并且永远无法达到提升生活品质的目标。

第三章

空等运气不如把握机遇

机遇与我们的人生事业休戚相关，抓住一个哪怕是万分之一的机遇，都能让我们有所建树。

从某种意义上说，时时有机会，处处有机会，机会对每个人都是均等的。只有懂得珍惜它的人才能知道它的价值，只有坚忍不拔地追求它的人才能受到它的青睐。你的准备愈多，你能抓住的机会就愈多，你成功的可能性就愈大。相反，你付出得越少，你的机会就越少，成功的希望就越渺茫。因此，不失时机，抢先一步抓住机遇，对成功人生可谓至关重要。

❋ 机遇成就事业 ❋

周末的午后，一个商人正坐在阳台上悠闲地喝咖啡，他的手里还拿着一份当日的报纸。突然，报纸上的一条消息引起了他的注意："墨西哥暴发瘟疫，政府正在紧急封锁疫区。"

精明的商人非常重视这条消息，他知道，墨西哥如果真的发生了瘟疫，一定会从边境传染到美国的加州或得州来，而这两州正是美国肉类供应基地，假如这里真的发生瘟疫，整个美国的肉类供应将会货源紧缺，势必引起肉价飞涨。

商人的职业本能使他的大脑飞快地盘算起来，他当即决定立刻派人奔赴墨西哥实地调查和了解有关情况。几天后，他的考察组从墨西哥发回电报，证实了疫情蔓延得广而快，已经无法控制了。

商人立即集中和筹措大量资金收购加州及得州的肉牛和生猪，并迅速运到远离这两州的东部地区。

商人估计的一点不差，两星期后，瘟疫便从墨西哥传到美国西部，美国政府发布紧急命令，严禁一切食用品从这几个州运出，肉类品首当其冲，全美市场上肉类品告急，肉价暴涨。

商人觉得发财的时机到了，他将事先囤积在东部的肉牛和生猪高价售出，总共不到 3 个月的时间，他净赚了 900 万美元。

这就是精明商人的谋财之道。

智慧语珠

机遇对于每一个人来说都是公平的，只是有些人抓住了，有些人错过了，有些人在不断地创造机会，有些人却在苦苦等待机会。可从另外一个角度来说，机遇只偏爱那些有准备头脑的人，只重视那些懂得怎样追求它的人。

❋ 任命谁为经理助理 ❋

经理决定在鲍勃和汤姆两人之间选择一个人做自己的助理。为了体现民主与公正，经理决定由全体员工投票选举。投票结果却出人意料，鲍勃和汤姆的得票数竟然相同。经理犯难了，便决定亲自对两人进行一番考察，然后再做决定。

一次，经理在餐厅里吃饭。用餐时，他看见鲍勃吃过饭后，把餐盘都送进了清洗间。而汤姆却吃完后一抹嘴巴，便把餐盘推到餐桌的一边，然后起身离去。

又有一次，经理很随意地走进鲍勃的办公室，只见鲍勃正在做下个月的销售计划，便问他："为什么不让下面分店的负责人去做呢？"

"我想亲自做销售计划，这样我既能从总体上把握，又能做到心中有数。再说，这样的小事，去麻烦下面分店的负责人，我觉得也没有必要。"

经理又背着手踱到汤姆的办公室，汤姆正在看一份销售计划。

"这是你自己做的计划吗？"经理问。

"这样的小事我一般都让下面的分店负责人来做，我只管大的销售计划。"

"那么，你有成熟的销售计划吗？"

"这个……这个……我还没有。"

第二天，经理便宣布任命鲍勃为自己的助理。

真正的机遇是靠自己的努力争取来的，是自己给予自己的，而不是等着别人来施舍。成功者明白这一点，所以在前进的路上总是主动地出击，而不是等上天恩赐。

❋ 兄弟买卖珍珠 ❋

哥哥和弟弟各自从海里采摘到了一颗美丽的珍珠。他俩商量好由哥哥拿着这两颗珍珠到邻国去，想在那里卖个好价钱。可哥哥到了邻国后，无论是皇后还是村妇，没有一个人正眼瞧那两颗珍珠一眼，就更别说有人买了。

哥哥只好沮丧地带着珍珠回来了。

弟弟决定由自己带着珍珠再去一次邻国。没过几天，弟弟便带着大把钞票回来了。

"你是怎么把珍珠卖掉的？"哥哥吃惊地问。

"很简单，我抓住了一个最佳时机。"弟弟回答道。

原来，弟弟到了邻国，两颗珍珠依然无人问津。经了解，才知道邻国是一个崇尚俭朴的国家。上至皇后，下到平民百姓，都节俭度日。弟弟因此甚是失望。

就在弟弟将要无功而返时，却突然得知第二天是皇后60大寿，即将举国同庆。于是，弟弟灵机一动，决定抓住这个机会再努力一次。

第二天，弟弟带着两颗珍珠来到皇宫，对国王说："我知道你们举国崇尚俭朴，连皇后也不例外。国王今天何不趁皇后的生日买下这两颗珍珠作为礼物来送给她，以表彰皇后的俭朴风范呢？"

国王一听，觉得很有道理，就把这两颗珍珠买下了。

同样的机遇，有人什么也得不到，有人却能从中挖掘一笔很大的财富。分析其原因，就在于看双方是如何巧妙地利用眼前的机遇，让它得到最大限度的升值。错过机遇是可惜的，不善于利用机遇，同样让人觉得惋惜。

❋ 把握机遇，走向胜利 ❋

一天，在西格诺·法列罗的府邸正要举行一个盛大的宴会，主人邀请了一大批客人。就在宴会开始的前夕，负责餐桌布置的点心制作人员派人告诉管家，他摆放在桌子上的那件大型甜点饰品不小心被弄坏了，管家急得团团转。

这时，西格诺府邸厨房里干粗活的一个仆人走到管家的面前怯生生地说道："如果您能让我来试一试的话，我想我能造另外一件来顶替。"

"你？"管家惊讶地喊道，"你是什么人，竟敢说这样的大话？"

"我叫安东尼奥·卡诺瓦，是雕塑家皮萨诺的孙子。"这个脸色苍白的孩子回答道。

"小家伙，你真的能做吗?"管家将信将疑地问道。

"如果您允许我试一试的话，我可以造一件东西摆放在餐桌中央。"小孩子开始显得镇定一些。

仆人们这时都显得手足无措了，于是，管家就答应让安东尼奥去试试，他则在一旁紧紧地盯着这个孩子，注视着他的一举一动，看他到底怎么办。这个厨房的小帮工不慌不忙地要人端来了一些黄油。不一会儿工夫，不起眼的黄油在他的手中变成了一只蹲着的巨狮。管家喜出望外，连忙派人把这个黄油塑成的狮子摆到了桌子上。

晚宴开始了，客人们陆陆续续被引到餐厅里来。这些客人当中，有威尼斯最著名的实业家，有高贵的王子，有傲慢的王公贵族们，还有眼光挑剔的艺术评论家。但当客人们看见餐桌上卧着的黄油狮子时，都不禁交口称赞起来，纷纷认为这是一件天才的作品。他们在狮子面前不忍离去，甚至忘了自己来此的真正目的。结果，这个宴会变成了对黄油狮子的鉴赏会。客人们在狮子面前情不自禁地细细欣赏着，不断地问西格诺·法列罗，究竟是哪一位伟大的雕塑家竟然肯将自己天才的技艺浪费在这样一种很快就会熔化的东西上。法列罗也愣住了，他立即喊管家过来问话，于是管家就把小安东尼奥带到客人们的面前。

当这些尊贵的客人们得知，面前这个精美绝伦的黄油狮子竟然是这个小孩仓促间做成的作品时，都不禁大为惊讶，整个宴会立刻变成了对这个小孩的赞美会。富有的主人当即宣布，将由他出资给小孩请最好的老师，让他的天赋充分地发挥出来。

但安东尼奥没有被眼前的宠幸冲昏头脑，他依旧是一个淳朴、热切而又诚实的孩子。他孜孜不倦地刻苦努力着，希望把自己培养成为皮萨诺门下一名优秀的雕刻家。

也许很多人并不知道安东尼奥是如何充分利用第一次机会展示自己的才华的。然而，却没有人不知道后来著名雕塑家卡诺瓦的大名，也没有人不知道他是世界上伟大的雕塑家之一。

小安东尼奥抓住机遇成就自己的故事，充分证明了：善待机遇便能打开通往成功的大门。

你想成功吗？那就做好准备，把握好你人生的每一个机遇！

永远错过的时机

有一个创业的年轻人在遭受了几次挫折后，有点灰心了，很茫然地依靠在一块大石头上，懒洋洋地晒着太阳。

这时，从远处走来了一个怪物。

“年轻人！你在做什么？”怪物问。

“我在这里等待时机。”年轻人回答。

“等待时机？哈哈……时机是什么样的，你知道吗？”怪物问。

“不知道。不过，听说时机是个神奇的东西，它只要来到你身边，那么，你就会走运，或者当上了官，或者发了财，或者娶个漂亮老婆，或者……反正，美极了。”

“嗨！你连时机是什么样的都不知道，还等什么时机？还是跟着我走吧，让我带着你去做几件有益的事吧！”怪物说着就要来拉年轻人。

“去去去，少来这一套！我才不会跟你走呢！”年轻人不耐烦地说。

怪物叹息地离去。

一会儿，一位长髯老人（我们常说的时间老人）来到年轻人面前问：“你抓住它了吗？”

“抓住它？它是什么东西？”年轻人问。

“它就是时机呀！”

“天哪！我把它放走了！”年轻人后悔不迭，急忙站起身呼喊时机，希望它能返回来。

“别喊了。”长髯老人接着又说，“我来告诉你关于时机的秘密吧。

它是一个不可捉摸的家伙。你专心等它时，它可能迟迟不来，你不留心时，它可能就来到你面前；见不着它时你时时想它，见着了它时，你又认不出它；如果当它从你面前走过时你抓不住它，那么它将永不回头，这时你就永远错过了它！"

有一种说法认为："机遇可遇而不可求。"其实，机遇的产生也有其内在规律。如你有足够的勇气、睿智的脑袋、敏锐的观察力和判断力，机遇也可以被"创造"出来。善于等待机遇、抓住机遇是一种智慧，创造机遇更是一种大智慧。

在成功之路上奔跑的人，如果能在机遇来临之前就能识别它，在它消失之前就果断采取行动抓住它，这样，幸运之神就会来到你的面前。

❋ 天下没有白吃的午餐 ❋

机遇不会从天而降，需要你去争取，需要你去寻求、去创造。守株待兔得来的永远只有一只兔子，只有积极的行动，才会获得成百上千只兔子。

即使机遇真的会从天而降，如果你背着双手，一动不动，机遇也会从你身边溜走。

人们在做一件事情时，总是先有计划，然后付诸行动来实施，不要奢望有什么不劳而获的事情发生在你的身上。

在西方流传着这样一个故事：许多年前，一位聪明的国王召集了一群聪明的臣子，给了他们一个任务："我要你们编一本各时代的智慧录，好流传给子孙。"这些聪明人离开国王后，工作了很长一段时间，最后完成了一本12卷的巨作。

国王看了以后说:"各位先生,我确信这是各时代的智慧结晶,然而,它太厚了,我怕人们不会读它,把它浓缩一下吧。"这些聪明人又长期努力地工作,几经删减之后,完成了一卷书。然而,国王还是认为太长了,又命令他们再浓缩,这些聪明人把一卷书浓缩为一章,又浓缩为一页,然后减为一段,最后变为一句话。

聪明的老国王看到这句话后,显得很得意。"各位先生,"他说,"这真是各时代智慧的结晶,并且各地的人一旦知道这个真理,我们大部分的问题就能解决了。"

这句话就是:"天下没有白吃的午餐。"

这则寓言告诉了人们这样一个道理:没有积极的行动,你就抓不住机遇。

机会的发现、利用是以主体的努力为代价的。法国微生物学家、化学家巴斯德曾说:"机遇只偏爱那些有准备头脑的人。"法国细菌学家尼克尔说:"机遇垂青那些懂得怎样追她的人。"不管你等待多久,机会不会自动前来敲门,机会的得来是要靠人们付出艰辛劳动的。企图等待别人为你创造奇迹或期待明天出现奇迹,是不切实际而且必遭失败的幼稚想法。从这个意义上讲,任何成功都是主体努力争取的结果。世上没有救世主,只能靠自己。

从某种意义上说,处处有机会,机会对每个人都是均等的。只有懂得珍惜它的人才能知道它的价值,只有持之以恒地追求它的人才能受到它的青睐。你付出愈多,你抓住的机会就愈多,你成功的可能就愈大。相反,你付出越少,你的机会就越少,成功的希望就越渺茫。

智慧语珠

有些人把学业上无建树、工作上无绩效、仕途上不通达,一概归咎于没有机会,还以为自己才华盖世而不遇良机,那只会发"蓬蒿隐匿灵芝草,淤泥藏陷紫金盆"的感叹,永远也不会尝到成功的甜果!

❋ 机遇垂青于那些有准备的人 ❋

1861 年，门捷列夫担任圣彼得堡大学教授。在编写新的无机化学教科书的章节时，他遇到了难题，应该按照什么次序排列化学元素的位置呢？

为此，门捷列夫迈进了圣彼得堡大学的图书馆，在数不尽的卷帙中逐一整理以往人们研究化学元素分类的原始资料。他还把所有的元素名称、化合物的化学式和主要性质分类写在纸卡片上，每天皱着眉头地玩"牌"，夜以继日地思考着……

冬去春来，有一天，他又坐到桌前摆弄着"纸牌"，摆着，摆着，他像触电似的站了起来，然后迅速地抓起记事簿在上面写道："根据元素原子量及其化学性质的近似性试排元素表。"

就这样，门捷列夫于 1869 年 2 月底，发现了化学元素具有周期性变化的规律，为世界化学史留下了划时代的一笔。

门捷列夫在 63 个孤零零的元素中找到了联系和变化的规律，发现了影响深远的元素周期律。对此，很多人都会得出这样的结论：他的发现和发明，完全得益于偶然的机遇和灵感。可是，"冰冻三尺，非一日之寒"。虽然科学发明、创造的成果似乎有时"得来全不费工夫"，但它却是"踏破铁鞋"的必然结果。

正如门捷列夫的回答："这个问题我大约考虑了 20 年，而你却认为坐着不动，5 个戈比一行，5 个戈比一行地写着，突然就行了！事情并不这样！"如果有的人把门捷列夫发现元素周期律归结到偶然性因素上的话，那么，我们只能说："如果成功确实有什么偶然性的话，这种偶然的机会也只会垂青那些有准备的人。"

智慧语珠

有的人一味地把自己的不如意归结为"运气不好"，这只是给自己找的借口，要知道，机遇只垂青那些有准备的人。

❋ 抓住万分之一的机会 ❋

人生就像流水，有的人在一个地方打转转，有的人乘着急流往下游奔驰。你乘着这道流水，也许就在岸边优哉游哉，好几年才移动那么一点点，甚至完全静止不动。随波逐流的落叶，只有听天由命，是无可奈何的。它的前途，完全由风向与流水决定。然而，你却可以自己决定前途，不必待在静止不动的静水处。你可以向流水中央游去，乘着急流，去寻找新的机会，你所需要的，就是用自己的力量向着急流游去。

美国但维尔的百货业巨子约翰·甘布士，就是一个敢于把握机遇的人。其实，甘布士的经验极其简单，用他的话说就是："不放弃任何一个机会，这个机会哪怕只有万分之一的可能，你也要抓住。"

但有不少聪明人对此万分之一的机遇是不屑一顾的，认为这种机遇太渺茫，实现的可能性太小。

约翰·甘布士的看法却不同。有一次，甘布士要乘火车去纽约，但事先没有订妥车票。这时恰好是圣诞节前夕，到纽约去度假的人很多，因此，火车票很难买到。

甘布士妻子打电话去火车站询问："是否还可以买到这一车次的火车票？"车站的答复是："全部车票都已售完。不过，若是不怕麻烦的话，可以带着行李到车站来碰碰运气，看是否有人临时退票。"但车站还反复强调了一句，说是这种机会或许只有万分之一的可能。

甘布士依然提了行李，赶到车站去，其坐车的信心就跟买好了车票一样。

妻子问："甘布士，你要是到了车站等不到票呢？"

甘布士说："那没有关系，我就当是拿着行李到外面去散了一趟步。"

甘布士赶到了火车站，等了许久，仍然没有发现退票的人，乘客们都川流不息地向月台涌去。但甘布士并不着急，而是在那里耐心地等待，直到距开车的时间只有5分钟，一个女人匆忙地赶来退票，因为她的女儿突然生病，她只好将票退了留下来照顾女儿。甘布士终于等到了一张去纽约的火车票。

甘布士到了纽约，他在一家旅店住下，洗过澡，便坐下来给妻子打电话，说："亲爱的美莎，我抓住那只有万分之一的机会了，我很高兴，因为我相信这万分之一的机会也有成功的存在，所以我成功了。"

后来，甘布士成为全美举足轻重的商业巨子，他在一封给青年人的公开信中诚恳地说道：

"亲爱的朋友，我认为你们应该重视那万分之一的机会，因为它将给你带来意想不到的成功。有人说，这种做法是傻子行径，比买奖券的希望还渺茫。这种观点是有失偏颇的，因为开奖券是由别人主持，丝毫不由你主观努力；但这种万分之一的机会，却完全是靠你自己的主观努力去完成。"

智慧语珠

生活中许多人都付出了同样的努力，但是有人成功了，有人却失败了，原因何在？在商业活动中，时机的把握甚至完全可以决定你是否有所建树。抓住每一个致富的机遇，哪怕那种机遇只有万分之一实现的可能性，只要你抓住了它，就意味着你的事业已经成功了一半。

❋ 善于把握机遇的盖茨 ❋

比尔·盖茨的成功很大程度上取决于他是个善于把握时机的天才。在1980年微软与IBM公司的一次具有决定性的会议上，计算机产业甚至可以说整个商业领域的未来被改写了。事情大大出乎人们的意料。蓝色巨人公司的主管与西雅图的一家小软件公司签约，为自己的首部个人电脑开发操作系统。他们以为这仅仅是向小合同商外购不重要的部件的举动。毕竟，他们做的是计算机硬件生意，硬件才是利润的竞争所在。但是他们错了，世界将要为此而改变。在毫不知情的情况下，他们把他们的市场统领地位拱手让给比尔·盖茨的微软公司。

在很大程度上IBM被比尔·盖茨利用了，但是与微软公司的这项签约决定不过是蓝色巨人所犯的一系列错误中最严重的一个，这反映了IBM当时的狂妄自大。一个曾在IBM公司就职的职员把IBM比作苏联独裁政权，人们向上爬的方法是取悦他们的顶头上司而不是为用户的真正利益效力。所以，机构臃肿、盲目自信的IBM遭遇到充满活力、觊觎已久的微软时，就像把肥硕而昏聩的水牛引到吞食活物的食人鱼嘴边一样。

盖茨是幸运的，但是如果同样的机会落到其他人身上，结果也许就大不相同了。IBM挑选了比尔·盖茨，这个从不错失良机的人，在关系到一生的重大时机前，他抓住了最重要的部分。IBM忽视的也正是盖茨所清晰地看到的，计算机世界正在发生着翻天覆地的变化，这被管理理论家称为转型。某种程度上，盖茨了解到软件而不是硬件是未来发展的必争之地，这是IBM墨守成规的主管们所无法了解的。盖茨也了解到IBM将要求它的灵魂人物——市场部经理来为软件运行建立一个统一的操作平台，这个操作平台将以盖茨从其他公司购买的名为Q-DOS的操作系统为蓝本，而微软早已把Q-DOS改名为MS-DOS。但在当时，即使是盖茨也没想到这次交易能给微软带来多么丰厚的利润。

人生有限，机遇无限，有人说过这样一句话："耐心等待，机遇就在明天！"其实，机遇不必等待，机遇就在今天，就在你手中，成功就在你家门口。

❈ 一次旅游带来的商机 ❈

商人带着新婚的妻子去海外度蜜月。

有一天，他们去逛跳蚤市场，发现有一种东西很受当地人的欢迎。

这东西价格便宜，最贵的也只不过1美元一对。妻子爱不释手，一口气买下十几对，要带回家赠给自己的亲朋好友。奇怪的是，这种东西送出去以后，亲戚朋友又纷纷上门来讨要，而且向他打听卖这种东西的商店在哪里。可是，商人找遍整个日本，也没有找到出售这种东西的商店。

其实，它只是生长在热带海洋的一种普通小虾，自幼从石头缝爬进去，然后在里面成长为无法出来的雌雄虾，被关在石头里终其一生。

商人一看此物这么受人欢迎，就专程飞往海外进口一大批雌雄虾运回日本，然后以"偕老同穴"命名，把它进行精美包装后出售。大家都认为这种虾能给新婚夫妻带来幸福，会成为新婚喜庆的珍贵礼物。意想不到的是，这种虾一摆上台，便供不应求。最后，1美元进口的东西，一下子竟卖到270美元的高价。

机会就是很平常地存在于你周围的环境中，它或许是一件小小的不起眼的东西，以它平常的姿态存在于它自己的位置上，并不因为其他人的存在而显得与众不同。可一旦你真正地利用了它，就会发现它耀眼的光芒，这比一块真正的宝石更值钱。

❋ 谁经得起考验 ❋

大概是在20年前，在一个榆树成荫的礼堂里住着一位老绅士，他的脾气十分古怪。他大约60多岁，非常富有，有些奇怪的习惯，但他的慷慨和仁慈没人赶得上。

这位老绅士想请一个小孩照顾他的日常生活，帮他做些事情，因为他很喜欢年轻人。但他十分讨厌多数年轻人的好奇心，虽然他对他们的世界很感兴趣。他常说："偷看抽屉的孩子是试图从里边拿出一些东西，在年轻时偷过1分钱的人总有一天会偷1元钱。"

人们听到这个消息后，都想获得这个位置。不久老绅士就收到20多封来信。可是老绅士决定要找一位没有好奇心、不爱管闲事的人。

周一早上，大厅里来了7个穿着盛装，打扮漂亮的小伙子，每个人都暗下决心一定要得到这份工作。老绅士的脾气古怪，他准备好一间房子，这样，他很容易就会发现哪些人爱管闲事，喜欢往抽屉或壁橱里偷窥。他做好安排，让榆树大厅里的这些年轻人依次进入房间。

查尔斯·布朗第一个被叫进房间，老绅士请他在里边等一会儿。查尔斯在门边的一把椅子上坐下。刚开始他很安静，坐在椅子上朝周围看。当他发现屋里有许多珍奇的东西后，终于站了起来偷偷地观察。

桌子上有一个罩子，他很想知道下面是什么，但他不敢掀开罩子。坏习惯对人有很大的影响，查尔斯又是那种十分好奇的人，他终于忍不住掀开罩子想看个明白。

结果很使人扫兴，罩子下边是一堆轻飘飘的羽毛。羽毛被流动的空气卷起来，在房里飞来飞去。他十分害怕，赶忙把罩子放下，但桌上剩下的那些羽毛又被吹到地上了。

怎么办？他一根一根地捡着羽毛。老绅士一直就在隔壁，他听到这声音，就知道了发生的事情，他走了进来，正好看见查尔斯·布朗慌成一团的样子。他很快就把他打发走了，因为他认为查尔斯连最小的诱惑都无法抵制。

老绅士又重新弄好房间，叫来亨利·威尔金斯。老绅士刚离开房间，亨利就被一盘樱桃吸引住了。他特别爱吃樱桃，他想，这么多樱桃，即使吃掉一个老绅士也不会发现，他想了又想，看了又看，正准备从椅子上站起来拿樱桃时，他好像听到门口有脚步声，幸好是他听错了。

他又鼓起勇气，小心谨慎地站起来，拿了一个樱桃放进嘴里。美味极了！他想，再来一个也没什么，于是又拿了一个匆匆地塞进嘴里。在这堆樱桃里，老绅士有意放了几个假樱桃，假樱桃里边全是辣椒。很不幸的是，亨利碰巧就拿到了一个假的，他嘴里立即像着了火一样刺痛起来。老绅士听到咳嗽声，明白是怎么回事了。这个孩子既然会拿樱桃，肯定会拿别的东西。老绅士不喜欢他，于是他也被打发走了。

接着，鲁弗斯·威尔森被叫进来了，独自待在房里。他刚待了不到10分钟就开始东摸西碰。他的脾气倔强鲁莽，不受规矩的约束，要是他能打开这里所有的壁橱、抽屉和储藏室而不被发觉的话，他肯定会这么做。

他向周围看了看，发现桌上有个抽屉，决心看看里边有什么。他刚把手放在抽屉的拉手上，一阵清脆的铃声就响起来了。原来，桌子下面藏有一个电铃。老绅士听到铃声赶忙走了进来。

鲁弗斯被这突如其来的铃声吓了一大跳。虽然他的脸皮厚，但这时也觉得羞愧。老绅士问他拉铃是不是想要什么东西。他结结巴巴地想要道歉，但这毫无用处，他被老绅士从候选名单上删除了。

随后，一名老管家把乔治·琼斯领到房里。他性格谨慎，什么也没碰，只是向周围看着。后来，他发现有一扇壁橱的门虚掩着，他想，要是把它打开一点，绝不会有人发觉。于是，他看看门的下面，以免碰到东西发出声响，然后把门小心地打开了1厘米。要是他看上面而不看下面就好了，因为门上边系了一个小塞子，塞子堵住一个小桶，桶里装满了小铅球。他斗胆又把门打开了1厘米，接着又是1厘米，最后，塞子被拉了出来，蹦出了许多小铅球。壁橱的底部有个锡盘，小铅球滚到锡盘上发出很大的声音，乔治魂都吓掉了。

老绅士很快就来了。他把脸吓得像纸一样白的乔治打发走了。

最后一个男孩叫哈里·戈登。他一个人在屋里待了20多分钟，在椅子上一动不动。他的头上也有眼睛，但他的心灵正直。罩子、樱桃、抽屉、把手、盒子、壁橱门和钥匙都没能使他离开座位。半小时后，老绅士留他在榆树大厅服务。他一直服侍老绅士直到他去世。由于他的正直，他从老绅士那儿得到了一大笔遗产。

哈里·戈登之所以能够被老绅士留下来，其关键的一点应该是戈登较前几位有着更强的自制能力。一个人在集中精力完成某项特殊任务时，在自制力的作用下，能排除干扰，抑制那些不必要的活动。

一个人在事业上的成功需要有坚强的自制力品质。自制力强的人，能够理智地对待周围发生的事情，有意识地控制自己的思想感情，抓住稍纵即逝的机遇。

❋ 有需要就有市场 ❋

有一天，索尼公司的创始人盛田昭夫来到公园里散步，看到好朋友手提着一台笨重的录音机，耳朵上套着耳机，也在公园里悠闲地散步。

盛田昭夫感到奇怪，就问道："你这是怎么一回事？"

好朋友回答说："我喜欢听音乐，可又不愿意吵到别人，所以只好戴上耳机，一边散步一边听音乐，这真是一种惬意的享受。"

老朋友的一句话，触动了盛田昭夫的灵感：是不是可以生产一种可随身携带的听音乐的机器呢？新产品"随身听"的构想就由此萌芽。

根据盛田昭夫的设想，技术力量十分雄厚的索尼公司立即进行了缩小录音机零件的研制工作。没过多久，世界上最小的录放音机就问世了。

这种新型录放音机刚投入市场时，销售部门和销售商担心地说："这种必须使用录音带的机子，却没有录音的功能，大家会接受它吗？"

盛田昭夫坚定地说："汽车音响也没有录音的功能，可是每部车都需要它。你们应该明白一点：有需要就会有市场！"

机遇不是一眼就能够看出来的，它需要你对事物有准确的判断力，对未来有真知灼见以及机遇来临时能不假思索地抓住。能够发现并抓住机遇的人是走在最前面的人，也是最终取得成功的人。

❋ 夫妻老店 ❋

纽约有一家专卖手帕的夫妻老店，由于超级市场的手帕品种多、花样新，他们竞争不过，生意日益惨淡，眼看经营了几十年的老店就要关门了，他们却找不到一点办法。

一天，丈夫正坐在小店里无聊地看着路上来来往往的旅游者，忽然灵感飞来，他不禁忘乎所以地叫了起来："导游图，印导游图。"

"改行？"妻子惊讶地问。

"不不，手帕上可印花、印鸟、印山、印水，为什么不能印上导游图呢？一物二用，一定会受到游客们的青睐！"

妻子听了，恍然大悟，连连称妙。

于是，这对老夫妻立即向厂家订制一批印有纽约交通图及有关风景区导游的手帕，并且广为宣传。这个点子果然灵验，他们的夫妻店绝处逢生，销路大开。

智慧语珠

机遇都是靠用心才能够挖掘出来的。面对一筹莫展的情况，再多的牢骚也是没有用的，即使你把整个世界都埋怨一遍，机遇也不会乖乖地来到你的面前。但是在你静下心来认真思考的时候，你就会觉得眼前一亮：机遇来到了你的身边！

第四章

人脉是事业最大的存折

美国著名成人教育家戴尔·卡耐基有一个基本观点："一个人的成功，15%取决于专业本领，85%取决于人际关系与处世技巧。"这一观点得到了人们的高度重视和广泛推崇。人脉是一笔无形生产力。

现代社会的发展已经显示，在技术、资金、人力资源等生产力要素中，人的重要性越来越突出，人脉资源的地位也越来越高。无怪乎美国石油大王洛克菲勒说："我愿意付出比天底下得到其他本领更大的代价来获取与人相处的本领。"

※ 人脉铸就了他的辉煌 ※

哈维·麦凯从大学毕业那天就开始找工作。当时的大学毕业生很少，他自以为可以找到很好的工作，结果却徒劳无功。好在哈维·麦凯的父亲是位记者，认识一些政商两界的重要人物，其中有一位叫查理·沃德。查理·沃德是布朗比格罗公司的董事长，他的公司是全世界最大的月历卡片制造公司。4年前，沃德因税务问题而入狱。哈维·麦凯的父亲觉得沃德的逃税一案有些失实，于是赴监狱来看望沃德，写了一些公正的报道。沃德非常感激那些文章，他几乎落泪地说，在许多不实的报道之后，哈维·麦凯的父亲终于写出公正的报道。

出狱后，他问哈维·麦凯的父亲是否有儿子。

"有一个在上大学。"哈维·麦凯的父亲说。

"何时毕业?"沃德问。

"他刚毕业，正在找工作。"

"噢，那正好，如果他愿意，叫他来找我。"沃德说。

第二天，哈维·麦凯打电话到沃德的办公室，开始，秘书不让见。后来他3次提到他父亲的名字，才得到跟沃德通话的机会。

沃德说："你明天上午10点钟直接到我办公室面谈吧!"第二天，哈维·麦凯如约而至。应聘变成了聊天，沃德兴致勃勃地谈到哈维·麦凯的父亲的那一段狱中采访，整个谈话过程非常轻松愉快。

聊了一会儿之后，沃德说："我想派你到我们的'金矿'工作，就在对街——品园信封公司。"

为找工作奔波了一个月的哈维·麦凯，现在站在铺着地毯、装饰得富丽堂皇的办公室内，不但顷刻间有了一份工作，而且还是到"金矿"工作。所谓"金矿"是指薪水和福利最好的单位。

那不仅是一份工作，更是一份事业。42年后，哈维·麦凯仍在这一行继续勤奋开采着"金矿"，他已成为全美著名的信封公司——麦凯信封公司的老板。

哈维·麦凯在品园信封公司工作期间，熟悉了经营信封业的流程，懂得了操作模式，学会了推销的技巧，积累了大量的人脉资源。这些人脉成了哈维·麦凯成就事业的关键。

事后，哈维·麦凯说："感谢沃德，是他给我的工作，是他创造了我的事业。"

试想，如果没有沃德的帮助，麦凯可能也就没有如此辉煌的成就了，所以，好的人脉，可以让你的生活更精彩。

"一个人的成功，15%取决于专业本领，85%取决于人际关系与处世技巧。"无数事实证明：你的专业本领往往只能给你带来一种机会，而交往本领则可以给你带来百种千种机会。有了专业本领只能利用自身能量，而交往本领则可使你利用外界的无限能量。

❋ 合作才能生存 ❋

从前，有两个饥饿的人得到了一位长者的恩赐：一根鱼竿和一篓鲜活硕大的鱼。其中，一个人要了一篓鱼，另一个要了一根鱼竿，于是，他们分道扬镳了。

得到鱼的人原地就用干柴搭起篝火煮起了鱼，他狼吞虎咽，还没有品出鲜鱼的肉香，就连鱼带汤吃了个精光，不久，他便饿死在空空的鱼篓旁。另一个人则提着鱼竿继续忍饥挨饿，一步步艰难地向海边走去，可当他看到不远处那蔚蓝色的海洋时，他连最后一点力气也使完了，他也只能眼巴巴地带着无尽的遗憾撒手人间。

还有一对饥饿的人，他们同样得到了长者恩赐的一根鱼竿和一篓鱼，只是他们并没有各奔东西，而是决定共同去找寻大海。他俩每次只煮一条鱼，经过遥远的跋涉，来到了海边，从此，两人开始了捕鱼为生的日子。几年后，他们盖起了房子，有了各自的家庭、子女，有了自己建造的渔船，过上了幸福安康的生活。

一个人在社会中不能孤立生存，只有与人合作，取人之长，补己之短，才能互惠互利，双方都从中获益。与人合作能够营造一个互惠共存、和平安宁的生存环境，而互相孤立或者无休止地争斗只会导致毁灭。

❋ 英才齐聚方可成大业 ❋

目前，许多单位重金聘请高级人才是司空见惯的事，一诺千金，少则月薪成千上万，多则月薪几十万。这也是许多领导在用人方面颇富眼光的表现。

刘禹锡说："山不在高，有仙则名；水不在深，有龙则灵。"对一个单位何尝不是如此。一个单位如果有一帮能征善战、忠心效力的人才，不愁效益上不去。对领导者而言，人才就是利润，人才就是效益。这样，一掷千金聘请高才的事情就不难理解了。

娃哈哈集团的董事长宗庆后是一位求贤若渴的企业家。宗庆后曾多次上演过"三顾茅庐"的故事，亲自出马请人才。

一次偶然的机会，宗庆后得知，杭州有一个制造保健品百余年的老字号店，该店有一位身怀绝技的技师，对保健品很有研究。此时，宗庆后的工厂生产娃哈哈饮料急需名师指导，他的心马上动起来，开始打这位技师的主意。

宗庆后为请到这位技师费了一番苦心。他深知凡有本事的高手一般都有些怪癖。这些人大多重面子、自命不凡，对金钱不屑一顾。如果以金钱作筹码恐怕会弄巧成拙，对真正人才的办法只有一个，那就是诚心诚意。

于是，宗庆后就采取迂回战术，经常去拜访这位技师。他一方面虚心地向这位技师请教关于保健品的研制与生产的技术和学问；另一方面，坦诚地把自己的宏伟计划和面临的技术困难告诉了这位技师，并多次表示如有这个技师的帮助，自己的事业必能蒸蒸日上。

就在这软磨硬泡之间，技师不仅深刻了解到宗庆后是一个前程远大的能人，还深深地被他那种爱才惜才、求才若渴的诚意感动了。他意识到如果自己到娃哈哈集团更能实现自己的价值。最后，他终于答应了宗庆后的请求。

这位难请的技师就叫张宏辉。张宏辉到娃哈哈集团后如鱼得水，干得很卖力，但他有后顾之忧：没有住房。宗庆后再显诚意，毅然把刚分给他的三室一厅让给张宏辉，自己一家却仍挤在原来的一间小屋里。

即使是石头，恐怕也被宗庆后的诚意感化了。在这里，我们还能找到反对"士为知己者死"的理由吗？

企业的"企"字拆开来看，可以理解成"止于人"，即企业的经营说到底就是经营人，企业的较量最终是人才的较量。有胸襟和抱负的企业家，必定是用人的行家，他们懂得近处看人，远处看钱，把人才的积聚看作发展的第一战略。一旦聚拢了大批的精英，企业大展宏图已是指日可待。

❋ 伊丽莎白的交际方法 ❋

交际对于上班族来说非常重要，伊丽莎白十分了解这个道理。她是德拉威州唯一的女性眼科医生，在该州是相当有名望的人物。

这位相当吸引人的年轻女郎是如何建立自己的声望的呢？一名知识型上班族若想建立自己的声望，除了热切参与社会活动之外，别无他法。

她知道由于工作之故，无法借报纸、广播做自我推销，于是，她便选择了为公众服务的方式来提高自己的声望。果然，这种方法使她深得人心，也将她的事业推向了康庄大道。

伊丽莎白23岁时在德拉威州的乔治城开业。开业后，她的第一件工作就是整理出所有曾经交往过的朋友名单，同时参加该城的妇女团体。不久，她便当上妇女会会长，并且连任两届。稍后，她又当上职业妇女组织州联合会会长。

她曾一度在主妇学校及业余剧团中十分活跃，还经常参加宗教、妇女及其他各类联欢会。

她抽空把到国外旅游时的所见所闻制作成幻灯片展示给大家看，这个举动使她与大家的心更近了。

她的社会生活多彩而忙碌，但她仍然能抽出时间扩大自己的交际范围。她曾出任视力鉴定考试委员，担任德拉威州残障协会干事，并且也是州长直属高速公路委员会中的 3 名女性之一。

那么，她对于参与社交活动的看法又如何呢？她的说法是："能多参与社会性工作，被人们信赖的机会就较高，随时都有可能把自己推销出去。"

就是这样，伊丽莎白在极短的时间内得到了大众的尊敬与信赖，不仅生活更为丰富，而且使自己的事业更加成功。她的所有声望就是不断扩大交际范围的成果。

不管你目前的职业前途如何，积极地参与社会活动对你一定会有好处。空有才华而不懂得表现是最可悲的事，因为这将使你白白丧失许多成功的机会！

❋ 提拔的标准 ❋

一家公司准备从基层员工中选拔一位主管。

董事会出的题目是寻宝：大家要从各种各样的障碍中穿越过去，到达目的地，把事先藏在里面的宝物——一枚金戒指找出来。

谁能找出来，金戒指就属于谁，而且他（她）还能得到提拔。

大家兴奋异常。

他们开始行动起来，但是事先设置的路太难走了，满地都是西瓜皮，大家每走几步就会滑倒，根本无法到达目的地。

他们艰难地行进着。

在他们的寻宝队伍中，公司的一位清洁工落在了最后面。

对于寻宝之事，他似乎并不在意，他只是把垃圾车拉过来，然后把西瓜皮一锹锹地装了上去，然后拉到垃圾站去。

几个小时过去了，西瓜皮也快清理完了。

大家跳过西瓜皮，冲向了目的地，他们四处寻找，但是一无所获。

那个清洁工却在清理最后一车西瓜皮的时候，发现了藏在下面的金戒指。

公司召开全体大会，正式提拔这位清洁工。

董事长问大家："你们知道公司为什么提拔他吗？"

"因为他找到了金戒指。"好几个人举手答道。

董事长摇摇头。

"因为他能做好本职工作。"又有几个人举手发言。

董事长摆了一下手："这还不是全部，他最可贵的地方在于，他富有团队精神，在你们争先恐后地寻宝的时候，他在默默地为你们清理障碍。团队精神，是一个人、一个公司最珍贵的宝贝！"

团队精神是一个人能否成功的重要因素，具有合作意识的员工才是企业最需要的人才。许多人都具备能力、学识，但真诚的合作意识会使人成为公司里最珍贵的人才。

❈ 赞美是人际交往的润滑剂 ❈

约翰·洛克菲勒在人际交往中善于运用真诚来赞美他人，以此来维系良好的人际关系。

一次，洛克菲勒的一个合伙人爱德华·贝德福特，在南美的一次生意中，使公司损失了100万美元。然后，贝德福特丧气地回来见洛克菲勒，洛克菲勒本可以指责他的过失，但是他并没有这样做，他知道贝德福特已经尽力了，更何况事情已经发生了，并不能因此而把他的功劳全部抹杀，于是洛克菲勒另外寻找一些话题来称赞贝德福特，他把贝德福特叫到自己的办公室，对他说："这太好了，你不仅节省了60%的投资金融，而且也为我们敲了一个警钟。我们一直都在努力，并且取得了几乎所有的成功，还没有尝到失败的滋味。这样也好，我们可以更好地发现自己的错误和缺点，争取更大的胜利。更何况，我们也并不能总是处在事业的巅峰时期。"

几句话，把贝德福特心里夸得暖乎乎的，并下决心准备从头做起。

智慧语珠

　　在世界上所有的道路中，心与心之间的道路是最难行走的，人人都在追求利益，可他们却找不到通往心灵的方向。其实走进他人的心灵有时又是轻而易举的，路标就是真诚地赞赏他人。

❋ 倾听为你的交际魅力加分 ❋

连平是罗宾见到的最受欢迎的人士之一。他总能受到邀请，经常有人请他参加聚会、共进午餐、打高尔夫球或网球、担任基瓦尼斯国际或扶轮国际的客座发言人。

一天晚上，罗宾碰巧到一个朋友家参加一次小型社交活动。他发现连平和一个漂亮女孩坐在一个角落里。出于好奇，罗宾远远地注意了一段时间。罗宾发现那位女孩一直在说，而连平好像一句话也没说。他只是有时笑一笑，点一点头，仅此而已。几个小时后，他们起身，谢过男女主人，走了。

第二天，罗宾见到连平时禁不住问道："昨天晚上我在斯旺森家看见你和最迷人的女孩在一起。她好像完全被你吸引住了。你怎么抓住她的注意力的？"

"很简单。"连平说,"斯旺森太太把苏珊介绍给我,我只对她说:'你的皮肤晒得真漂亮,在冬季也这么漂亮,是怎么做的?你去哪呢?阿卡普尔科还是夏威夷?'

"'夏威夷。'她说,'夏威夷永远都风景如画。'

"'你能把一切都告诉我吗?'我说。

"'当然。'她回答。我们就找了个安静的角落,接下去的两个小时她一直在谈夏威夷。

"今天早晨苏珊打电话给我,说她很喜欢我陪她。她说很想再见到我,因为我是最有意思的谈伴。但说实话,我整个晚上没说几句话。"

看出连平受欢迎的秘诀了吗?很简单,连平只是让苏珊谈自己。他对每个人都这样——对他人说:"请告诉我这一切。"这足以让一般人激动好几个小时。人们喜欢连平就因为他注意他们。

学会倾听,是突破交往障碍的一个有效行动。当你走出自己的小天地,试着站在别人的立场上,做一个好的听众,你就能够成为一个广受欢迎的交际高手,为自己赢得众多的朋友。

智慧语珠

倾听是美丽的,善于倾听的人则是迷人的。倾听是人际交往中最动听的音符,学会倾听,多多倾听,走近他人其实并不难。

❋ 坦诚赢得人脉 ❋

人与人之间,无论是陌生关系还是朋友关系,无论是亲人还是顾客,都应该相互坦诚。因为坦诚高于人性其他方面的一切品质!但要如何才能获得别人的坦诚呢?答案是,只有坦诚才能换来坦诚!

一直以来,约翰都在试图把煤推销给一家大型连锁公司。然而,那家连锁公司依然继续使用另一个地方的煤。因此,约翰一直在骂那家连锁公司。

事情发生是在一次辩论中。约翰答应了站在连锁商店的立场上进行辩护。于是，他到他曾经痛恨的连锁公司，去会见一位部门经理。见面后，他说："我到这里来，并不是向你们推销煤的。我只是来请求你们帮我一个大忙。"接着他把辩论的事情跟对方详细地说了一通："我是来请你们帮忙的，因为我想不出还有什么人能够比你们更能提供我所需要的资料了。我非常想赢得这场辩论。对于您的帮助，我感激不尽。"

刚开始，约翰请求对方给自己5分钟时间，对方答应了。当约翰说明来意后，对方就请他坐了下来，并谈了将近3小时。最后，对方请来一位曾经写过一本有关连锁商店的书的高级文员，让约翰与他交谈。经理还写信给全国连锁组织公会，为约翰要了一份他需求的资料。这对约翰的辩论将很有用。

为什么连锁公司经理会如此尽力帮助他呢？因为当他说："我认为连锁商店对人类是一种真正的服务"、"我以我为数百个地区的人民所做的一切而感到自豪"时，连锁公司经理已经坦诚地赞同他了。而这种赞同，完全是发自内心的。

当约翰走时，经理送他到门外，并用自己手臂环绕着约翰的肩膀，预祝他辩论得胜，并诚邀他以后再来做客，把辩论结果告诉自己。最后，他还说了这样一句话："请在秋末时再来找我，我想签下一份订单，买个你的煤。"约翰有点惊讶，因为在整个交谈过程中，他们的谈话中没有提及半个"煤"字。

智慧语珠

在交际的场合中，尤其是当我们遇到陌生人时，坦诚是我们打开友谊之门的钥匙。碰到陌生人，与其躲躲闪闪，不如索性大大方方地主动出击。那种率直、热情的人，往往易于使人亲近，也常常受人欢迎，也就更容易赢得别人的信任。

✳ 善于沟通的推销员 ✳

沟通是人际和谐的有效手段，要保持人际交往和谐、融洽的气氛，有效地沟通是必不可少的。不要忽略沟通，它能带给你无比的快乐。

大伟是一个经验丰富的推销员，因为善于沟通，他使一个固执的老太太十分乐意地与他做成了一笔大生意。

当大伟第一次来到老太太家的时候，老太太一见他是推销员，连门都没让他进，并且对他破口大骂。

大伟没有就此放弃，经过一番调查，他终于找到突破口。他再次上门的时候从老太太所喂养的鸡入手，极力地称赞老太太喂养的鸡是多么的好，并且虚心地向老太太请教如何养鸡，老太太心花怒放，非常高兴，马上把大伟当成知己，他们两人几乎无话不谈。

这时，大伟适时地给老太太讲了用电养鸡的好处，并针对养鸡需要用电的相关问题详细地给予说明，从而一下子打动了老太太。

两周以后，大伟就在公司收到了老太太的用电申请，不久以后，老太太所在地的用电申请源源不断，老太太成了大伟的忠实顾客。

生活中，我们不善于和家人、朋友、同学、同事沟通，给人际关系、事业发展造成了诸多障碍。在很大程度上，一个人沟通的能力决定了他生命的品质。所谓沟通，不仅是以言语，还可以经由动作、姿势、眼神以及接触等方式进行。

第五章

习惯不是造就你，
就是毁掉你

拿破仑·希尔说过："习惯能成就一个人，也能够摧毁一个人。"好习惯是成功的基石。它于经年累月中影响着我们的品德，塑造着我们的思维方法和行为方式，并且左右着我们的成败。所以说，一个人要想有所成就，取得成功，就必须养成良好的习惯。

❀ 被遗忘的朋友 ❀

罗丹的一位奥地利朋友，曾经这样描述罗丹工作时的情形：

"在罗丹的工作室——有着大窗户的简朴的屋子里，有完成的雕像；有许许多多小塑样：一只胳膊，一只手，有的只是一只手指或者指节；已动工但搁下的雕像，堆着草图的桌子。这间屋子是他一生不断地追求与劳作的地方。

"罗丹罩上了粗布工作衫，就好像变成了一个工人。他在一个台架前停下。

"'这是我的近作。'他说着，把湿布揭开，现出一座女正身像。

"'这已完工了。'我想。

"他退后一步，仔细看着。但是在审视片刻之后，他低语了一句：'这肩上线条还是太粗。对不起……'

"他拿起刮刀、木刀片轻轻滑过软和的黏土，给肌肉一种更柔美的光泽。他健壮的手动起来了，他的眼睛闪耀着。'还有那里……还有那里……'他又修改了一下，他走回去。他把台架转过来，含糊地吐着奇异的喉音。时而，他的眼睛高兴得发亮；时而，他的双眉苦恼地蹙着。他捏好小块的黏土，粘在雕像身上，刮开一些。

"这样过了半个小时，一个小时……他没有再向我说过一句话。他忘掉了一切，除了他要创造的更崇高的形体的意象。他专注于他的工作，犹如在创世之初的上帝。

"最后，带着喟叹，他扔下刮刀，像一个男子把披肩披到他情人肩上那种温存关怀般地把湿布蒙上女正身像。他又转身要走，在他快走到门口之前，他看见了我。他凝视着，就在那时他才记起，他显然对他的失礼而惊惶：'对不起，先生，我完全把你忘记了，可是你知道……'

"我握着他的手，感谢地紧握着。也许他已领悟我所感受到的，因为在我们走出屋子时他笑了，用手抚着我的肩头。"

智慧语珠

遍地撒种不一定遍地开花，要想做好一件事，最好的办法是只专心做这一件事。生活法则无数次地告诉我们，那些具有非凡毅力、顽强意志的人，经过自己不懈的执着追求，终会换来成功的喜悦，也会赢得世人的崇敬。

❋ 刻苦让梦想变成现实 ❋

史蒂芬·斯皮尔伯格在36岁时就成为世界上最成功的制片人，电影史上十大卖座的影片中，他个人囊括 4 部。他怎么能在这样年轻的年纪里就有此等成就？他的故事实在耐人寻味。斯皮尔伯格在十二三岁时就断言，有一天他会成为电影导演。在他 17 岁那年的一天下午，当他参观完环球电影制片厂后，他的一生改变了。那可不是一次不了了之的参观活动，在他得窥全貌之后，当场他就决定要怎么做。他先偷偷地观看了一场实际电影的拍摄，再与剪辑部的经理长谈了一个小时，然后结束了参观。

对许多人而言，故事就到此为止，但斯皮尔伯格可不一样，他很有个性，他知道自己要什么。从那次参观中，他知道得改变做法。

于是，第二天，他穿了套西装，提起他老爸的公文包，里头塞了一个三明治，再次来到摄影现场，装作是那里的工作人员。他故意避开大门守卫，找到一辆废弃的手拖车，用一块塑胶字母，在车门上拼成"史蒂芬·斯皮尔伯格"、"导演"等字。然后他利用整个夏天去认识各位导演、编剧、剪辑，终日流连于他梦寐以求的世界里，从与别人的交谈中学习、观察，并产生出越来越多关于电影制作的灵感来。

他终于在 20 岁那年，成为正式的电影工作者。环球制片厂放映了一部他拍的片子，反响不错，因而与他签订了一份 7 年的合同，使他得以导演一部电视连续剧。正是斯皮尔伯格刻苦、努力的习惯，让他的梦终于实现了。

智慧语珠

每个人都有好的梦想，关键是面对梦想你应该做什么。有人选择等待，有人选择拼搏、奋斗。只有养成勤奋、刻苦的习惯，梦想才不会缥缈，梦想变成现实才不会是奢望。

❋ 远离懒惰部落 ❋

在远古的时候，有一对朋友，相伴一起去遥远的地方寻找人生的幸福和快乐。一路上风餐露宿，在即将到达目的地时候，遇到了一条大河，而河的彼岸就是幸福和快乐的天堂。关于如何渡过这条河，两人产生了不同的意见。一个建议采伐附近的树木造一条木船渡过河去，另一个则认为无论哪种办法都不可能渡过这条河，与其自寻烦恼，不如等这条河流干了，再轻轻松松地走过去。

于是，建议造船的人每天砍伐树木，辛苦而积极地造船，并顺带着学习游泳；而另一个则每天躺下休息睡觉，然后到河边观察河水流干了没有。直到有一天，已经造好船的朋友准备渡河的时候，另一个朋友还在讥笑他的愚蠢。

不过，造船的朋友并不生气，临走前只对他的朋友说了一句话："去做每一件事不一定见得都成功，但不去做每一件事则一定没有成功的机会！要想成功，你一定要把得过且过的习惯扔得远远的。"能想到河水流干了再过河，这确实是一个"伟大"的创意，可惜的是，这却仅仅是个注定永远失败的"伟大"创意而已。

这条大河始终没有干，而那位造船的朋友经过一番风浪也最终到达了彼岸，而另一个人则从此在原地过着贫乏无味的生活。

智慧
语珠

要想改变现状就要养成勇于进取、敢于拼搏的习惯。养成了这种习惯，就会在人生的路上从容洒脱地应对途中的各种障碍，在顺其自然中改变生活。

❋ 和时间赛跑 ❋

时间正从你的生命中悄悄地流逝。在思考问题的一刹那，光线，确切地说是时间，从你的眼角、你的手指间隙里无声地滑过，而在这一刻里，你没有任何付出，当然也没有得到任何回报：你生命的一小段将被无情地抛弃。

时间对任何人来说都是公平、无私的，每人都能用自己的方式扮演自身所投入的角色，不管他的角色是多么精彩或是多么落魄，时间之手轻轻一挥，便将这些一一抹杀，留下来的只有对往事的记忆。往事是那些印证时间存在过，却不能被我们任何一个人所拥有的东西。当我们回忆往事，那字里行间闪烁的只是想象的光芒，这光芒是虚幻的、不可把握的。往事不会重来，时光不会倒流，生命只有一次。

作家林清玄写过《与时间赛跑》这样一篇文章：

读小学的时候，我的外祖母去世了。外祖母生前最疼爱我。我无法排除自己的忧伤，每天在学校的操场上一圈一圈地跑着，跑得累倒在地上，扑在草坪上痛哭。

那哀痛的日子持续了很久，爸爸妈妈也不知道如何安慰我。他们知道与其欺骗我说外祖母睡着了，还不如对我说实话：外祖母永远不会回来了。

"什么是永远不会回来了呢？"我问。

"所有时间里的事物，都永远不会回来了。你的昨天过去了，它就永远变成昨天，你再也不能回到昨天了。爸爸以前和你一样小，现在再也不能回到你这么小的童年了。有一天你会长大，你也会像外祖母一样老，有一天你度过了你的所有时间，也会像外祖母一样永远不能回来了。"爸爸说。

爸爸等于给我说了一个谜，这个谜比"一寸光阴一寸金，寸金难买寸光阴"还让我感到可怕，比"光阴似箭，日月如梭"更让我有一种说不出的滋味。

以后，我每天放学回家，在庭院里看着太阳一寸一寸地沉进了山头，就知道一天真的过完了。虽然明天还会有新的太阳，但永远不会有今天的太阳了。

我看到鸟儿飞到天空，它们飞得多快呀。明天它们再飞过同样的路线，也永远不是今天了。或许明天飞过这条路线的，不是老鸟，而是小鸟了。

时间过得飞快，使我的小心眼里不只是着急，还有悲伤。有一天我放学回家，看到太阳快落山了，就下决心说："我要比太阳更快地回家。"我狂奔回去，站在庭院里喘气的时候，看到太阳还露着半边脸，我高兴地跳起来。那一天我跑赢了太阳。以后我常做这样的游戏，有时和太阳赛跑，有时和西北风比赛，有时一个暑假的作业，我十天就做完了。那时我三年级，常把哥哥五年级的作业拿来做。每一次比赛胜过时间，我就快乐得不知道怎么形容。

后来的20年里，我因此受益无穷。虽然我知道人永远跑不过时间，但是可以比原来跑快一步，如果加把劲，有时可以快好几步。那几步虽然很小很小，用途却很大很大。

如果将来我有什么要教给我的孩子，我会告诉他：假若你一直和时间赛跑，你就可以成功。

智慧
语珠

光阴似箭，时间的流逝对于任何人来说都是无情的，但又是公正无私的。养成与时间赛跑的习惯，你才不会被时间抛弃。"与时间赛跑"的意识，可以为你提供前进的动力。就好像运动员在跑道上，如果没有竞争对手，他不会有强大的动力向前跑。如果你一直和时间赛跑，你会不断取得成功。

❈ 顺应人体的生物规律 ❈

德国哲学家康德活了 80 岁，在 19 世纪初算是长寿老人了。医生对康德做了极好的评述："他的全部生活都按照最精确的天文钟做了估量、计算和比拟。他晚上 10 点上床，早上 5 点起床，几十年来他一直坚持不懈。他 7 点整外出散步，哥尼斯堡的居民都按他来对钟表。"据说康德生下来时身体虚弱，青少年时经常得病。后来他坚持有规律的生活，按时起床、就餐、锻炼、写作、午睡、喝水、大便，形成了"动力定势"，身体从弱变强。

生理学家认为，每天按时起居、作业，能使人精力充沛；每天定时进餐，届时消化液会准时分泌；每天定时大便，能防治便秘；甚至每天定时洗漱、洗澡等都可形成"动力定型"，从而使生物钟"准时"。谁若违背了这个生物钟，谁就要受到惩罚。

某著名养生专家认为：人体的一切生理活动都是起伏波动的，有高潮也有低潮。人体内有一个"预定时刻表"在支配着这些起伏波动，养生专家称之为"生物钟"。人体血压、体温、脉搏、心跳、神经的兴奋抑制，激素的分泌等 100 多种生理活动，是生物钟的指针，反映了生物钟的活动状态。人体各器官的机能是按"生物钟"来运转的，"生物钟"准点是健康的根本保证，若"错点"则是疾病、早衰、夭折的祸根。

良好的作息规律，意味着要顺应人体的生物钟，按时作息，有劳有逸；按时就餐，不暴饮暴食；适应四季，顺应自然；戒除不良嗜好，不伤人体功能；尤其要保证足够的睡眠，保证每天有一定的体育锻炼时间。

有句话说得好："从一点一滴的小事可以看见一个人未来的发展。"一个人要做点事，成就一番事业，没有好的习惯是不行的。严格遵守作息制度，可以使我们在学习时集中精力，因而可以提高效率。因此，生活有规律对学习、工作和保护神经系统以及整个身心健康都很有益处。

健康是人生的基础，拥有健康你才能享受生命，失去健康，再多的金钱和名誉也不能令你感到幸福。顺应人体的生物规律，培养良好的作息习惯，既有助于身心健康，又能够锻炼自己的意志，是让你终身受益的宝贵财富。

❀ 习惯之根 ❀

一天，一位睿智的老师与他年轻的学生一起在树林里散步。教师突然停了下来，并仔细看着身边的4株植物：第一株植物是一棵刚刚冒出土的幼苗；第二株植物已经算得上挺拔的小树苗了，它的根牢牢地盘踞到了肥沃的土壤中；第三株植物已然枝叶茂盛，差不多与年轻学生一样高大了；第四株植物是一棵巨大的橡树，年轻学生几乎看不到它的树冠。

老师指着第一株植物对他的年轻学生说："把它拔起来。"年轻学生用手指轻松地拔出了幼苗。

"现在，拔出第二株植物。"

年轻学生听从老师的吩咐，稍加使力，便将树苗连根拔起。

"好了，现在，拔出第三株植物。"

年轻学生先用一只手进行了尝试，然后改用双手全力以赴。最后，树木终于倒在了筋疲力尽的年轻学生的脚下。

"好的，"老教师接着说道，"去试一试那棵橡树吧。"

年轻学生抬头看了看眼前巨大的橡树，想了想自己刚才拔那棵小得多的树木时已然筋疲力尽，所以他拒绝了教师的提议，甚至没有去做任何尝试。

"我的孩子，"老师叹了一口气说道，"你的举动恰恰告诉你，习惯对生活的影响是多么巨大啊！"

智慧
语珠

拿破仑·希尔说："习惯能成就一个人，也能摧毁一个人。"习惯有时会成为你成功的障碍，让你扔掉握在手里的机会——坏的习惯尤其如此。习惯是一种顽强的力量，它可以左右人的一生。如果你养成了良好的习惯，就等于事业成功了一半；反之，就离失败不远了。

❈ 戒除不良习惯 ❈

约翰尼·卡特早年就有一个梦想——当一名歌手。参军后，他买到了自己有生以来的第一把吉他。他开始自学弹吉他，并练习唱歌，甚至自己创作了一些歌曲。服役期满后，他开始努力工作以实现当一名歌手的夙愿，可他没能马上成功。没人请他唱歌，就连电台唱片音乐节目广播员的职位也没能得到。他只得靠挨家挨户推销各种生活用品维持生计，不过他还是坚持练歌。他组织了一个小型的歌唱小组在各个教堂、小镇上巡回演出，为歌迷们演唱。后来，他灌制的一张唱片奠定了他音乐生涯的基础。他拥有了两万名以上的歌迷，金钱、荣誉、在全国电视屏幕上露面——所有这一切都属于他了。他对自己坚信不疑，这使他获得了成功。

然而，卡特又接着经受了第二次考验。经过几年的巡回演出，他被工作拖垮了，晚上须服安眠药才能入睡，而且还要吃些"兴奋剂"来维持第二天的精神状态。他开始沾染上一些恶习——酗酒、服用催眠镇静药和刺激性药物。他的恶习日渐严重，以致对自己失去了控制力。从此，他不是出现在舞台上而是更多地出现在监狱里，到了1967年，他每天须吃100多片药片。

一天早晨，当他从佐治亚州的一所监狱刑满出狱时，一位警官对他说："约翰尼·卡特，我今天要把你的钱和麻醉药都还给你，因为你比别人更明白你能充分自由地选择自己想干的事。看，这就是你的钱和药片，你可以现在就把这些药片扔掉，否则，你就去麻醉自己，毁灭自己，你选择吧！"

卡特选择了生活。他又一次对自己的能力做了肯定，深信自己能再次成功。他回到纳什维利，并找到他的私人医生。医生不相信他，认为他很难改掉吃麻醉药的坏毛病，医生告诉他："戒毒瘾比找到上帝还难。"

卡特并没有被医生的话所吓倒，他知道"上帝"就在他心中，他决心"找到上帝"，尽管这在别人看来几乎不可能。他开始了他的第二次奋斗。他把自己锁在卧室闭门不出，一心一意就是要根绝毒瘾，为此他忍受了巨大的痛苦，经常做噩梦。后来在回忆这段往事时，他说，他总是昏昏沉沉，好像身体里有许多玻璃球在膨胀，突然一声爆响，只觉得全身布满了玻璃碎片。当时摆在他面前的，一边是麻醉药的引诱，另一边是他奋斗目标的召唤，结果他的信念占了上风。

9个星期以后，他又恢复到吸毒前的样子了，睡觉不再做噩梦。他努力实现自己的计划。几个月后，他重返舞台，再次引吭高歌。他不断努力奋斗，终于又一次成为超级歌星。

智慧
语珠

习惯能成就一个伟大的人，同样也可一毁灭一个成功的人。拒绝坏习惯的纠缠，拒绝它无休止地拖累你，用坚强的遗志战胜它，你会发现生活的天空格外晴朗。

第六章

每天敲敲成功的门

人要获取任何一个成功都不是一蹴而就的事，都需要采取循序渐进、持之以恒的方法。许多人做事之所以会半途而废，并不是因为困难有多大，而是因为自身的心态、方法有问题。其实，把大的目标细化到具体步骤，逐一地跨越它，成功就会变得轻松很多。

✳ 做最好的自己 ✳

一大早，格尔开着小型运货汽车来了，车后扬起一股尘土。

格尔卸下工具后就干起活来。他是一个心灵手巧的人。他会刷油漆，能干木匠活，也能干电工活，修理管道，整理花园，他会铺路，还会修理电视机。

格尔上了年纪，走起路来步子缓慢、沉重，头发理得短短的，裤腿挽得很高，便于给别人干活。

他的顾客有几间草舍，其中有一间，格尔在夏天租用。

格尔摆弄起东西来就像雕刻家那样有权威，那种用自己的双手工作的人才有的权威。木料就是他的大理石，他的手指在上边摸来摸去，摸索什么，别人不太清楚。一位朋友认为这是他自己的问候方式，他接近木头就像骑手接近马一样，安抚它，使它平静下来。而且，他的手指能"看到"眼睛看不到的东西。

有一天，格尔在路那头为邻居们盖了一个小垃圾棚。垃圾棚被隔成三间，每间放一个垃圾桶。棚子可以从上边打开，把垃圾袋放进去，也可以从前边打开，把垃圾桶挪出来。小棚子的每个盖子都很好使，门上的合页也安得很合缝。

格尔把垃圾棚漆成绿色，晾干。一位邻居走过去看了看，他为这竟是一个人做的而不是在什么地方买的而感到惊异。邻居用手抚摩着光滑的油漆，心想，完工了。不料第二天，格尔带着一台机器又回来了。他把油漆磨光了，不时地用手摸一摸。他说，他要再涂一层油漆。尽管在别人看来这已经够好了，但这不是格尔干活的方式。经他的手做出来的东西，看上去不像是自己家做的。

在格尔的天地中，没有什么神秘的东西，因为那都是他在某个时候制作的，修理的，或者拆卸过的。保险盒、牲口棚、村舍全是出自格尔的手。

格尔的顾客们从事着复杂的商业性工作。他们发行债券，签订合同。格尔不懂如何买卖证券，也不懂怎样办一家公司。但是当作这些事时，他们就去找格尔，或找像格尔这样的人。他们明白格尔所做的是实实在在的、很有价值的工作。

当一天结束的时候，格尔收拾工具，放进小卡车，然后把车开走了。他留下的是一股尘土，以及至少还有一个想不通的小伙伴。这个人纳闷，为什么格尔做得这样多，可得到的报酬却这样少。

然而，格尔又回来干活儿了，默默无语，独自一人，没有会议，也没有备忘录，只有自己的想法。他认为该干什么活就干什么活，自己的活自己干，也许这就是自由的一个很好的定义。是的，如果你能心无旁骛，专心致志地做好自己的事，做最好的自己，你就能在不知不觉中超越众人，跨越平庸的鸿沟，在众人中脱颖而出。

做最好的自己，你的潜能将自然地被诱发出来，成功离你便不再遥远。

❋ 小兔子发挥优势成冠军 ❋

一只小兔子被送进了动物学校，它最喜欢跑步课，并且总是拿第一；它最不喜欢的是游泳课，一上游泳课它就非常痛苦。但是兔爸爸和兔妈妈要求小兔子什么都学，不允许它放弃任何一个。小兔子只好每天垂头丧气地到学校上学，老师问它是不是在为游泳太差而烦恼，小兔子点点头。老师说："其实这个问题很好解决，跑步是你的强项，但是游泳是你的弱项。这样好了，你以后不用上游泳课了，可以专心练习跑步。"小兔子听了非常高兴，它专门训练跑步，结果成为跑步冠军。

小兔子根本不是学游泳的料，即使再刻苦，它也不会成为游泳能手；相反，它专门训练跑步，结果成了跑步冠军。

人们在对成功人士进行研究后发现，成功者尽管其路径各异，但成功者都有一个共同点，那就是"扬长避短"。传统上我们强调弥补缺点，纠正不足，并以此来定义"进步"。而事实上，当人们把精力和时间用于弥补缺点时，就无暇顾及增强和发挥优势了；更何况任何人的缺点都比才干多得多，而且大部分的缺点是无法弥补的。

❋ 沙粒向珍珠的转变 ❋

有一个自以为是全才的女郎，毕业以后屡次碰壁，一直找不到理想的工作。她觉得自己怀才不遇，对社会非常失望，因而她感到，是因为没有伯乐来赏识她这匹"千里马"。

痛苦绝望之下，她来到大海边，打算就此结束自己的生命。

在她正要自杀的时候，刚好有一个老妇人从这里走过，救了她。老妇人就问她为什么要走绝路，她说自己不能得到别人和社会的承认，没有人欣赏并且重用她……

老妇人听完后，从脚下的沙滩上捡起一粒沙子，让女郎看了看，然后就随便地扔在地上，对女郎说："请你把我刚才扔在地上的那粒沙子捡起来。"

"这根本不可能！"女郎说。

老妇人接着又从自己口袋里掏出一颗晶莹剔透的珍珠，也是随便地扔在了地上，然后对女郎说："你能不能把这个珍珠捡起来呢？"

"这当然可以。"

"那你就应该明白是为什么了吧？你应该知道，现在你自己还不是一颗珍珠，所以你还不能苛求别人立即承认你，如果要别人承认，那你就要由沙子变成一颗珍珠才行。"

想要变成珍珠，就必须付出艰苦的努力，当我们不停地抱怨现实的不公时，首先问一下自己是珍珠还是沙子？努力地使自己成为珍珠，相信光芒也无须遮盖，因为沙粒再多也掩盖不了珍珠的光芒。

❈ 告诉自己"我可以" ❈

成功的字典里没有"我不能"，经常告诉自己"我可以"，就会在心里形成一种积极的暗示，很多看似超越自身能力所及的事情也可以迎刃而解。利娅老师深知这个道理。

利娅是密歇根州一个小镇上的小学老师。

那天，她给学生们上了生动的一节课。她让学生们在纸上写出自己不能做到的事。所有的学生都全神贯注地埋头在纸上写着。一个10岁的男孩，他在纸上写道："我无法把球踢过第二道底线"、"我不会做三位数以上的除法"、"我不知道如何让黛比喜欢我"等。他已经写完了半张纸，但却丝毫没有停下来的意思，仍旧很认真地继续写着。

每个学生都很认真地在纸上写下了一些句子，述说着他们做不到的事情。

利娅老师也正忙着在纸上写着她不能做到的事情，像"我不知道如何才能让约翰的母亲来参加家长会"、"除了体罚之外，我不能耐心劝说艾伦"等。

大约过了10分钟，大部分学生已经写满了一整张纸，有的已经开始写第二页了。"同学们，写完一张纸就行了，不要再写了。"

等所有学生的纸都投入纸鞋盒以后，利娅老师把自己的纸也投了进去。然后，她把盒子盖上，夹在腋下，领着学生走出教室，沿着走廊向前走。

走着走着，队伍停了下来。利娅走进杂物室，找了一把铁锹。然后，她一只手拿着鞋盒，另一只手拿着铁锹，带着大家来到运动场最边远的角落里，开始挖起坑来。

学生们你一锹我一锹地轮流挖着，洞挖好后，他们把盒子放进去，然后又用泥土把盒子完全覆盖上。这样，每个人的所有"不能做到"的事情都被深深地埋在了这个"墓穴"里，埋在了1米深的泥土下面。

这时，利娅老师注视着围绕在这块小小的"墓地"周围的31个孩子，神情严肃地说："孩子们，现在请你们手拉着手，低下头来，我们准备默哀。"

"朋友们，今天我很荣幸能够邀请你们前来参加'我不能'先生的葬礼。"利娅老师庄重地念着悼词，"'我不能'先生在世的时候，曾经与我们的生命朝夕相处，您影响着、改变着我们每一个人的生活，有时甚至比任何人对我们的影响都要深刻得多。您的名字几乎每天都要出现在各种场合，比如学校、市政府、议会，甚至是白宫。当然，这对于我们来说是非常不幸的。

"现在，我们已经把您安葬在这里，并且为您立下了墓碑，刻上了墓志铭。希望您能够安息。

"愿'我不能'先生安息吧，也祝愿我们每一个人都能够振奋精神，勇往直前！阿门！"

接下来，利娅为"我不能"做了一个纸墓碑。

利娅老师把这个纸墓碑挂在教室里。每当有学生说"我不能……"的时候，她只要指着这个象征"我不能"死亡的标志，孩子们便会想起"我不能"先生已经死了，进而去想出积极的解决方法。

　　"我不能"经常在我们的耳边响起，这是你对自己的宣判。听多了你对自己说的"我不能"，你很可能就会走进自卑的圈子，再也出不来。不要自己宣判自己，沉浸在"我不能"的困境中，很多事情就真的无法去做。一切皆有可能，只要相信"我可以"，便会有无限可能。

❋ 时刻准备着 ❋

让自己保持在最佳状态，以便机会出现时，你可以紧紧抓住，不让它溜走。

机遇什么时候来临，谁也不知道。一个渴望成功的人，必须时刻做好准备，这样无论机会何时出现，你都能抓住它，借机而成功。

一位老教授退休后，到偏远山区的学校，传授教学经验，并与当地老师进行教学研讨。由于老教授和蔼可亲，使得他所到之处皆受到老师和学生的欢迎。

有一次，当他结束在山区某学校的行程，而欲赶赴他处时，许多学生依依不舍，老教授非常感动，当下答应学生，下次再来时，只要谁能将自己的课桌椅收拾整洁，老教授将送给该名学生一个神秘礼物。

在老教授离去后，每到星期三早上，所有学生就会将自己的桌面收拾干净，因为星期三是每个月教授前来拜访的日子，只是不确定教授会在哪一个星期三来到。

其中有一个学生的想法和其他同学不一样，他一心想得到教授的礼物留作纪念，生怕教授会临时在星期三以外的日子突然带着神秘礼物来到学校，于是他每天早上，都将自己的桌椅收拾整齐。

但往往上午收拾妥当的桌面，到了下午又是一片凌乱，这个学生又担心教授会在下午来到，于是在下午又收拾了一次。可他想想又觉得不安，如果教授在一个小时后出现在教室，仍会看到他的桌面凌乱不堪，便决定每个小时收拾一次。

到最后，他想到，教授随时会到来，仍有可能看到他的桌面不整洁，终于，这名学生想清楚了，他无时无刻保持自己桌面的整洁，随时欢迎教授的来临。

老教授虽然尚未带着神秘礼物出现，但这个小学生已经得到了另一份奇特的礼物。

有许多人终其一生，都在等待一个足以令他成功的机会。事实上，机会无所不在，重点在于：当机会出现时，你是否已经准备好了。

机遇是一位神奇的、充满灵性的但性格怪僻的天使。它对每一个人都是公平的，但绝不会无缘无故地降临。只有经过反复尝试，多方出击，才能寻觅到它。

智慧语珠

机遇绝非上苍的恩赐，它是创造主体主动争来的，主动创造出来的。机遇是珍贵而稀缺的，又是极易消逝的。你对它怠慢、冷落、漫不经心，它也不会向你伸出热情的手臂。主动出击的人，易俘获机遇；守株待兔的人，常与机遇无缘，这是普遍的法则。你若比一般人更显得主动、热情的话，机遇就会向你靠拢。

✷ 勇争第一 ✷

一位赛车手一赛完车，就回来向母亲报告比赛的结果。他冲进家门叫道："妈妈，有35辆车参加比赛，我得了第二名!"

"这值得高兴吗？要我说——你输了!"母亲回答道。

"妈妈，你不认为第一次就跑第二是很了不起的事吗？而且有这么多辆车参加比赛。"他抗议着。

"你用不着跑在任何人后面。如果别人能跑第一，你也能!"母亲严厉地说。

这句话深深刻进了儿子的脑海。

接下来的20年中，他称霸赛车界，成为运动史上赢得奖牌最多的赛车选手。他就是理查·派迪。

他的许多项纪录到今天还保持着，没人能打破。20多年来，他一直没忘记母亲的教诲——你用不着跑在任何人后面!

这个道理就好比两个准备爬山的人：第一个立志要爬到山顶；第二个人说我要享受生活，爬到半山腰就好。

结果多半是立誓爬到半山腰的人愿望能实现，而第一个人的愿望有两种可能：第一，他没有达到他的目的地——山顶，但他最终所处的位置一定比第二个人高；第二，他如愿以偿地站在最高峰。无论是哪种结果，成就大的永远是立志到达山顶的那个人。

只要是比赛，就一定有"第二名"，但只要参加比赛，就一定要争取"第一名"。你可以心平气和地接受"第二名"，但绝不能心安理得地满足"第二名"。如果这一次你因为"第二名"而欢喜，那么下一次比赛就一定不是"第二名"，而是在更远的后面。这就是"取法乎上而得乎中"的道理，这就是理查·派迪的母亲责备他的原因。

❋ 自食其力的擦鞋童 ❋

有一个善良的小男孩，名叫里奇。他的父亲早已过世，陪伴着他的，只有穷困的母亲和一个两岁大的妹妹。

他很想能帮上母亲的忙，因为母亲挣的钱总是难以养家糊口。

一天，里奇帮一位先生找到了他丢失的笔记本，于是这位先生给了他1美元。

他把这1美元用来买了一个盒子、三把鞋刷和一盒鞋油。接着他来到街角，对每位鞋不太干净的人说："先生，能让我给您的鞋擦擦油吗？"

他是那样的彬彬有礼，因此人们很快便都注意到了他，并且也十分乐意让他擦。第一天他就挣了50美分。

当里奇把钱交给母亲的时候，母亲情不自禁地流下了激动的热泪："你真是一个懂事的好孩子，里奇。我以前不知道怎样才能赚更多的钱来买面包，但是现在我相信我们能够过得更好。"

从此以后，里奇白天擦鞋，晚上到学校上课。他挣的钱已足以负担母亲和妹妹的生活了。

凡走过，必留下痕迹。人生没有任何过程是白费的，包括辛苦、泪水和酸楚，每一笔都会增加你未来成功的色彩。人生，正是有了崎岖才多了几分韵味。只有不断拼搏的人生才会更加充实。

智慧语珠

生于忧患，死于安乐。安逸舒适的环境容易消磨人的意志，最后导致一事无成。你在遇到困难的时候，不会总是有人奇迹般出现前来帮你，你只有不断地奋斗、拼搏，你才能谱就精彩的人生。

✵ 影响一生的明信片 ✵

在美国华盛顿国立女性艺术博物馆，曾举行过一场名为"摩西奶奶在 20 世纪"的画展。该展览除展出摩西奶奶的作品外，还陈列了一些来自其他国家有关摩西奶奶的私人收藏品。其中最引人注目的是一张明信片，它是摩西奶奶 1960 年寄出的，收件人是一位名叫春水上行的日本人。

这张明信片是第一次公之于众，上面有摩西奶奶画的一座谷仓和她亲笔写的一段话："做你喜欢做的事，上帝会高兴地帮你打开成功之门，哪怕你现在已经 80 岁了。"

摩西奶奶为什么要写这段话呢？原来这位叫春水上行的人很想从事写作，他从小就喜欢文学，可是大学毕业后，一直在一家医院里工作，这让他感到很痛苦。

马上就 30 岁了，他不知该不该放弃那份令人讨厌却收入稳定的工作，以便从事自己喜欢的行当。于是他给耳闻已久的摩西奶奶写了一封信，希望得到她的指点。对于春水上行的信，摩西奶奶很感兴趣，因为过去的大多数来信，都是恭维她或向她索要绘画作品的，这封信却是谦虚地向她请教人生问题。虽然当时她已 100 岁了，但她还是立即做了回复。

摩西奶奶是美国弗吉尼亚州的一位农妇，76 岁时因关节炎放弃农活，开始了她梦寐以求的绘画。80 岁时，到纽约举办画展，引起了意外的轰动。她活了 101 岁，一生留下绘画作品 600 余幅，在生命的最后一年还画了 40 多幅。

那么，到底是什么原因让人们异常关注那张明信片呢？原来，那张明信片上的春水上行，正是如今在日本乃至全世界都大名鼎鼎的作家渡边淳一。也许正是这个原因，每当讲解员向参观的人讲解这张明信片时，总要附带地说上这么几句话："你心里想做什么，就大胆地去做吧！不要管自己的年龄有多大和现在的生活状况如何，因为，你想做什么和你能否取得成功，与这些没有什么关系。"

智慧
语珠

每个人都是一根大小相同的杠杆。成功与否，关键就在于能否找到自己最合适的支点。不管何时找到这个支点，永远没有晚的时候。找到支点，你就可以撬动地球。

❋ 活到老，学到老 ❋

在哈佛一座教学楼前的阶梯上，有一群即将毕业的机械系大四学生很快就要参加最后一门考试了，他们聚集在一起，正在讨论几分钟后就要开始的考试。他们的脸上充满自信，这是最后一场考试，接着就是毕业典礼和找工作了。

有几个说他们已经找到工作了，其他的人则在讨论他们想得到的工作。怀着对4年大学教育的肯定，他们觉得心理上早有充分的准备，能征服外面的世界。

他们知道即将进行的考试只是轻而易举的事情。教授说他们可以带需要的教科书、参考书和笔记，只要求他们考试时不能彼此交头接耳。

他们喜气洋洋地走进教室。教授把考卷发下去，学生们喜形于色，因为学生们注意到只有5个论述题。

3个小时过去了，教授开始收考卷。学生们似乎不再有信心，他们脸上有难以描述的表情，没有一个人说话。教授手里拿着考卷，面对着全班同学。教授端详着学生们忧郁的脸，问道："有几个人把5个问题全答完了？"

没有人举手。

"有几个人答完了4个？"

仍旧没有任何动静。

"3个？两个？"

学生们变得有些坐立不安起来。

"那么一个呢？一定有人做完了一个吧？"

全班学生仍保持沉默。

教授放下手中的考卷说："这正是我所预料的结果。我只是要加深你们的印象，即使你们已完成4年工程教育，但仍旧有许多有关工程的问题你们全然不知。这些你们不能回答的问题，在日常操作中是非常普遍的。"

智慧语珠

　　真实的生活正在向我们展示它的精深与博大，学习永远没有尽头。卡莱尔曾经说过这样的话："天才是一种长久刻苦努力的能力。"与其说某些人之所以超越他人，是由于天资过人，倒不如说是由于他能够专心致志并且毫不厌倦地学习。

❋ 铁匠磨剑 ❋

　　铁匠打了两把宝剑。刚刚出炉时它们一模一样，又笨又钝。铁匠想把它们磨快一些。其中一把宝剑想，这些钢铁都来之不易，还是不磨为妙。它把这一想法告诉了铁匠。铁匠答应了它。铁匠去磨另一把剑，另一把没有拒绝。经过长时间的磨砺，一把寒光闪闪的宝剑磨成了。铁匠把那两把剑挂在店铺里。

　　不一会儿就有顾客上门，一眼就看上了磨好的那一把，因为它锋利、轻巧、实用。

　　而钝的那一把，虽然钢铁多一些、重量大一些，但是无法把它当宝剑用，它充其量只是一块剑形的铁而已。

　　同样出自一个铁匠之手，两把宝剑的命运却是天壤之别！锋利的那把又薄又轻，而另一把则又厚又重；前者是削铁如泥的利器，后者则只是一个摆设。

人生的道理也与此类似。人生的目的不是面面俱到，不是多多益善。抓住一个目标，付出勤劳的汗水，锲而不舍地去追求、努力，才能把自己的人生之剑打磨得又轻巧、又锋利。

❊ 莱特兄弟的飞翔信念 ❊

　　多年前，一位穷苦的牧羊人领着两个年幼的儿子以替别人放羊来维持生计。一天，他们赶着羊来到一个山坡，这时，一群大雁鸣叫着从他们的头顶飞过，并很快消失在远处。牧羊人的小儿子问他的父亲："大雁要往哪里飞？""它们要去一个温暖的地方，在那里安家，度过寒冷的冬天。"牧羊人说。他的大儿子羡慕地说："要是我们也能像大雁一样飞起来就好了，我就要飞得比大雁还要高，去天堂，看妈妈是不是在那里。"小儿子也对父亲说："做个会飞的大雁多好啊！那样就不用放羊了，可以飞到自己想去的地方。"

　　牧羊人沉默了一下，然后对两个儿子说："只要你们想，你们就可以飞起来。"两个儿子试了试，并没有飞起来。他们用怀疑的眼神瞅着父亲。

　　牧羊人说："让我飞给你们看。"于是他飞了两下，也没飞起来。牧羊人肯定地说："我是因为年纪大了才飞不起来，你们还小，只要不断努力，就一定能飞起来，去想去的地方。"儿子们记住了父亲的话，并一直不断地努力，长大以后果然飞起来了，他们发明了飞机，他们就是美国的莱特兄弟。

　　如果说人的一生是在浩瀚的海洋上航行，那么信念就是驱动"生命进取号"的马达，让人产生无穷的力量去乘风破浪。

信念能够产生巨大的力量。在生活中，想想事情积极的一面，有助于心态的改变。凡事若不从好的方面去想，往往可能还没有去做某件事，就已失去了信心，其结果十有八九会朝着不利的方向发展。所以，做什么事，都要有积极的信念，都要从好的方面去想。当你想象你会成功时，你就会增强信心，并在实践中想方设法去做。往好的方面想，才会有好的结果。

让自己变得强大

一位搏击高手参加比赛，自负地以为一定可以夺得冠军，却不料在最后的决赛中，遇到了一个实力相当的对手。双方皆竭尽全力出招攻击。搏击高手觉察到，自己竟然找不到对方招式中的破绽，而对方的攻击往往能够突破自己的防守。最后，搏击高手没有夺到冠军。

他愤愤不平地回去找他的师父，在师父面前，一招一式地将对方和他对打的过程再次演练给师父看，并央求师父帮他找出对方招式中的破绽。

师父笑而不语，在地上画了一道线，要他在不擦掉这条线的情况下，设法让这条线变短。搏击高手苦思不解，最后还是放弃继续思考，请教师父。

师父在原先那条线的旁边，又画了一道更长的线，两者比较之下，原先的那条线看起来变得短了许多。

师父开口道："夺得冠军的重点，不在于如何攻击对方的弱点。正如地上的长短线一样，只要你自己变得更强，对方正如原先的那条线一般，也就在无形中变得较弱了。如何使自己更强，才是你需要苦练的。"

成功不能寄希望于投机取巧，一条重要的捷径就是让自己变得更强大。

只有让自己比对手更强大，才能不被淘汰。

✳ 永远进取的施罗德 ✳

1944 年 4 月 7 日，施罗德出生在北威州的一个贫民家庭。他出生后第三天，父亲就战死在罗马尼亚。母亲当清洁工，带着他们姐弟二人，一家三口相依为命。

生活的艰难使母亲欠下许多债。一天，债主逼上门来，母子抱头痛哭。年幼的施罗德拍着母亲的肩膀安慰她说："别伤心，妈妈，总有一天我会开着奔驰车来接你的！" 40 年后，他的母亲终于等到了这一天。施罗德担任了下萨克森州州长，开着奔驰车把母亲接到一家大饭店，为老人家庆祝 80 岁生日。

1950 年，施罗德上学了。因交不起学费，初中毕业他就到一家零售店当了学徒。贫穷带来的被轻视和瞧不起，使他立志要改变自己的人生："我一定要从这里走出去。"他想学习，他在寻找机会。1962 年，他辞去了店员之职，到一家夜校学习。他一边学习，一边到建筑工地当清洁工。不仅收入有所增加，而且圆了他的上学梦。

4 年夜校结业后，1966 年他进入了哥廷根大学夜校学习法律。毕业之后，他当了律师。32 岁时，他成了汉诺威霍尔律师事务所的合伙人。

通过对法律的研究，他对政治产生了兴趣。他积极参加政党的集会，并加入了社会民主党。此后，他逐渐崭露头角，步步高升。1969年，他担任哥廷根地区的主席，1971 年得到政界的肯定，1980 年当选议员。1990 年他当选为下萨克森州总理，并于 1994 年、1998 年两次连任。1998 年 10 月，他走进联邦德国总理府。回顾自己的经历，他说，每个人都要通过自己的勤奋努力，而不是通过父母的金钱来使自己接受教育。这对个人的成长至关重要。

胡巴特说："这个世界愿对一件事情赠予大奖，包括金钱和荣誉，那就是'进取心'。"进取心是存在于我们意识里的一种神秘又伟大的力量，当一个人的进取心最大化的时候，成功必然会降临。

❋ 成本运算 ❋

一位学生刚开始学习成本会计的时候，老师曾出过一道小题目：

某人廉价购进一批质地优良的汗衫，去阿拉伯沙漠地区出售。问：这趟买卖大约包含哪几项成本？

同学们随口应答：本金、运费、房屋租赁费、食宿费等。

老师微笑着，似乎还在期待着什么。同学们窃窃私语，互相商讨着，又勉强列出几种成本：税金、意外损耗。

老师说话了："诸位谁见过阿拉伯人穿着汗衫到处跑的？那儿的太阳很毒，外出的人们基本上是一袭长袍，头上还扎着布。别以为热的地方，人们就一定得穿汗衫。"

同学们恍然大悟："那就滞销啦，卖不掉！"

老师："所以，最大的成本你们没有说，那就是无知。"

还有一则类似的小故事：美国某企业一台重要机器出了故障，遍查还是找不着真正原因。最后，请来某著名工程师解难。一小时后，他在电机的铜线圈上画了道线，说："除去一圈铜线就行了。"试后果然如此！业主问工程师需要多少酬金。他说："10000美元。"业主吃惊："画道线就值10000美元吗？"他笑道："不。画道线只值1美元；而知道在何处画，值9999美元。"以成本会计的角度看，工程师最后一句话似乎可以修改为：画一道线的成本是1美元，知道在何处画线的成本是9999美元。

无知的行动有时会让人陷入失败的困境，而有备无患的行动则更容易获得成功。行动之前，不妨先仔细思考一下可行的行动方案，所谓磨刀不误砍柴工，水到自然成。

❋ 心沉气定，自有所成 ❋

一个屡屡失意的年轻人来到普济寺，慕名寻到老僧释圆，沮丧地对他说："人生总不如意，活着也是苟且，有什么意思呢？"

释圆静静地听着年轻人的感叹和絮叨，末了才吩咐小和尚说："施主远道而来，烧一壶温水送过来。"

不一会儿，小和尚送来了一壶温水，释圆抓了些茶叶放进杯子，然后用温水沏了，放在茶几上，微笑着请年轻人喝茶。杯子冒出微微的水汽，茶叶静静浮着。

年轻人不解地询问："宝刹怎么喝温茶？"

释圆笑而不语。

年轻人喝了一口，不由得摇摇头："一点茶香都没有啊。"

释圆说："这可是闽地名茶铁观音啊。"

年轻人又端起杯子品尝，然后肯定地说："真的没有一丝茶香。"

释圆又吩咐小和尚："再去烧一壶沸水送过来。"

又过了一会儿，小和尚便提着一壶冒着浓浓热气的沸水进来。释圆起身，又取过一个杯子，放茶叶，倒沸水，再放在茶几上。年轻人俯首看去，茶叶在杯子里上下沉浮，丝丝清香不绝如缕，望而生津。年轻人欲去端杯，释圆伸手挡住他，又提起水壶注入一线沸水。茶叶翻腾得更厉害了，一缕更醇厚、更醉人的茶香袅袅升腾，在禅房弥漫开来。释圆这样注了五次水，杯子终于满了，那绿绿的一杯茶水，端在手上清香扑鼻，入口沁人心脾。

释圆笑着问："施主可知道，同是铁观音，为什么茶味迥异吗？"

年轻人说："一杯用温水，一杯用沸水，冲沏的水不同。"

释圆点头："用水不同，则茶叶的沉浮就不一样。温水沏茶，茶叶轻浮水上，怎会散发清香？沸水沏茶，反复几次，茶叶沉沉浮浮，释放出四季的风韵：既有春的幽静和夏的炽热，又有秋的丰盈和冬的清冽。世间芸芸众生，也和沏茶是同一个道理。也就相当于沏茶的水温度不够，就不可能沏出散发诱人香味的茶水一样；你自己的能力不足，要想处处得力、事事顺心自然很难。要想摆脱失意，最有效的方法就是苦练内功，切不可浮躁。"

年轻人幡然醒悟。

浮躁已经成了整个社会的通病，做事不能踏踏实实，急于求成的心态弥漫在一些人中间。然而，就像泡茶，水温够了，时间够了，茶香自然会飘散出来。只要你沉下那颗浮躁的心，就自然能够事有所成。

第七章

迈出一小步，
人生前进一大步

比尔·盖茨曾指出，虽然行动不一定能带来令人满意的结果，但不采取行动就绝无满意的结果可言。

如果你有了强烈的愿望，就要积极地迈出实现它的第一步，千万不要等待或拖延，不要找出你不能实现这个愿望的几百个理由，也不必等待具备所有的条件。因为，如果你不行动，你将永远不会成功。

我们不必畏惧遥不可及的未来，只要想着此时此刻该做什么就可以了。一步一个脚印地把眼前的事情做好，每天只需跨出一小步，成功的喜悦就会在不知不觉中浸润我们的生命。

❀ 踏实跨出你的每一步 ❀

在很久以前，泰国有个叫奈哈松的人，一心想成为一个富翁。他觉得成为富翁的最短的捷径便是学会炼金之术。

此后他把全部的时间、金钱和精力，都用在了炼金术的实验中了。不久以后他花光了自己的全部积蓄，家中变得一贫如洗，连饭都没得吃了。妻子无奈，跑到父亲那里诉苦。她父亲决定帮女婿改掉恶习。

他让奈哈松前来相见，并对他说："我已经掌握了炼金之术，只是现在还缺少一样炼金的东西……"

"快告诉我还缺少什么？"奈哈松急切地问道。

"那好吧，我可以让你知道这个秘密。我需要3公斤香蕉叶下的白色绒毛。这些绒毛必须是你自己种的香蕉树上的。等到收齐绒毛后，我便告诉你。"

奈哈松回家后立刻将已荒废多年的田地种上了香蕉。为了尽快凑齐绒毛，他除了种以前自家就有的田地外，还开垦了大量的荒地。当香蕉长熟后，他便小心地从每张香蕉叶下搜刮白绒毛。而他的妻子和儿女则抬着一串串香蕉到市场上去卖。就这样，10年过去了，奈哈松终于收集够了3公斤绒毛。这天，他一脸兴奋地拿着绒毛来到岳父的家里，向岳父讨要炼金之术。

岳父指着院中的一间房子说："现在，你把那边的房门打开看看。"

奈哈松打开了那扇门，立即看到满屋金光，竟全是黄金，他的妻子、儿女都站在屋中。妻子告诉他，这些金子都是他这10年里所种的香蕉换来的。面对着满屋实实在在的黄金，奈哈松恍然大悟。

智慧语珠

事情往往是这样，那些心存侥幸、渴望点石成金的人往往会一无所获、双手空空；而那些看似没有多少进步的人，积累一段时间以后，就会获得成功。因此，踏实跨出你的每一步，你就能积少成多，获得成功。

❋ 行动创造奇迹 ❋

一只新组装好的小钟放在了两只旧钟当中。两只旧钟滴答、滴答一分一秒地走着。

其中一只旧钟对小钟说："来吧，你也该工作了。可是我有点担心，你走完3200万次以后，恐怕便吃不消了。"

"天哪！ 3200万次。"小钟吃惊不已，"要我做这么大的事？办不到，办不到。"

另一只旧钟说："别听他胡说八道。不用害怕，你只要每秒摆一下就行了。"

天下哪有这样简单的事情，小钟将信将疑："如果这样的话，我就试试吧。"

小钟很轻松地每秒钟滴答摆一下，不知不觉中，一年过去了，它摆了3200万次。

智慧语珠

成功似乎遥不可及，也许我们已经被远大的目标所累，倦怠和不自信使我们一味地感叹或埋怨未来的渺茫，从而放弃努力，在哀叹中虚度光阴。其实，我们不必畏惧遥不可及的未来，只要想着此时此刻该做什么就可以了。一步一个脚印地把眼前的事情做好，就像那只钟一样，每秒摆一下，成功的喜悦就会在不知不觉中浸润我们的生命。

❁ 海马的梦 ❁

有一天，小海马做了一个梦，梦见自己拥有了7座金山。从美梦中醒来，小海马觉得这个梦是一个神秘的启示：它现在全部的财富是7个金币，但总有一天，这7个金币会变成7座金山。

于是，小海马带着仅有的7个金币毅然地离开家，去寻找梦中的7座金山。小海马是竖着身子游动的，游得很缓慢。它在大海里艰难地游动，心里一直在想：那7座金山会突然出现在眼前。然而金山并没有出现，出现在眼前的是一条鳗鱼。鳗鱼在得知小海马要找金山但却游得太慢时，提议可以卖给小海马一个鳍，如果它肯出4个金币的话，小海马爽快地答应了。

海马戴上买来的鳍，发现自己游动的速度果然提高了一倍。海马欢快地游着，心想金山马上就会出现在眼前了。

然而出现在海马面前的是一个水母。水母又给小海马出了一招："你看，这是一个喷气式快速滑行艇，你只要给我3个金币，我就可以把它卖给你，有了它，你可以在大海里飞快地行驶，想到哪里就能到哪里。"

小海马坐上神奇的小艇，速度一下子提高了5倍。小海马想，用不了多久，金山就会出现在眼前了。

然而，金山还是没有出现，出现的是一条大鲨鱼。鲨鱼对它说："你太幸运了，对于如何提高你的速度，我有一套彻底的解决方案。我本身就是一条在海里飞快行驶的大船。你只要搭乘我这艘大船，你就会节省大量的时间。"大鲨鱼说完，就张开了大嘴。

"那太好了，谢谢你，鲨鱼先生！"小海马一边说一边钻进了鲨鱼的口里，向鲨鱼的肚子深处欢快地游去……

小海马最后找到它所梦见的7座金山了吗？没有，相反，它丢了性命。为什么会是这样的结果呢？你可能会说"它的目标太不切实际"，"它找错了问题的关键点——问题的关键是金山的位置而不是提高速度"，"它没有对解决方案进行论证"。

是的，这则寓言正是告诉我们别把目标建立在流沙上，不切实际的目标会使企业遭遇失败，会使团队绩效降低，会葬送个人的职业生涯。所以，不管你是为自己还是为企业制定目标，都要记住一切从实际出发。

智慧语珠

有效的行动来自于正确的努力，如果方向不正确，事情就会与设想的背道而驰，只有一开始就将力道用对，我们的行动才能产生最佳效果。

❋ 马与驴子的区别 ❋

唐太宗贞观年间，长安城西的一家磨坊里，有一匹马和一头驴子。它们是好朋友，马在外面拉东西，驴子在磨坊拉磨。贞观三年，这匹马被玄奘大师选中，随大师前往印度取经。

17年后，这匹马驮着佛经回到长安。它重到磨坊会见驴子朋友。老马谈起这次旅途的经历：浩瀚无边的沙漠、高耸入云的山岭，长年不化的冰雪……那些神话般的境界，使驴子听了大为惊异，驴子惊叹道："你有那么丰富的见闻呀！那么遥远的道路，我连想都不敢想。"

"其实，"老马说，"我们跨过的距离是大体相等的，当我向西域前进的时候，你一步也没有停止过，不同的是，我同玄奘大师有一个遥远的目标，按照始终如一的方向前进，所以我们打开了一个广阔的世界。而你被蒙住了眼睛，一生就围着磨盘打转，所以永远也走不出这个狭窄的天地。"

马与玄奘大师经历了浩瀚无边的沙漠，高耸入云的山岭、长年不化的冰雪……但驴子一生就围着磨盘打转，永远也走不出狭窄的天地，这是为什么呢？关键就在于它们俩有无目标的区别。

歌德有一句名言："仅有知识是不够的，你们必须应用；仅有愿望也是不够的，你们必须行动。"也就是说，仅有思考，理想不会变成现实；仅有期待，美梦不会成真；仅有幻想，目标也只能成为泡影。只有付诸行动，一切才会真实而明确地展现在你的眼前。

智慧语珠

成功都是从设定目标的那一天开始的，以前的日子，只不过是在绕圈子而已。

为了成功，我们必须确定一个目标。如果没有目标，我们就只能在人生的旅途上徘徊，永远到不了目的地。正如空气对于生命一样，目标对于成功也有绝对的必要。

❋ 买梦和卖梦 ❋

有两个小孩到海边去玩，玩累了，两人就躺在沙滩上睡着了。

其中一个小孩做了个梦，梦见对面岛上住了个大富翁，在富翁的花圃里有一整片的茶花，在一株白茶花的根下埋着一坛黄金。

这个小孩就把梦告诉了另一个小孩，说完后，不禁叹息着：

"真可惜，这只是个梦！"

另一个小孩听后心中一动，从此在心中埋下了逐梦的种子。

他对那个做梦的小孩说："你可以把这个梦卖给我吗？"

这个小孩买了梦以后，就往那座岛进发。他历经了千辛万苦才到达岛上，果然发现岛上住着一位富翁，于是就自告奋勇地做了富翁的佣人。

他发现，花园里真的有许多茶花，茶花一年一年地开，他也一年一年地把种茶花的土一遍一遍地翻掘。

就这样，茶花愈长愈好，富翁也对他愈来愈好。

终于有一天，他由白茶花的根底挖下去，真的掘出了一坛黄金！

买梦的人回到了家乡，成了最富有的人；卖梦的人虽然不停地在做梦，但他从未圆过梦，最终还是个穷光蛋。

智慧语珠

梦想成真在于行动。一个人如果只是一味地想着去得到什么东西，却没有实际行动，那他将什么都得不到。成功是需要付出的，只有付出才会有收获。付出多少，就会得到多少，这是一种最公平的劳动。

❋ 从现在就开始行动 ❋

史威济非常喜欢打猎和钓鱼，他最喜欢的生活是：带着渔竿和猎枪，步行 25 千米来到森林里，过几天以后再回来，**精疲力竭，满身污泥却快乐无比。**

这个嗜好唯一不便的是，他是个保险推销员，打猎钓鱼太花时间。有一天，当他依依不舍地离开心爱的鲈鱼湖，准备打道回府时，突发异想：在这荒山野地里会不会也有居民需要保险？那他不就可以同时工作又能户外逍遥了吗？结果他发现果真有这种人：他们是阿拉斯加铁路公司的员工，他们散居在沿线 250 千米各段路轨的附近。他可不可以沿铁路向这些铁路工作人员、猎人和淘金者售保呢？

史威济在想到这个主意的当天就开始积极计划。他向一个旅行社打听清楚以后，就开始整理行装。他没有停下来让恐惧乘虚而入，过多的疑虑只会使自己认为自己的主意很荒唐，以为它可能失败。他也不左思右想找借口，他只是搭上船直接前往阿拉斯加的"西湖"。

史威济沿着铁路走了好几趟，那里的人都叫他"步行的史威济"，他成为那些与世隔绝的家庭最欢迎的人。同时，他也代表了外面的世界。不但如此，他还学会理发，替当地人免费服务。他还无师自通地学会了烹饪，由于那些单身汉吃厌了罐头食品和腌肉之类，他的手艺当然使他变成最受欢迎的贵客。而与此同时，他也正在做一件自然而然的事，正在做自己想做的事：徜徉于山野之间、打猎、钓鱼，并且像他所说的——"过史威济的生活"。

在人寿保险事业里，对于一年卖出 100 万元以上的人有一个光荣的特别头衔，叫作"百万圆桌"。在史威济的故事中，最不平常而使人惊讶的是：在他把突发的意念付诸实行以后，在动身前往阿拉斯加的荒原以后，在沿线走过没人愿意前来的铁路以后，他一年之内就做成了百万元的生意，因而赢得"圆桌"上的一席之地。假使他在突发奇想时，对于自己的决定有半点迟疑，这一切都不可能发生。

梦想是所有行动的出发点，很多人之所以失败，就在于他们从来都没有踏出他们的第一步。

不要等待"时来运转"，也不要由于等不到而觉得委屈，记住，想到就去做，并且马上就做，这是一切成功人士必备的素质。

✳ 把握今天 ✳

1871年春天，一个年轻人拿起了一本书，看到了一句对他前途有莫大影响的话。他是蒙特瑞综合医科学校的一名学生，平日对生活充满了忧虑，担心通不过期末考试，担心该做些什么事情，怎样才能开业，怎样才能生活。

这位年轻的医科学生所看见的那一句话，使他后来成为最有名的医学家，他创建了全世界知名的约翰·霍普金斯学院，成为牛津大学医学院的教授——这是学医的人所能得到的最高荣誉。他还被英国国王授予爵士爵位，他的名字叫作威廉·奥斯勒爵士。

下面就是他所看到的——托马斯·卡莱里所写的一句话，帮他度过了无忧无虑的一生："最重要的就是不要去看远方模糊的事，而要做手边清楚的事。"

40年后，威廉·奥斯勒爵士在耶鲁大学发表了演讲，他对那些学生们说，人们传言说他拥有"特殊的头脑"，但其实不然，他周围的一些好朋友都知道，他的脑筋其实是"最普通不过了"。

那么他成功的秘诀是什么呢？他认为这无非是因为他活在所谓"一个完全独立的今天里"。在他到耶鲁演讲的前一个月，他曾乘坐着一艘很大的海轮横渡大西洋，一天，他看见船长站在船舱里，按下一个按钮，发出一阵机械运转的声音，船的几个部分就立刻彼此隔绝开来——隔成几个完全防水的隔舱。

"你们每一个人，"奥斯勒爵士说，"都要比那条大海轮精美得多，所要走的航程也要远得多，我要奉劝各位的是，你们也要学船长的样子控制一切，活在一个完全独立的今天，这才是航程中确保安全的最好方法。你有的是今天，断开过去，把已经过去的埋葬掉。断开那些会把傻子引上死亡之路的昨天，把明日紧紧地关在门外。未来就在今天，没有明天这个东西。精力的浪费、精神的苦闷，都会紧紧跟着一个为未来担忧的人。养成一个生活好习惯，那就是生活在一个完全独立的今天里。"

奥斯勒博士接着说道："为明日准备的最好办法，就是要集中你所有的智慧、所有的热忱，把今天的工作做得尽善尽美，这就是你能应付未来的唯一方法。"

奥斯勒博士的话值得我们每个人珍视。其实，人生的一切成就都是由你今天的成就累积起来的，老想着昨天和明天，你的今天就永远没有成果。珍惜今天吧，只有珍惜今天，你才能有好的未来！

智慧语珠

昨天是一张作废的支票，明天是一张期票，而今天是你唯一拥有的现金，只有好好把握今天，明天才会更美好、更光明。

❀ 雄鹰与山鸡 ❀

严冬过后的第一个春暖之日，雄鹰便翱翔于天。经过一个山区时，他看到了一只鸡妈妈正领着自己的孩子悠闲地晒太阳，于是飞了过去，落在最近的一个枝头上，问道：

"鸡妈妈，你也有翅膀，为什么不能像你的祖先一样在天上飞呢？天上很快乐！"

"哦！谢谢你！"鸡妈妈转身看着自己的孩子们，对老鹰说，"你看，我有这么多的孩子需要看护，我没时间呀！等他们长大了让他们飞吧。

唉！我这辈子是没指望了！"老鹰只好飞走了。

第二年的春天，老鹰再次飞过山区时，又发现了一只大花鸡带领着她的孩子在散步。那只大花鸡就是去年老鹰见到的鸡妈妈的一个女儿，现在她长大了，更健壮，更丰满！

老鹰飞到她的身边问道：

"大花鸡，你也有翅膀，为什么不能像你的祖先一样在天上飞呢？天上很快乐！"

"谢谢你！"大花鸡答道，"你看，我已经老了，飞不动了，还是等我的孩子长大以后让他们飞吧！唉，我这辈子是没指望了！"

老鹰只好飞走了。

第三年，老鹰经过山区时，依旧看见一只鸡妈妈带领自己的孩子在山坡上觅食，但他再也没有下去劝她了。

"明日复明日，明日何其多"，把握人生就要从当下开始，而不是总想着今后怎么样。把努力寄托在明天是懦夫的表现，是消极思想的典型体现。我们要想积极生活，就应该把握现在，把握今天。

✳ 国王的战争 ✳

几百年前，在北非地区有两个国王，两个国家之间发生了战争，两人在武功和智慧上，都旗鼓相当，谁也不比谁弱，谁也不比谁强，所以仗打得十分激烈，胜负难分。

既然战场上无法取胜，于是双方都想用毒药毒死对方。

一个国王谋划在敌方国王的饭里下毒药毒死对方。这事被另一个国王派来的密探察知了，这位密探立即写信给将被谋害的国王说："陛下您要警惕，饭里有毒药，明天你千万不要吃饭。"

国王按时收到了这封信，可是这位国王有个坏习惯，总是把工作推到明天去办，所以他对大臣说："先把信收好，明天再拆开读给我听。"可"明天"来不及了，他吃了饭，被毒死了。

繁忙的工作常常会使你筋疲力尽，这时你可能忍不住要对自己说："我为什么这么累呢？有些事不如留到明天再去做好了。"然而这种想法却是极为危险的。故事里的国王应拖延而失去了生命，我们会因拖延而无法按时完成工作，最终导致我们事业的失败、人生的失败。

对一位成功者而言，拖延也许是最具破坏性，也是最危险的恶习，它使你丧失了主动的进取心。一旦开始遇事拖拉，你就很容易再次拖延，直到它们变成一种根深蒂固的恶习。可悲的是，拖延的恶习也有累积性，唯一的解决良方就是用行动去战胜拖延。

❋ 一生追逐的心愿 ❋

那时他还年轻，凡事都有可能，世界就在他的面前。一个清晨，上帝来到他身边："你有什么心愿？说出来，我都可以为你实现，你是我的宠儿。但是记住，你只能说一个。"

"可是，"他不甘心地说，"我有许多的心愿啊。"

上帝缓缓地摇头："这世间的美好实在太多，但生命有限，没有人可以拥有全部，有选择，就有放弃。来吧，慎重地选择，永不后悔。"

他惊讶地问："我会后悔吗？"

上帝说："谁知道呢。选择爱情就要忍受情感煎熬；选择智慧就意味着痛苦和寂寞；选择财富就有钱财带来的麻烦。这世上有太多的人在走了一条路之后，懊悔自己其实该走另一条道。仔细想一想，你这一生真正要什么？"

他想了又想，所有的渴望都纷至沓来，在他周围飞舞。哪一件是他不能舍弃的呢？最后，他对上帝说："让我想想，让我再想想。"

上帝说："但是要快一点啊，我的孩子。"

从此，他的生活就是不断地比较和权衡。他用生命中一半的时间来列表，用另一半时间来撕毁这张表，因为他总发现他有遗漏。

一天又一天，一年又一年。他不再年轻了。他老了，他更老了。上帝又到他面前："我的孩子，你还没有决定你的心愿吗？可是你的生命只剩下5分钟了。"

"什么？"他惊讶地叫道，"这么多年来，我没有享受过爱情的快乐，没有积累过财富，没有得到过智慧，我想要的一切都没有得到。上帝啊，你怎么能在这个时候带走我的生命呢？"

5分钟后，无论他怎么痛哭求情，上帝还是满脸无奈地带走了他。

智慧语珠

要想成功就必须果断出击。犹犹豫豫、瞻前顾后的人是永远不会有突破的可能的。

※ 无声的行动感动客人 ※

有一次，为了谈成一宗出口生意，日本本田公司总裁本田宗一郎在滨松一家餐馆招待外国商人。席间，客人进洗手间，不小心将自己的假牙掉进了粪池。

本田宗一郎听说后，跑进厕所二话没说，脱光衣服，跳进粪池，用木棒打捞，要是用力过猛，假牙就会沉下去，所以得小心翼翼地打捞。捞了好一阵，才找到假牙。打捞起来，冲洗干净，并消毒处理后，本田宗一郎首先试了试，然后才拿着它，将它交给了客人。这一举动完全使外国客人感动了，震惊了，宴会厅又沸腾了起来，生意当然也做成了。

本田宗一郎自己率先做最棘手的事、最艰苦的活，亲自做示范，这种无声的行动，告诉雇员：你们也要这样干，告诉顾客我们是最值得信赖的合作伙伴。

智慧语珠

有时一个小小的举动远比一大堆天花乱坠的言语有说服力。记着用你的行动去证明你的诚意，用你的行动去说服别人。行动的力量是巨大的，它可以以真实、自然的状态展现你的能力，并以真诚的力量去感染他人。

❋ 一次做好一件事 ❋

有人问拿破仑打胜仗的秘诀是什么。他说："就是在某一点上集中最大优势兵力，也可以说是集中兵力，各个击破。"这句话精辟地道出了集中注意力对于成功的重要性。柯维对此也是了然于胸。

史蒂芬·柯维的工作是为一些经理人做职业培训。有一次，一个公司的经理去拜访他，看到柯维干净整洁的办公桌感到很惊讶，他问史蒂芬·柯维："柯维先生，你没处理的信件放在哪儿呢？"

柯维说："我该处理的信件都处理完了。"

"那你今天没干的事情又推给谁了呢？"这位经理紧追着问。"我所有的事情都处理完了。"史蒂芬·柯维微笑着回答。看到这位经理困惑的表情，史蒂芬·柯维解释说："原因很简单，我知道我所需要处理的事情很多，但我的精力有限，一次只能处理一件事情，于是我就按照所要处理的事情的重要性，列一个顺序表，然后就一件一件地处理。结果，完了。"说到这儿，史蒂芬·柯维双手一摊，耸了耸肩膀。

"噢，我明白了，谢谢你，史蒂芬·柯维先生。"

几周以后，这位公司的经理请史蒂芬·柯维参观其宽敞的办公室，对史蒂芬说："柯维先生，感谢你教给了我处理事务的方法。过去，在我这宽大的办公室里，我要处理的文件、信件等，堆得和小山一样，一张桌子不够，就用三张桌子。自从用了你说的法子以后，情况好多了，瞧，再也没有没处理完的事情了。"

人的精力并不是无限的，如果你想超负荷地一次完成数件事情，那结果只会使事情变得更糟糕。最好的方法是，一次做好一件事，对你来说，这样就已经足够。只要你有恒心和毅力把手边的每件事都做好，你就会不断获得进步，最终改变困境，走向成功。

❋ 每天进步一点点 ❋

纽约的一家公司被一家法国公司兼并了，在兼并合同签订的当天，公司新的总裁就宣布："我们不会随意裁员，但如果你的法语太差，导致无法和其他员工交流，那么，我们不得不请你离开。这个周末我们将进行一次法语考试，只有考试及格的人才能继续在这里工作。"散会后，几乎所有人都拥向了图书馆，他们这时才意识到要赶快补习法语了。只有一位员工像平常一样直接回家了，同事们都认为他已经准备放弃这份工作了。令所有人都想不到的是，当考试结果出来后，这个在大家眼中肯定是没有希望的人却考了最高分。

原来，这位员工在大学刚毕业来到这家公司之后，就已经认识到自己身上有许多不足，从那时起，他就有意识地开始了自身能力的储备工作。虽然工作很繁忙，但他却每天坚持提高自己一点。作为一个销售部的普通员工，他看到公司的法国客户有很多，但自己不会法语，每次与客户的往来邮件与合同文本都要公司的翻译帮忙，有时翻译不在或兼顾不上的时候，自己的工作就要被迫停顿。因此，他早早就开始自学法语了。同时，为了在和客户沟通时能把公司产品的技术特点介绍得更详细，他还向技术部和产品开发部的同事们学习相关的技术知识。

　　这些准备都是需要时间的，他是如何解决学习与工作之间的矛盾的呢？就像他自己所说的一样："只要每天记住 10 个法语单词，一年下来我就会 3600 多个单词了。同样，我只要每天学会一个技术方面的小问题，用不了多长时间，我就能掌握大量的技术了。"

　　成功就是简单的事情重复去做，成功就是每天进步一点点。一个人，如果能每天进步一点点，哪怕是 1% 的进步，试想，有什么能阻挡得住他最终的成功呢？

　　《礼记·大学》中有句话："苟日新，日日新，又日新。"老子在《道德经》中说："合抱之木，生于毫末；九层之台，起于累土；千里之行，始于足下。"这些古老的中国经典文化都说明了一个道理：量变积累到一定程度就会发生质变。一个人，只要坚持每天进步一点点，终有到达成功的那一天。

❋ 多做一点，更容易成功 ❋

　　对艾伦一生影响深远的一次职务提升是由一件小事情引起的。一个星期六的下午，一位律师（其办公室与艾伦的同在一层楼）走进来问他，哪儿能找到一位速记员来帮忙——他手头有些工作必须当天完成。

　　艾伦告诉他，公司所有的速记员都去看球赛了，如果律师晚来 5 分钟，自己也会走。但艾伦同时表示自己愿意留下来帮助他，因为"球赛随时都可以看，但是工作必须在当天完成"。

　　做完工作后，律师问艾伦应该付他多少钱。艾伦开玩笑地回答："哦，既然是你的工作，大约 1000 美元吧。如果是别人的工作，我是不会收取任何费用的。"律师笑了笑，向艾伦表示谢意。

　　艾伦的回答不过是一个玩笑，并没有真正想得到 1000 美元。但出乎艾伦意料，那位律师竟然真的这样做了。6个月之后，在艾伦已将此事忘到了九霄云外时，律师却找到了艾伦，交给他1000美元，并且邀请艾伦到自己的公司工作，薪水比现在高出1000多美元。

一个周六的下午，艾伦放弃了自己喜欢的球赛，多做了一点事情，最初的动机不过是出于助人的愿望，而不是金钱上的考虑。它不仅为艾伦增加了1000美元的现金收入，而且为他带来一项比以前更重要、收入更高的职务。

另一位成功人士曾经这样讲述自己是如何走上富裕道路的：

"50年前，我开始踏入社会谋生，在一家五金店找到了一份工作，每年才挣75美元。有一天，一位顾客买了一大批货物，有铲子、钳子、马鞍、盘子、水桶、箩筐，等等。这位顾客过几天就要结婚了，提前购买一些生活和劳动用具是当地的一种习俗。货物堆放在两轮车上，装了满满一车，骡子拉起来也有些吃力。送货并非我的职责，而完全是出于自愿——我为自己能运送如此沉重的货物而感到自豪。

"一开始一切都很顺利，但是，车轮一不小心陷进了一个不深不浅的泥潭里，使尽吃奶的劲都推不动。一位心地善良的商人驾着马车路过，用他的马拖起我的两轮车和货物，并且帮我将货物送到顾客家里。在向顾客交付货物时，我仔细清点货物的数目，一直到很晚才推着空车艰难地返回商店。我为自己的所作所为感到高兴，但是，老板却并没有因我的额外工作而称赞我。

"第二天，那位商人将我叫去，告诉我说，他发现我工作十分努力，热情很高，尤其注意到我卸货时清点物品数目的细心和专注。因此，他愿意为我提供一个年薪500美元的职位。我接受了这份工作，并且从此走上了致富之路。"

智慧
语珠

付出多少，得到多少，这是一个众所周知的因果法则。也许你的投入无法立刻得到相应的回报，不要气馁，应一如既往。这样回报就可能于不经意间，以出其不意的方式来到你面前。

❋ 成功就在下一个街口 ❋

25 岁的时候，雷因因失业而挨饿，他白天就在马路上乱走，目的只有一个，躲避房东讨债。

一天他在 42 号街碰到著名歌唱家夏里宾先生。雷因在失业前曾经采访过他。但是他没想到的是，夏里宾竟然一眼就认出了他。

"很忙吗?"夏里宾问道。

雷因含糊地回答了他，他想夏里宾看出了他的境况不好。

"我住的旅馆在第 103 号街，与我一同走过去好不好?"

"走过去? 但是，夏里宾先生，60 个路口，可不近呢。"

"胡说，"他笑着说，"只有 5 个街口。"

"……"雷因不解。

"是的，我说的是第 6 号街的一家射击游艺场。"

这话似乎所答非所问，但雷因还是顺从地跟他走了。

"现在，"到达射击场时，夏里宾先生说，"只有 11 个街口了。"

不多一会儿，他们到了卡纳奇剧院。

"现在，只有 5 个街口就到动物园了。"

又走了 12 个街口，他们在夏里宾先生住的旅馆前停了下来。奇怪得很，雷因并不觉得怎么疲惫。

夏里宾给他解释为什么不感到疲惫的理由:

"今天的走路，你可以常常记在心里，这是生活艺术的一个教训。无论你与目标距离有多遥远，都不要担心把你的精神集中在 5 个街口的距离，别让那遥远的未来令你烦闷。"

智慧语珠

成功到底离我们有多远，有两个答案可以选择: 第一个答案是下一个街口，第二个是找不到街口。第一个答案是由你自己做主，第二个答案是由生活替你做主。

每天投资5分钟

渥沦·哈特葛伦博士是一位博学多才的老人，他以前是一所大教堂的牧师，后来退休了。他曾经问过一位年轻人是否了解南非树蛙，年轻人坦白地说：“不知道。”

博士诚恳地说：“如果你想知道，你可以每天花5分钟的时间阅读相关资料，这样，5年内你就会成为最懂南非树蛙的人，你会成为这一领域中最具权威的人。”

年轻人当时未置可否，但他后来却常常想起博士的这番话，觉得这番话道出了许多人生哲理。

大多数人不愿意每天投资5分钟的时间（与5个钟头的时间相比实在是少之又少）努力成为自己理想中的人，所以成功者只占少数。

伍迪·艾伦说过，生活中90%的时间只是在混日子。大多数人的生活层次只停留在为吃饭而吃饭、为工作而工作、为了回家而回家。他们从一个地方逛到另一个地方，事情做完一件又一件，好像做了很多事，但却很少有时间从事自己真正想完成的工作。就这样，一直到老死。很多人临到退休时，才发现自己虚度了大半生，剩余的日子又在悔恨中一点一点地流逝。

成大事者与难成大事者之间的距离，并不像大多数人想象的是一道巨大的鸿沟。两者只差别在一些小小的动作上：每天花5分钟阅读、多打一个电话、多努力一点、在适当时机的一个表示、表演上多费一点心思、多做一些研究等。总之，成功始于细微的累计，一点一滴聚集起来，就能汇成浩瀚的汪洋。

❀ 机会是创造出来的 ❀

法国白兰地酒历史悠久，酒味醇厚，但直到 20 世纪 50 年代，白兰地仍然没打入美国市场。

在 1957 年 10 月艾森豪威尔总统 67 岁寿辰之际，法国商人制订了一项完美的计划，他们致函给美国有关人士：法国人民为了表达对美国总统的友好感情，将选赠两桶已有 67 年历史的白兰地酒作为贺礼；这两桶酒将由专机运送到美国，白兰地公司为此支付巨额保险金；将举行隆重的赠送仪式……

美国新闻界将此消息如实报道出去，结果这两桶白兰地还未运到美国，美国人对它们已经是如雷贯耳。

白兰地酒运抵华盛顿举行赠送仪式时，市民们趋之若鹜，盛况空前，而新闻界更是不甘寂寞，有关赠送白兰地酒仪式的专题报道、新闻照片无处不在，总统大人对白兰地的赞赏更无人不知。

聪明的法国商人们终于如愿以偿：白兰地酒堂而皇之地打入了美国市场。

> 如果只是坐在家中，等待机会，那是非常危险的。如果你想获得成功，最可靠的方法就是自己去创造机会。行动起来，用行动去争取机会，等待是成功的天敌。

❀ 早一步与晚一步的区别 ❀

传说有一位聪明的商人，听说西方有一个奇怪的国度，那里的人们从没有见过大蒜。于是商人运了几车大蒜，经过艰苦跋涉终于抵达目的地。他果然猜对了，人们想不到世界上还有味道这么奇妙的东西，因此，他们用当地最热情的方式款待了这位商人，临别赠予他几袋珍珠、宝石作为酬谢。

另外一位商人听说了这件事后，不禁为之动心，他想：大葱的味道不也很好吗？于是他带着葱来到了那个地方。那里的人们同样没有见过大葱，甚至觉得大葱的味道比大蒜还要好！他们更加盛情地款待了商人，并且一致认为，用珍珠、宝石远不能表达他们对这位远道而来的客人的感激之情，经过再三商讨，他们决定赠予这位朋友几袋大蒜！

生活往往就是这样，你抢先一步，占尽先机，得到的是成功和财富；而你步人后尘，东施效颦，就只能得到一些毫无价值的东西。

这个竞争的社会需要创新，更需要效率。谁最先满足社会潜在的需要，谁就能占尽先机，得到的是金子，而步人后尘，东施效颦，得到的就可能是大蒜。所以一个人更需要有这种先机思维，敢为天下先，何愁不领先于他人！

扫码获取更多资源

第八章

思路决定出路，
想到才能做到

人生就是一连串不断思考的过程，每个人的前途与命运，完全掌握在自己的手中，只要善于思考，获取正确的思路，成功就离你不再遥远。

现实生活中，我们常常会看到，那些思路灵活，善于思考的人，总能比别人得到更多的成功和乐趣，而那些缺乏思考、拘泥于常规的人，虽然整天忙忙碌碌，境遇却总难以尽如人意。如此的人生差距，让我们不得不感叹，思路决定出路，思考改变人生。

❈ 眼睛所到之处，是成功到达的地方 ❈

戴高乐说："眼睛所看到的地方，就是你会到达的地方，唯有伟大的人才能成就伟大的事。他们之所以伟大，就是因为决心要做出伟大的事。"教田径的老师会告诉你："跳远的时候，眼睛要看着远处，你才会跳得更远。"

一个人要想成就一番大的事业，必须树立远大的理想和抱负，有深远的思想和广阔的视野，按照既定的理想，始终坚持下去，到最后，他一定会获得成功。有这样一个故事：

爱诺和布诺差不多同时进入同一家超级市场，开始时大家都一样，从最底层干起。可不久爱诺受到总经理青睐，一再被提升，从领班直到部门经理。布诺却像被人遗忘了一般，还待在最底层。终于有一天布诺忍无可忍，向总经理提出辞呈，并痛斥总经理狗眼看人低，辛勤工作的人不提拔，反提升那些吹牛拍马的人。

总经理耐心地听着，他了解这个小伙子，工作肯吃苦，但似乎缺少了点什么，缺什么呢？一言两语说不清楚，看来……他忽然有了个主意。

"布诺先生，"总经理说，"你马上到集市上去，看看今天有什么卖的。"

布诺很快回来说，刚才集市上只有一个农民拉了车土豆在卖。

"一车大约有多少钱，多少斤？"总经理问。

布诺又跑去，回来说有10袋。

"价格多少?"布诺再次跑到集市上。

总经理望着跑得气喘吁吁的他说："请休息一会儿吧，看爱诺是怎么做的。"

说完，他叫来爱诺，对他说："爱诺先生，你马上到集市上去，看看今天有什么卖的。"

爱诺很快从集市回来了，汇报说到现在为止只有一个农民在卖土豆，有10袋，价格适中，质量很好，他带回几个让总经理瞧一瞧。这个农民过一会儿还将弄几筐西红柿出售。据他看，价格还公道，这种价格的西红柿总经理可能会要。所以，他不仅带回了几个西红柿当样品，而且把那个农民也带来了，现在正在外面等着回话呢！

总经理看了一眼红了脸的布诺说："请他进来。"

爱诺由于比布诺多想了几步，所以在工作上取得了一定的成功。

一个成功的人，必然是一个具有长远眼光的人。用敏锐的眼光洞察现实，预见未来的发展方向，就能使你摆脱困境，走向成功。

❀ 三个要求，三种人生 ❀

有 3 个人要被关进监狱 3 年，监狱长说可以满足他们 3 个每人一个要求。

美国人爱抽雪茄，要了 3 箱雪茄。

法国人最浪漫，要一个美丽的女子相伴。

而犹太人说，他要一部与外界沟通的电话。

3 年过后，第一个从监狱出来的是美国人，嘴里、鼻孔里塞满了雪茄，大喊道："给我火，给我火！"原来他忘了要火了。

接着出来的是法国人。只见他手里抱着一个小孩子，美丽女子手里牵着一个小孩子，肚子里还怀着第三个。

最后出来的是犹太人，他紧紧握住监狱长的手说："这 3 年来我每天与外界联系，我的生意不但没有停顿，反而增长了 200%。为了表示感谢，我送你一辆劳斯莱斯！"

思路决定行动，有什么样的选择便会导致什么样的结果。要想在成功的路上走得更远，就应把眼光放得再远一点。

❋ 他山之石的妙用 ❋

100多年前，医生们虽已经能够进行外科手术，但是死亡率却非常高。10个手术病人中，一半以上的病人会因感染而死去，明明手术很成功，但伤口却很容易发红发肿，化脓溃烂，最后痛苦地死去。医生们搞不明白这是什么原因，也不知道怎么防止感染。

英国医生李斯特是一个很出色的外科医生，虽然他的外科技术很高超，但也无法防止病人手术后的感染，经常眼睁睁地看着病人死去。苦恼的李斯特一直在积极寻找着解决问题的办法，与其他外科医生不同的是，他的目光并没有仅仅局限于外科手术这一狭小的范围之内。

有一次，李斯特看到法国出版的一本生物学杂志，里面有一篇法国科学家巴斯德的探讨生命起源的论文。论文中讲到巴斯德通过大量实验证明：生命不是无中生有，是空气中的生命孢子进入的结果；有机物的腐败和发酵也是微生物进入的结果。

这篇文章表面看起来与李斯特的外科手术并没有直接关系，但李斯特却从中汲取了丰富的营养。他想：病人伤口的感染化脓，不也是一种有机物的腐败现象吗？这个看不见的微生物世界，影响着我们的生活，也肯定影响着外科手术。

依据这种思想，李斯特在手术之前严格地洗手，将手术器械严格地煮沸，在伤口上用煮沸过的纱布包扎，以防止空气中的微生物感染伤口。后来他又寻找到一种杀灭细菌的药剂。运用这些办法以后的手术，死亡率大大降低。就这样，李斯特从一篇表面上看来似乎毫不相关的文章中受到启发，创立了消毒外科学。

智慧
语珠

世界是普遍联系的，知识也是如此，它们互相关联，任何学科都没有一个绝对的界限。李斯特依据巴斯德的理论成功创立消毒外科学，更充分地说明了这一点。

因此，我们若能于生活、工作之中，广泛猎取，不断扩大自己的知识面，说不定就可以有一些别出心裁的创新。

❀ 会讲笑话的垃圾桶 ❀

俄国一座城市的居民有个坏习惯，他们从不把垃圾好好地倒进垃圾桶，而是很随意地到处乱扔，弄得整个城市一片混乱。为此，政府专门成立环境整治部门，甚至强制进行罚款，可是，仍然收效甚微。街道上还是到处都是垃圾，连卫生局局长都为此感到十分气恼，可又无能为力。

这一天，一个小伙子主动走进卫生局局长的办公室，他献上了一条妙计……

没过几天，城市里的居民们纷纷发现街道上的垃圾桶突然会说话了，并且是讲很可乐的笑话。当人们把垃圾扔进垃圾桶里，当时就能听到垃圾桶讲笑话。小孩子们更是爱到垃圾桶那儿倒垃圾，不仅自己笑得肚子疼，还会把这些笑话讲给其他的小朋友听。

这样一来，居民们都喜欢把垃圾扔进垃圾桶里了，街道上的卫生状况得到了彻底的改变。时间长了，这个城市居然变成了一座美丽的花园城市。

原来，那位小伙子设计了一种电动垃圾桶，桶上装有感应器，垃圾丢进桶里，感应器就会启动录音机，播放事先录好的不同的笑话。

世界上的每一把锁必有一把配对的钥匙，只有找对了钥匙才能打开这把锁。所以在分析问题时，必须找到问题的症结所在，抓住最实质的东西，有针对性地考虑问题，才能使问题迎刃而解。

✱ 放飞想象的翅膀 ✱

大家都知道在衣服、鞋子上有一种一扯即开的"免扣带"，它以方便省时而大受现代人的欢迎。说到它的发明就要提到一个叫马斯楚的瑞典人的故事。

马斯楚就是"免扣带"的发明人，这个发明纯属偶然。

1948 年的一天，他和朋友兴致勃勃地去登山。登上顶峰后，他们随便坐在草地上吃午餐。这时，马斯楚突然觉得臀部又痛又痒。他知道这又是鬼针草的"恶作剧"，于是坐不住了，不耐烦地把鬼针草一根一根地从裤子上摘下来，但摘不胜摘。回家后，他把残留在裤子上的鬼针草取下来，想弄清楚它为什么"粘"人，结果发现鬼针草的结构十分特殊，粘在裤子上拍不下来。马斯楚心想："如果模仿它的结构，做一种纽扣或别针，那该多好！"

一念之间，一项新发明诞生了。马斯楚先生制成了一种合上就不易分开的布，即一块布织成许多钩子，另一块布织成很多圆球，两者合起来，产生拉链的效果。他将其命名为"免扣带"，申请了专利，然后与一家织布公司合作生产。由于"免扣带"的使用范围很广，马斯楚足足赚了 3 亿多美元。

智慧语珠

如果将人生比做一条长河，那么想象就是长河中的朵朵浪花。荒诞不经的想法，大胆的猜测，标新立异的假说，这些创新思维的利剑，往往能劈开传统观念的枷锁，帮助你于混沌之中探索出路，于黑暗之中发现光明，并成就非凡的功业。

❈ 做一条反向游泳的鱼 ❈

宋神宗熙宁年间，越州（今浙江绍兴）闹蝗灾。只见蝗虫乌云般飞来，遮天蔽日。所到之处，禾苗全无，树木无叶，一片肃杀景象。当然，这年的庄稼颗粒无收。

这时，素以多智、爱民著称的清官赵汴被任命为越州知州。赵汴一到任，首先面临的是救灾问题。越州不乏大户之家，他们有积年存粮。老百姓在青黄不接时，大都过着半饥半饱的日子，而一旦遭灾，便没了大半年的口粮。灾荒之年，粮食比金银还贵重，哪家不想存粮活命？一时间，越州米价暴涨。

面对此种情景，僚属们都沉不住气了，纷纷来找赵汴，求他拿出办法来。借此机会，赵汴召集僚属们来商议救灾对策。

大家议论纷纷，但有一条是肯定的，就是依照惯例，由官府出告示，压制米价，以救百姓之急。僚属们七嘴八舌，说附近某州某县已经出告示压米价了，越州倘若还不行动，任由米价天天涨，老百姓将不堪其苦，会起事造反的。

赵汴静听大家发言，沉吟良久，才不紧不慢地说："今次救灾，我想反其道而行之，不出告示压米价，而出告示宣布米价可自由上涨。"众僚属一听，都目瞪口呆，先是怀疑知州大人在开玩笑，而后看知州大人蛮认真的样子，又怀疑这位大人是否吃错了药，在胡言乱语。赵汴见大家不理解，笑了笑，胸有成竹地说："就这么办，起草文告吧！"

官令如山倒，大人说怎么办就怎么办。不过，大家心里都直犯嘀咕：这次救灾肯定会失败，越州将饿殍遍野，越州百姓要遭殃了！这时，附近州县都纷纷贴出告示，严禁私增米价。若有违犯者，一经查出严惩不贷。揭发检举私增米价者，官府予以奖励。而越州则贴出不限米价的告示，于是，四面八方的米商闻讯而至。开始几天，米价确实增了不少，但买米者看到米上市的太多，都观望不买。过了几天，米价开始下跌，并且一天比一天跌得快。米商们想不卖再运回去．但一则运费太贵，增加成本，二则别处又限米价，于是只好忍痛降价出售。这样，越州的米价虽然比别的州县略高点，但百姓有钱可买到米。而别的州县米价虽然压下来了，但百姓排半天队，却很难买到米。所以，这次大灾，越州饿死的人最少，受到朝廷的嘉奖。

僚属们佩服赵汴，纷纷来请教其中原因。赵汴说：“市场之常性，物多则贱，物少则贵。我们这样一反常态，告示米商们可随意加价，米商们都蜂拥而来。吃米的还是那么多人，米价怎能涨上去呢?”

思维逆转本身就是一种灵感的源泉。遇到问题，我们不妨多想一下，能否朝反方向考虑一下解决的办法。反其道而行之是人生的一种大智慧，当别人都在努力向前时，你不妨倒回去，做一条反向游泳的鱼，说不定你会看到另外一种风景。

挣脱你的“思维栅栏”

这是几年前的一件事。保尔告诉他儿子，水的表面张力能使针浮在水面上，他儿子那时才 10 岁。保尔接着提出一个问题，要求他将一根很大的针投放到水面上，但不得沉下去。保尔自己年轻时做过这个试验，所以保尔提示儿子要利用一些方法，譬如采用小钩子或者磁铁等。儿子却不假思索地说：“先把水冻成冰，把针放在冰面上，再把冰慢慢化开不就行了吗?”

这个答案真是令人拍案叫绝！它是否行得通倒无关紧要，关键一点是：保尔即使绞尽脑汁冥思苦想几天，也不会想到这上面来。经验把保尔限制住了，思维僵化了，这个小伙子倒不落窠臼。

保尔设计的“轻灵信天翁”号飞机首次以人力驱动飞越英吉利海峡，并因此赢得了大奖。但在投针一事之前，他并没有真正明白他的小组何以能在这场历时 18 年的竞赛中获胜。要知道，其他小组无论从财力上还是从技术力量上来说，实力远比他们雄厚。但到头来，其他的进展甚微，保尔他们却独占鳌头。

投针的事情使保尔豁然醒悟：尽管每一个对手技术水平都很高，但他们的设计都是常规的。而保尔的秘密武器是：虽然缺乏机翼结构的设计经验，但保尔很熟悉悬挂式滑翔以及那些小巧玲珑的飞机模型。保尔的"轻灵信天翁"号只有 70 磅（约为 31.75 千克）重，却有 90 英尺（约为 27.43 米）宽的巨大机翼，用优质绳做绳索。他们的对手们当然也知道悬挂式滑翔，对手的失败正在于懂得的标准技术太多了。

智慧
语珠

人永远都不能满足于现状，你只有不断突破创新，才能创造更好的生活，才能享受更大的幸福。

❋ 用智慧获取成功 ❋

李嘉诚是香港 20 世纪 70 年代崛起的房地产商，他把整个港九的每一块土地、房屋都丈量过了，把每个上市公司的股市行情都分析透了，加之他特有的社交能力，获得了许多公司的绝密情报。

功夫不负有心人，他终于掌握到一项重要的绝密信息：英国在香港最大的英资怡和洋行，虽然是九龙仓有限公司的大股东，但实际上它占有的股份还不到 20%，简直少得不成比例。这说明怡和九龙的基础薄弱。尖沙咀早已成为繁华商业区，其旁边的大量九龙名贵地实际地价已寸土千金；而股票价格却多年未动，几乎低得不成样子。这些都是争夺九龙的有利条件。如果大量购入九龙股票，即使股票价上涨 5 倍，也不会超过每股所代表的地价，只要购买 20% 的股票即可与怡和公开竞购。持股的百姓，在相同的出价下，当然更愿意卖给中国人。因此，李嘉诚有把握购买 50% 的股票，取代怡和成为大股东，这样就有权运用九龙的名贵土地发展房地产，堪称一本万利。

李嘉诚得到这一消息后，当即分散吸进九龙股票。从1978年起悄悄地分散户名，吸进18%的股份。

由于李嘉诚的大量吸进股票，使每股10港元飞速上涨到30余港元，引起怡和洋行警觉。李嘉诚的偷袭战必将转入阵地战。

两军对垒，李嘉诚的实力大大弱于怡和洋行，硬拼之下实难取胜。在此时，李嘉诚若继续入股，怡和洋行必然会高价回收九龙股票，它财大气粗，李嘉诚必败无疑。这真是"行一百半九十"，李嘉诚处于进退维谷之地。

李嘉诚不愧为一流商家，他决定以退为进，化险为夷，采用"金蝉脱壳"之计。此计是寻找一个能代替自己向怡和洋行继续作战的人，将全部股票高价卖给他。

1978年8月的一天，在中环文华酒店的高级隔间里，两个身穿中式套装的商人，进行了一次短暂而又神秘的会晤。时间虽然只有20分钟，却成了价值20亿美元的九龙脱离英资怡和洋行的关键性交易。

这两个人，一个是地产商李嘉诚，另一个就是船王包玉刚。2000万股票全部转卖给包玉刚，包玉刚将帮助李嘉诚从汇丰银行中承购英资和记黄埔股票9000万股。两人皆大欢喜，击掌定计。

为什么是皆大欢喜呢？

李嘉诚知难而退，退中获利，既卖得人情又富了自己，岂不英明！包玉刚则借李的情报、信息和卓越的判断，将实现长日的凤愿。仅此一个妙计，出千金巨资都买不到，何况李嘉诚已为他打好了赢得价值几十亿美元的九龙主权之基础！包玉刚自知确有实力，心中有数，此妙计正用得上，而且不费吹灰之力便一举获得18%的九龙股票，开盘就有与怡和相等的实力，包玉刚怎能不高兴。

李嘉诚退中获利的另一招是另辟一必胜战场。当时在港的头号英资是怡和洋行，但想盘夺和记洋行很有可能。包玉刚将手头9000万股黄埔股份公司的股票悄悄转手卖给了李，从而使李嘉诚如虎添翼，转身便战胜了和记洋行，真是妙不可言。

人生最大的宝库不在别处，就在你自己的身上。成功的人都是那些善于挖掘自身潜力的人，而那些失败的人，则往往是一些喜欢四处寻宝的人。

❋ 鞋子的发明 ❋

有一个国家，因为当时还没有发明鞋子，所以人们都赤着脚，即使是冰天雪地也不例外。国王喜欢打猎，他经常出去打猎，但是他进出都骑马，从来不徒步行走。

有一回他在打猎时偶尔走了一段路，可是真倒霉，他的脚让一根刺扎了。他痛得"哇哇"直叫，把身边的侍从大骂了一顿。第二天，他向一个大臣下令：7天之内，必须把城里大街小巷统统铺上毛皮。如果不能如期完工，就要把大臣处死。一听到国王的命令，那个大臣十分害怕。可是国王的命令怎么能不执行呢？他只得全力照办。大臣向自己的下属官吏下达命令，官吏们又向下面的工匠下达命令。很快，往街上铺毛皮的工作就开始了，声势十分浩大。

铺着铺着就出现了问题，所有的毛皮很快就用完了。于是，不得不每天宰杀牲口。一连杀了成千上万的牲口，可是铺好的街道还不到百分之一。

离限期只有两天了，急得大臣消瘦了许多。大臣有一个女儿，非常聪明。她对父亲说："这件事由我来办。"

大臣苦笑了几声，没有说话，可是女儿坚持要帮父亲解决难题。她向父亲讨了两块皮，按照脚的模样做了两只皮口袋。

第二天，姑娘让父亲带她去见国王。来到王宫，姑娘先向国王请安，然后说："大王，您下达的任务，我们都完成了。您把这两只皮口袋穿在脚上，走到哪儿去都行。别说小刺，就是钉子也扎不到您的脚！"

国王把两只皮口袋穿在脚上，然后在地上走了走。他为姑娘的聪明而感到惊奇，因为穿上这两只口袋走路舒服极了。

国王下令把铺在街上的毛皮全部揭起来。很快，揭起来的毛皮堆成了一大堆，人们用它们做了成千上万双鞋子。

大臣的女儿不但得到了国王的奖赏，而且受到全国老百姓的尊敬。此后，人们开始穿鞋子，并想出了不同的样式。

智慧语珠

　　一条路，当我们清楚地看到它的前方已经山穷水尽时，不妨试着转个身，也许柳暗花明的惊喜就在眼前。养成逆向思维的好习惯，可以提高解决问题的能力，也能够激发大家的创造力。

❋ 从身边寻找灵感 ❋

悉尼歌剧院位于澳大利亚的港湾，是20世纪世界建筑史上的奇迹，它的设计者是当时不到40岁的丹麦建筑设计师耶尔恩·乌特松。

当征集悉尼歌剧院方案的时候，耶尔恩·乌特松也得到了这个消息，他决定参加这个大赛。他从资料里，从人们的回忆里，甚至从人们的想象里寻找悉尼。他不但寻找悉尼的地理环境、风光，还包括人们对它的感觉、赞美和对它未来的猜想。然后他日思夜想，废寝忘食地埋头于他的方案中。他研究了世界各地歌剧院的建造风格，尽管它们或气势宏伟，或华美壮丽，但他都没有从那里获得一点灵感。

这是在南半球一个十分美丽的港湾都市海边建造的歌剧院，必须摈弃一切旧的模式，具有崭新的思维。

早上，晚上，他沉浸在设计里；一日三餐，是饱，是饥，他浑然不觉。一天一天过去，截稿日渐近，却仍无头绪。有一天，妻子见苦苦思索的他又没有及时进餐，就随手递给他一个橘子。沉浸在思索中的他，随手接过橘子，神情却依旧漠然。他一边思考方案，一边漫无目的地用小刀在橘子上划来划去。橘子被他的小刀横的竖的划了一道又一道。无意中，橘子被切开了。当他回过神来，看着那一瓣一瓣的橘子，一道灵感的闪电划过脑海的上空。

"啊，方案有了！"

他迅疾设计好草图，寄往新南威尔士州，于是，20世纪世界上最伟大的建筑之一——悉尼歌剧院诞生了。

如今，在悉尼——这个世界第一美港的贝尼朗岬角上，三面临海的歌剧院，如扬帆出海的船队，又像一枚枚巨大的白色贝壳矗立海滩。船队可以想象成壮士出海，贝壳又可以想象成仙人所遗留……日中，它是白色的，日暮，它是橘红色的。不管它怎样变幻着色彩，都与周围景色浑然一体。因了它，悉尼，被赋予想象：海波是舒缓的，白帆是饱满的，贝壳是静态的……浑然天成，一种奇妙的组合。在人们心目中，悉尼歌剧院，已经成为一种海的象征，艺术的象征，人类精神的象征。

智慧语珠

如果你始终想在那些遥远的事物中寻找创新的思路，可能总会被牵绊。很多时候，能让你的思维走到新奇境地的，恰恰是那些身边最常见的东西。善于从身边的事物中寻找突破口，是人们培养创新能力的一种有效途径。

❋ 不贴身的雨衣 ❋

一天，有位小学生放学回家正值大雨倾盆，这位小学生虽然身着雨衣，但是雨衣贴着裤腿，雨水顺着雨衣灌满了两只鞋。这种情景，对于穿雨衣的人来说太熟悉了，谁还会对此提出疑义呢？或许是小孩子更易幻想，或许是小孩子更少成见，他展开了想象的翅膀："有没有办法让雨衣不贴身呢？"这个问题一直在他脑中盘旋。

有一次，他和父母一同去观看文艺演出，舞台上的演员在旋转时，长裙的下摆像伞一样徐徐张开了。他的头脑中立刻闪现出了使雨衣不贴裤腿的灵感："对，如果雨衣也能像裙子那样张开，问题不就解决了吗？可是，走路又不能旋转，这怎么办？"回到家里，他眼前还是旋转着的长裙，目光却落到了一只塑料救生圈上，终于，灵感又一次帮助他解决了难题：将雨衣的下边做成一只救生圈，穿的时候吹足气，不就不贴在身上了吗？"充气雨衣"诞生了，他因此获得了第一届全国青少年科学创造发明比赛一等奖。

故事中的小学生在观看文艺演出时从演员的长裙中找到发明不贴身雨衣的灵感。"发明大王"爱迪生有一句至理名言："发明是百分之二的灵感加上百分之九十八的血汗。"道出了孕育和呼唤灵感的艰辛。但在灵感降临的刹那，最为贴切的词汇却是四个字——灵机一动。

无论是以动机为前提的创新灵感寻觅，还是由于外界事物启发而偶然产生的灵感闪现，都是由于大脑中原有"某种准备"，在得到启发后，使灵感思维处于激发状态，建立起许多暂时联系而迅速结合的产物。看似灵机一动，其实早有准备，这是长期积累、偶然得之的结果。

✴ 最顶尖的雕像 ✴

在乡下人的门前放着一尊巨大的石像，放在那里很久了，任凭风吹雨打。

一天，一个城里人经过这里。他看到了石像，便问乡下人能不能把石像卖给自己。乡下人听了，想都没想就说："你居然要买这块石头，我一直为它挡在门前而苦恼呢！"

"那我花20元买走它。"城里人说。乡下人很高兴，因为这不但使自己得到了 20 元，而且也让门前的场地宽敞了许多。

石像被城里人设法运到了城里。几个月后，乡下人进城在大街上闲逛。他看见一间富丽堂皇的屋子前面围着一大群人，其中有一个人在高声叫着："快来看呀，来欣赏世界上最顶尖的雕像，只要 40 元的门票。"

于是，乡下人买了门票走进屋子，也想要一睹为快。事实上，乡下人所看到的正是他卖掉的那尊石像。

面对一件平平常常的事物，一般人会视若无物，毫不珍惜，而对于一个聪明人来说却眼前一亮。他的目光是独特的，能从中发现玄机并善于利用这种机会，所以成功对他来说也就很容易了。

❋ 福特的灵感 ❋

福特汽车是美国最重要的汽车品牌之一，在全球的销售量也名列前茅。在创立之时，创办人亨利·福特一直思考着，如何能既增加产量，又能降低单位成本，并提高其市场竞争力。

有一天晚上，亨利·福特对小孩说完三头小猪如何对抗野狼的故事后，他突然有个想法，他可以去猪肉加工厂看看，或许有一些新的发现。他参观了几家猪肉加工厂后，发现里面的作业采用天花板滑车运送肉品的分工方式，每个工人都有固定的工作，自己的部分做完后，将肉品推到下一个关卡继续处理，肉品加工生产效率非常高。

亨利·福特立刻想到，肉品的作业方式也可以运用在汽车制造上。他之后和研发小组设计出一套作业流程，采用输送带的方式运送汽车零件，每个作业员只要负责装配其中的某一部分，不用像过去负责每部车的全部流程。亨利·福特所采用的分工作业，的确达到了他原先的要求，使得福特汽车成功地提高了全球的市场占有率，同时也变成往后不同车厂的作业标准。

在日常生活中我们能够发现，某些人在思考过程中跨度很大，能够海阔天空地联想；而有些人则缺少应有的思维广度，只能在一个圈子中绕来绕去，思路总是打不开。然而从思维创新的实际情况来看，思维的广度是必不可少的。在许多场合下，把思维广度扩展一些，便会引出一连串的新想法来。

❉ 小男孩求租 ❉

一对夫妻带着孩子到城里打工，他们想先找一处房子住下来。找来找去，最终看中了一处公寓，因为那个招租广告上的条件最符合他们的要求。

他们按地址找到了这处房子。房东是一位老大爷，一看到他们带着一个小男孩，就说什么也不愿将房子租给他们。

夫妻俩急了："我们都跑了一天了，对你的房子很满意，价钱也可以再商量。再说，我们现在也没有地方可去呀。"

"实在对不起了，"房东没有一点商量的余地，"你就是加些租金也不行，因为我不打算把房子租给有小孩的住户。"

"这孩子过几天就要送到他爷爷奶奶那儿去了。"

可是，房东一听就知道这是编出来的瞎话，他不想再争辩了，转身走进屋里。

这时，他们那6岁的儿子将这一切看在眼里。他说："爸爸妈妈，不要着急，我有办法。"说完，他走上前去，用小手敲起门来。

门开了，房东又走了出来，见还是他们，便一句话没说就要回屋。小男孩一把拉住他，说："老爷爷别走，这个房子我来租，我没有孩子，我只有爸爸妈妈。"

房东一听，竟然同意了。原来房东想到自己年岁大了，不想把房子租给有小孩子的家庭，是因为怕吵闹。现在看着小男孩这么懂事，当然愿意把房子租给他们了。

　　一般人习惯于按照一般性思维去思考问题，最后往往会进退两难，很容易使事情陷入僵局。这时，需要你开拓自己的思维，从事物的不同方面、不同角度去考虑。要知道，方法总比问题多。

❋ 高明的求职策略 ❋

在京城有一家非常有名的中外合资公司，前往求职的人之多可谓摩肩接踵，但其用人条件极为苛刻，有幸被录用的比例很小。

那年，从某名牌高校毕业的他，非常渴望进入该公司。于是，他给公司总经理寄去一封短笺。很快他就被录用了，原来打动该公司老总的不是他的学历，而是他那特别的求职条件——请求公司随便给他安排一份工作，无论多苦多累，他只拿做同样工作的其他员工 4/5 的薪水，但保证工作做得比别人还要优秀。

进入公司后，他果然干得很出色，公司主动提出给他满薪，他却始终坚持最初的承诺，比做同样工作的员工少拿 1/5 的薪水。

后来，因受所隶属的集团经营决策失误的影响，公司要裁减部分员工，很多员工无奈地失业了，他非但没有下岗，反而被提升为部门的经理。这时，他仍主动提出少拿 1/5 的薪水，但工作依然兢兢业业，成为公司业绩最突出的部门经理。

后来，公司准备给他升职，并明确表示不会让他再少拿一份薪水，还允诺给他相当诱人的奖金。面对如此优厚的待遇，他没有受宠若惊，反而出人意料地提交了辞呈，转而加盟了各方面条件均很一般的另一家公司。

很快，他就凭着自己非凡的经营才干，赢得了新加盟的公司上下一致信赖，被推选为公司总经理，当之无愧地拿到一份远远高于那家合资公司给的报酬。

当有人追问他当年为何坚持少拿 1/5 的薪水时，他微笑着说道："其实我并没有少拿一分的薪水，我只不过是先付了一点儿学费而已，我今天的成功，很大程度上取决于在那家公司里学到的经验。"

智慧语珠　　放长线才能钓大鱼。这位成功人士的经历告诉我们：为日后更大的收获，果断地舍弃眼前的一些小利，的确不失为一条智慧的成功之路。

❋ 推销高手 ❋

公司的总经理到销售部了解情况，随口问了一句新来的员工："你今天接待了多少顾客？"

新员工回答："一位男士。"

"只有一位吗？卖了多少钱的货呢？"

新员工回答："6 万 9 千多美元。"

总经理大为惊奇，要他详细地说一说情况。

新员工说道："我先卖给他一枚钓钩，接着卖给他钓竿和钓丝。我再问他打算去哪儿钓鱼，他说要到南方海岸去。我说该有艘小船才方便，于是他买了那只 7 米长的小汽艇。他又说他的汽车可能拖不动汽艇。于是我带他到汽车部，卖给他一辆大一点儿的汽车。"

总经理十分惊讶："他只是想买一枚钓钩，你竟能说服他买下那么多东西？"

新员工摇了摇头："不，其实是他夫人偏头疼，他来为她买一瓶阿司匹林药片。我听他那么说，便劝他这个周六带着夫人去钓鱼。"

爱迪生说过："任何问题都有解决的办法，无法可想的事是没有的。"当我们认为一个问题不可能解决时，真正的问题是我们自己本身，由于我们的经验和习惯性思维才让我们无法想出高明的解决之道。绝妙的思维是存在的，它们只存在于惯性思维之外。因此，要想找到解决问题的最好办法，我们就必须挣脱陈规的束缚。

❋ 敢有特别的想法 ❋

在年轻的埃罗·阿尼奥的未婚妻的家乡，人们擅长编织藤篮，他在 1954 年去那里时学会了这项工艺。编出的第一只篮子让他十分惊喜，他没有把它按通常方式摆放，而是把篮子底朝上倒扣在地上，从而发现倒过来的篮子是很好的座椅。

1961 年，"蘑菇"藤编凳系列问世。

1962 年，阿尼奥把藤编凳的款式演变为叫作"象靴"的藤椅。那是阿尼奥的成名之作。从此，他与椅子结下了不解之缘。

20 世纪 60 年代正是人类雄心勃勃地探索宇宙和征服太空的年代。在实现太空旅行的过程中，一种叫"玻璃钢"的可塑材料问世了。阿尼奥把人类对空间探险的兴趣引入家居时尚领域，"球椅"在 1963 年诞生。它就像一个人的太空舱，里面装备有立体声的扬声器，坐在里面可以独享其乐。

球椅的成功，引发阿尼奥设计了一整套塑料家具系列：1967 年的香皂椅，1968 年的气泡椅，还有 1971 年的西红柿椅。

香皂椅的外形就像一块被大拇指按过的糖果，而且还使用了糖果一样明快鲜艳的色彩。它是摇椅的现代变体，也是对摇椅的全新阐释。一次偶然的机会，阿尼奥发现香皂椅可以在水面上漂浮。夏天坐在漂浮在水面上的香皂椅上是一件惬意的事情；冬天，可以坐着香皂椅从小雪山上高速滑下来。

气泡椅的出现几乎超出了所有人对椅子的想象，这种座椅的外观就像它的名字所暗示的一样。坐在悬挂着的透明球壳里，人体像变魔术般地悬浮在空气中。

1973年，阿尼奥的兴趣转向用聚亚氨酯泡沫制作的更具造型特征的动物座椅中。那一年他设计了模仿小马的小马椅，尤其受到儿童的喜爱。数年后他还有另一个类似的设计，模仿的是小鸡。

1998年，阿尼奥受到国际一级方程式赛车比赛的启发，设计了方程式椅。

花样不断翻新的椅子，就这样被"想出来"了。

只有看到别人看不见的事物，才能做到别人做不到的事情。因此，我们要勤于思考，善于发现，于平凡生活中发现别人所不能发现的东西，并敢于提出自己特别的想法，这样我们才能于平淡无奇之中脱颖而出。

❋ "灵机一动"的收获 ❋

一个年轻人乘火车旅行，火车在一片荒无人烟的原野前进，车上的乘客个个百无聊赖，疲惫不堪。

前面有一个拐弯处，火车减速，一座简陋的平房缓缓地进入了人们的视野。也就在这时，几乎所有乘客都睁大眼睛"欣赏"起寂寞旅途中这道特别的风景。有的乘客开始议论起这房子来。

年轻人的心为之一动。返回时，他中途下了车，不辞劳苦地找到了那座房子的主人。主人告诉他，每天火车都要从门前驶过，噪音实在使他受不了，很想以低价卖掉房屋，但很多年来一直无人问津。

于是，年轻人用 3 万元买下了那座平房，他觉得这座房子正好处在拐弯处，火车经过这里时都会减速，疲惫的乘客一看到这座房子就会精神一振，用来做广告是再好不过的了。

年轻人开始找一些公司推荐这座房子的"广告墙"。一家全球著名的饮料公司看中了这座房子，每年支付给年轻人 6 万元租金。

一个人若能养成喜欢创新，遇事多琢磨的好习惯，或许他将会有意想不到的收获。

❋ 把防毒面具卖给驼鹿 ❋

有个推销员自称是世界上最伟大的推销员。他曾经卖给牙医一支牙刷，卖给瞎子一台电视机。但朋友对他说："只有卖给驼鹿一个防毒面具，你才算是一个最伟大的推销员。"

于是，推销员来到一片森林。"您好！"他对遇到的第一只驼鹿说，"您一定需要一个防毒面具。"

"这里的空气这么清新，我要它干什么！"驼鹿说。

"你要想在这个森林里生存下去就得有一个防毒面具。"

"对不起，我真的不需要。"

推销员自信地说："您很快就会需要一个了。"说着他便开始在驼鹿居住的森林中央建造一座工厂。

"你真是发疯了！"朋友说。

"我没有疯。我只是想卖给驼鹿一个防毒面具。"推销员认真地说。

当工厂建成后，许多有毒的废气从大烟囱中滚滚而出，不久，驼鹿就找到推销员说："现在我需要一个防毒面具了。"

"这正是我想的。"推销员说着便卖给了驼鹿一个防毒面具。

驼鹿说:"别的驼鹿现在也需要防毒面具,你还有吗?"

"我真走运,我还有成千上万个。"

"可是你的工厂里生产什么呢?"驼鹿好奇地问。

"防毒面具。"推销员骄傲地回答。

置身于当代日新月异的社会之中,我们每个人都要做好应对变化的准备。我们要随时随地开动脑筋,于不断开拓之中,积极寻找解决问题的新思路,新方法,这样我们才能在社会中立于不败之地。

第九章

责任胜于能力，
态度决定高度

责任是一种与生俱来的使命，它伴随着每一个生命的始终。从我们来到人世间到我们离开这个世界，我们每时每刻都要履行自己的责任。

责任能够让一个人具有最佳的精神状态，积极投入生活与工作，并将自己的潜能发挥到极致。有责任心的人，也必定是敬业、专心、自主自发的人。在责任的驱使下，我们常常油然而生一种崇高的归属感和使命感。当我们把人生当成一项伟大的事业，用全部热情去实践的时候，生命往往更容易激发出绚丽的色彩，成功也变得触手可及。

❊ 责任提升价值 ❊

张强很不满意自己的工作，他愤愤不平地对朋友说："我在公司里的工资是最低的。并且，老板也不把我放在眼里，如果再这样下去，我就辞职不干了。"

"你对公司的业务流程熟悉吗？对于他们所做的电子商务的窍门完

全弄清了吗？"他的朋友问他。

"没有，我懒得去钻研那些东西。"张强漫不经心地回答他的朋友。

"我建议你先静下心来，抱着积极的态度，认认真真地对待自己的工作，好好地把他们的业务技巧、商业秘诀、客户特点完全搞通，甚至如何签订合同都弄懂了之后，再做决定，这样，你可能会有许多收获。"

张强听从了朋友的建议，一改往日散漫的习惯，开始积极地投入到工作之中。还常常下班后，在办公室里研究商业文书的写法。

半年后，他和那位朋友又聚到了一起。

"你现在大概都学会了，是不是准备不干了？"那位朋友问他。

"可是，这几个月来，老板对我刮目相看。最近，更是对我委以重任，又升职，又加薪，我都成了公司里的红人了。所以，我想留下来继续发展，不打算跳槽了。"张强乐呵呵地对他的朋友说。

"这种情况，我早就料到了。"他的朋友也笑着说，"当初你的老板不重视你，是因为你在工作中自由散漫，敷衍了事，又不努力学习，觉得不会有什么作为。现在，你工作态度这么积极，负责的任务多了，能力也强了，当然会令他刮目相看了。"

成功的力量就潜藏在我们自己的身体内，寻求外界的帮助是徒劳无益的。奥芝法则告诉我们一个真实的道理，那就是：在充满挫折的人生道路上，勇于负责，面对现实，凝聚力量，这样，我们的未来才会更加灿烂光明。

❈ 主动负责，勇于承担 ❈

李艳在一家大公司办公室从事打字复印工作。在一天的中午休息时间，同事们出去吃饭了，她还在工作。这时，一个姓张的董事经过他们部门时停了下来，想找一些资料。这并不是李艳分内的工作，但是她依然回答道："对这些资料我不太清楚，但是，张董，让我来帮助您处理这件事情吧！我会尽快找到这些资料并将它们送到您的办公室。"当她将董事所需要的资料放在他面前时，董事显得格外高兴。

故事到这里并没有结束。两个月后她被调到了一个更重要的部门工作，并且薪水提高了30%。那么是谁推荐的她呢？不用说也知道，就是那位姓张的董事。在一次公司会议上，有一个重要职位的工作空缺，他推荐了她。

主动要求承担更多的责任或自动承担责任是成功者必备的素质。有些情况下，即使你没有被正式告知要对某件事负责，你也应该努力做好它。如果你能表现出胜任某种工作，那么职位和高薪就会接踵而至。

❋ 秉持敬业的精神 ❋

小芳是一家公司新来的秘书，她每天的工作就是整理、撰写、打印各类文件材料。在很多人看来，小芳的工作显得单调而乏味。但小芳并不这么认为，她觉得自己的工作很有意思，她说："检验工作的唯一标准就是你做得好不好，是否尽职尽责，而不是别的。"

小芳每天做着这些琐碎的工作，时间一长，细心的她发现公司的文件存在很多的问题，甚至公司在经营运作上也有不可忽视的问题。

于是，每天她除了完成本职的工作外，还认真搜集一些资料，包括那些过去的材料。她把搜集到的资料整理分类，还查阅了很多经营方面的书籍并进行认真分析，写出建议。

后来，她把做好的分析结果、建议及有关资料一并交给老板。老板起初也没在意。一次偶然的机会，他才读到小芳的那份建议。这一看让老板大吃一惊：这个年轻的新秘书，居然有这样缜密的头脑，而且分析得细致入微，有理有据。老板决定采纳小芳所提的多条建议。从此，老板开始对小芳另眼相看，并逐渐委以重任。

> 一个人在追求成功的过程中，不可避免地会遇到各种各样的困难，而要战胜困难，就必须要有敬业精神。敬业精神是强者之所以成为强者的一个重要方面，也是由弱者到强者应该具备的职业素质。如果你在工作上敬业，并且把敬业变成一种习惯，你就会一辈子从中受益。

❋ 放弃责任就等于放弃机会 ❋

尼克和塞尔是快递公司的两名速递员，他们俩是工作搭档，工作一直很认真，也很尽心尽力。老板对这两名员工很满意，然而后来发生的一件事却改变了两个人的命运。

一次，尼克和塞尔负责把一件很贵重的花瓶送到码头，老板一再叮嘱他们路上要小心。没想到送货车开到半路却抛锚了。如果不按规定时间送到，他们要被扣掉半个月的奖金。

于是，塞尔和尼克背起邮包，他们一路小跑，终于在规定的时间赶到了码头。这时，塞尔说："我来背吧，你去叫货主。"他心里暗想："如果客户看到我背着邮件，把这件事告诉老板，说不定老板会给我加薪呢。"他只顾打着自己的小算盘，当尼克把邮包递给他的时候，他一下没接住，邮包掉在地上，"哗啦"一声，花瓶碎了。

"你怎么搞的，我没接你就放手。"塞尔大喊。

"你明明伸出手了，我递给你，是你没接住。"尼克辩解道。

他们都知道花瓶打碎了意味着什么，没了工作不说，可能还要加倍赔偿，自己会因此背上沉重的债务。果然，老板对他俩进行了十分严厉的批评。

"老板，不是我的错，是尼克不小心摔碎的。"塞尔趁着尼克不注意，偷偷来到老板办公室对老板说。

老板平静地说："谢谢你，塞尔，我知道了。"

老板把尼克叫到了办公室。尼克把事情的经过告诉了老板，最后说："这件事是我们的错，我愿意承担责任。另外，塞尔的家境不太好，他的责任我愿意承担。我一定会弥补我们所造成的损失。"

尼克和塞尔一直等待着处理的结果。第二天，老板把他们叫到了办公室，对他们说："公司一直对你俩很器重，想从你们两个当中选择一个人担任客户部经理，没想到出了这样一件事，不过也好，这会让我们更清楚哪一个是合适的人选。我们决定请尼克担任公司的客户部经理。因为，一个能勇于承担责任的人是值得信任的。塞尔，从明天开始你就不用来上班了。"

"老板，为什么?"塞尔不解地问。

"其实，花瓶的主人已经看到了你们俩在递接花瓶时的动作，他跟我说了他看见的情况。还有，我看见了问题出现后你们两个人的反应。"老板最后说。

社会学家戴维斯说："放弃了自己对社会的责任，就意味着放弃了自身在这个社会中更好的生存机会。"

放弃自己应当承担的责任，或者蔑视自身的责任，这就等于在可以自由通行的路上自设路障，摔跤绊倒的也只能是自己。

❋ 责任让他成长 ❋

1957 年诺贝尔文学奖的获得者阿尔贝·加缪出生在一个贫苦的家

庭。在他还不懂事的时候，父亲就在战场上牺牲了，只剩下母亲与他相依为命。因为家里没有什么积蓄，小加缪和妈妈的生活特别艰难。但是，为了不让儿子在同伴中感到自卑，在小加缪到了上学年龄以后，妈妈还是毫不犹豫地把他送到了学校。可是，懂事的小加缪很快就发现，因为自己上学又增加了学费和其他一些花销，妈妈肩上的担子更重了。妈妈每天都努力地工作着，由于经常熬夜，才三十几岁的人，脸上就已经早早地爬满了皱纹。懂事的小加缪看在眼里，疼在心里。

一天晚上，加缪又伏在那盏小煤油灯下复习功课，写完作业之后，他看见妈妈还在忙碌，自己又帮不上忙，就早早地上床睡觉了。半夜里，加缪忽然被一阵咳嗽声惊醒了，睁开眼睛一看，妈妈还没有睡，她正借着微弱的灯光缝补衣服呢。小加缪再也忍不住了，他一骨碌从被子里爬起来："妈妈，我以后再也不能让你这么辛苦了，你看，我已经长大了，是个小男子汉了，我想出去找点活儿干，减轻一下家里的负担。"

儿子善解人意的话，让妈妈的眼睛湿润了。她把小加缪紧紧地搂在怀里，泪水顺着面颊流了下来。

看见妈妈流下眼泪，小加缪有些不知所措："妈妈，难道我说错了吗？你为什么哭了？"

"好孩子，你没有说错。可是你现在还太小了，妈妈怎么舍得让你去干活儿呢？你现在需要的是好好学习，只有等你长大了，才能帮助妈妈减轻负担呀。"妈妈抚摩着加缪的头轻轻说。

听了妈妈的话，小加缪认真地点了点头，从那以后，他学习更认真了。但是，无论妈妈怎么努力，他们家的生活还是很困难。读完小学以后，在小加缪的一再央求下，妈妈终于同意了他的要求，让他去做些事情，帮助家里减轻负担，但前提是不能耽误他的学业。从那以后，小加缪一边读书，一边工作。他找到了一份扫大街的工作。对小加缪来说，这份工作无疑是份苦差事。因为他每天不仅需要很早起床，还要拿着几乎跟他一样高的扫帚去扫大街，人小，扫的地方又大，小加缪常常累得满头大汗。

为了给妈妈减轻负担，小加缪咬着牙坚持过来了。后来，小加缪又到一个饭馆里去洗碗。这个工作和扫大街的工作比起来更辛苦，小加缪和几个小伙计每天都拼命干活，还常常不能按时洗完那些小山一样高的碗碟。

艰难的生活让加缪经受了磨炼，也养成了他刻苦勤奋的优良品质。后来，他通过自己的不懈努力，考取了大学，并最终获得了诺贝尔文学奖，成为举世瞩目的大文学家。

你也许会用完时间，但是你不会用完能力，能力是越用越多的，如同智慧一样。因此，不要躲避任何发挥自己能力的机会，承担责任吧，责任是开启能力的钥匙，唤醒责任之心，你也将最大限度地唤醒你沉睡的潜能。

❋ 为自己的行为埋单 ❋

在南太平洋番地考斯特岛上，有一种古老的仪式：人们需要以高空弹跳以取悦神灵来确保山芋丰收。

弹跳者仔细挑选地点，他们用树枝及树干来搭盖高塔，然后用藤蔓把整个跳台捆束妥当。每个弹跳者要为工程负责，如果有任何差错，没有任何人会替他负责，当然也没有人能抢去弹跳成功者的功劳。

弹跳者要选择自己使用的跳藤，寻找恰到好处的长度，让自己在以头朝下脚朝上的姿态坠落时，头发刚好擦到地面。如果跳藤太长，就会有一次致命的坠落；太短则会把弹跳者弹回平台，这样可能会对他今年的收成有不利的影响。

在弹跳的当天，弹跳者爬上20米到30米高的跳塔，绑上他所挑选的藤条，踏上平台，来到高塔最狭窄的一端，然后纵身跃下。

弹跳者可以在最后一刻改变主意，放弃弹跳，这样也不会被认为是耻辱。但大部分人都不放弃弹跳，并愿意100%为自己的行为负责。

> 我们应该为自己的言行负责，永远不能指望别人来为我们埋单，这是对生命、对自己最大的尊重。责任感是我们每个人心中的闪亮之剑，有了这柄"尚方宝剑"就能一路披荆斩棘，无往不胜。

✳ 王子选仆人 ✳

一位马耳他王子在路过一间公寓时看见他的一个仆人正紧紧地抱着自己的一双拖鞋睡觉，他上去试图把那双拖鞋拽出来，但因仆人抱得太紧而拽不出来。这件事给这位王子留下了深刻的印象，他立即得出结论：对小事都如此负责的人一定很忠诚，可以委以重任。所以他便把那个仆人升为自己的贴身侍卫，结果证明这位王子的判断是正确的。那个年轻仆人一步一步成长起来，最终当上了马耳他的军事司令，他的美名最后传遍了整个西印度群岛地区。

马丁·路德·金深谙这一原则的价值，他说："尽管人们的能力、背景甚至选择都各不相同，但都可以出色地完成身边的小事。"他曾写道："如果你是清洁工，那么你就认真清扫马路吧，就像莫扎特作曲、拜伦写诗、塞尚作画一样。这样，当你离开这个世界去到天堂时，天主就会说：'这是一个尽职尽责的清洁工。'"

> 忠诚是责任最高形式的表现。一个人的忠诚不仅不会让他失去机会，还会让他赢得机会。除此之外，他还能赢得别人对他的尊重和敬佩。人们应该意识到，取得成功最重要的因素不是一个人的能力，而是他优

良的道德品质。所以，阿尔伯特·哈伯德说："如果能捏得起来，一盎司忠诚相当于一镑智慧。"

❀ 责任创造机遇 ❀

乔治到一家钢铁公司工作还不到一个月，就发现很多炼铁的矿石并没有得到充分的冶炼，一些矿渣中还残留没有被冶炼好的矿石。如果这样下去的话，公司会遭受到很大的损失。

于是，他找到了负责这项工作的工人，跟他说明了问题。这位工人说："如果技术有了问题，工程师一定会跟我说，现在还没有哪一位工程师向我提出这个问题，说明现在没有问题。"

乔治又找到了负责技术的工程师，对工程师说明了他看到的问题。工程师很自信地说："我们的技术是世界上一流的，怎么可能会有这样的问题？"工程师并没有把他说的看成是一个很大的问题，还暗自认为，一个刚刚毕业的大学生，能明白多少，不过是因为想博得别人的好感而故意表现自己罢了。

但是乔治认为这是个很大的问题，于是他拿着没有冶炼好的矿石找到了公司负责技术的总工程师，他说："先生，我认为这是一块没有冶炼好的矿石，您认为呢？"

总工程师看了一眼，说："没错，年轻人，你说得对。哪里来的矿石？"

乔治说："是我们公司的。"

"怎么会？我们公司的技术是一流的，怎么可能会有这样的问题？"总工程师很诧异。

"工程师也这么说，但事实确实如此。"乔治坚持道。

"看来是出问题了，怎么没有人向我反映？"总工程师有些发火了。

总工程师召集负责技术的工程师来到车间，果然发现了一些冶炼并不充分的矿石。经过检查发现，原来是监测机器的某个零件出现了问题，才导致了冶炼的不充分。

公司的总经理知道了这件事之后，不但奖励了乔治，而且还晋升乔治为负责技术监督的工程师。总经理不无感慨地说："我们公司并不缺少工程师，但缺少的是负责任的工程师。这么多工程师就没有一个人发现问题，而且有人提出了问题，他们还不以为然。对于一个企业来讲，人才是重要的，但是更重要的是有责任感的人才。"

尽职尽责的最大受益者是你自己。因为对事业高度的责任感和忠诚感一旦养成之后，会让你成为一个值得信赖的人，可以被委以重任的人，这种人势必比别人拥有更多的机遇。

❈ 老木匠的礼物 ❈

里兹做了一辈子木匠，并且以其敬业和勤奋而深得老板的信任。当他年老力衰时，里兹想退休回家与妻子、儿女享受天伦之乐。老板十分舍不得他，再三挽留，但是他去意已决。于是老板只好答应了他的请求，但希望他能再帮助自己盖一座房子。里兹答应了。

盖房子的时候，里兹的心思完全不在工作上，他只想着如何和家人一起度过晚年的生活。在用料上，他没有原来那么严格了，做出的活也全无往日的水准。老板看在眼里，却什么也没有说。等到房子盖好以后，老板将钥匙交给里兹："这是你的房子，我送给你的礼物。"里兹愣住了，悔恨和羞愧溢于言表。他一生盖了无数质量上乘的房子，最后却为自己建了这样一座粗制滥造的房子。

一个缺乏责任感的人，往往显得异常自私，因为缺少使命感，他会变得只为自己的利益考虑。一个丧

失责任心的人，内心在没有良知监督与鞭笞的状态下，任何事情都不会做好，当然也不会做出卓越的成就。

❋ 不因事小而不为 ❋

"1965年，我在西雅图景岭学校图书馆担任管理员。一天，有同事推荐一个四年级学生来图书馆帮忙，并说这个孩子聪颖好学。

"不久，一个瘦小的男孩来了，我先给他讲了图书分类法，然后让他把已归还图书馆却放错了位置的图书放回原处。

"小男孩问：'像是当侦探吗?'我回答：'那当然。'接着，男孩不遗余力地在书架的迷宫中穿来插去，小休时，他已找出了3本放错地方的图书。

"第二天他来得更早，而且更不遗余力。干完一天的活后，他正式请求我让他担任图书管理员。又过了两个星期，他突然邀请我上他家做客。吃晚餐时，孩子母亲告诉我，他们要搬家了，搬到附近一个住宅区。孩子听说要转校担心地说：'我走了谁来整理那些站错队的书呢?'

"我一直记挂着他。但没过多久，他又在我的图书馆门口出现了，并欣喜地告诉我，那边的图书馆不让学生干，妈妈又把他转回我们这边来上学，由他爸爸用车接送。'如果爸爸不带我，我就走路来。'

"其实，我当时心里便明白，这小家伙决心如此坚定，内心充满责任感，则天下无他不可为之事。不过，我可没想到他会成为信息时代的天才、微软公司总裁、美国首富——比尔·盖茨。"

这是卡菲瑞先生回忆起比尔·盖茨小时候写下的文字。从中我们看出，许多伟大或杰出的人物身上，总有优于常人之处。比尔·盖茨对待图书馆工作这样的小事，就已经表现出一种超乎同龄人的责任感，难怪他能在信息时代叱咤风云。

"一屋不扫，何以扫天下。"一个人有没有责任感，并不仅仅体现在大是大非面前，而是大多体现于小事当中。一个连小事都不能负责任的人，又怎能在大事面前担当重任呢？恰科的经理就证明了这个道理。

恰科年轻的时候，到一家很有名的银行去求职。他找到董事长，希望能被雇用，然而没说几句话就被拒绝了。当他沮丧地走出董事长办公室宽敞的大门时，他发现大门前的地面上有一个图钉。他弯腰把图钉拾了起来，以免图钉伤害别人。

第二天，恰科出乎意料地接到银行录用的通知书。原来，就在他弯腰拾图钉的时候，被董事长看到了。董事长见微知著，认为如此精细小心、不因善小而不为的人，必定是个有责任心而能担当重任的人，这样的人十分适合在银行工作，于是录用了他。

果然不出所料，恰科在银行里样样工作干得非常出色。后来，他成为法国的银行大王。

智慧语珠　责任心体现在对待细微事情的态度上。歌德曾说过：“决定一个人的一生以及整个命运的，只是一瞬间。”这一瞬之间指的就是做事的态度，对待小事的态度。人就是由于对待大小事情的态度不同，结果也有了天壤之别。

✳ 责任与借口 ✳

1920年，有个11岁的美国男孩踢足球时，不小心打碎了邻居家的玻璃，邻居向他索赔12.5美元。在当时，12.5美元是个不小的数目，足足可以买125只生蛋的母鸡！

闯了大祸的男孩向父亲承认了错误，父亲让他对自己的过失负责。

男孩为难地说：“我哪有那么多钱赔人家？”

父亲拿出12.5美元说：“这钱可以借给你，但一年后要还我。”

从此，男孩开始了艰苦的打工生活，经过半年的努力，终于挣够了12.5美元这一"天文数字"，还给了父亲。

这个男孩就是日后成为美国总统的罗纳德·里根，他在回忆这件事时说："通过自己的劳动来承担过失，使我懂得了什么叫责任。"

犯了过失就要通过自己的行动去弥补，承担过失带来的后果，这是一个人最根本的做人准则。为自己的行为承担责任，不找借口，也是人成熟起来的标志。

美国职业篮球协会（NBA）1994年至1995年赛季的最佳新秀贾森·基德说，他心目中的英雄偶像是他父母，父母教诲他勤奋、耐心等种种美德。这种话听来可能像陈词滥调，基德却真的在按照这些教诲去做的。

"小时候，父亲常常带我去打保龄球。我打得不好，总是找借口解释自己为什么打不好。我父亲说：'别再找借口了，你保龄球打不好，责任在你自己。'他说得对。现在我一发现任何缺点便努力纠正，绝不找借口搪塞。"基德说。

达拉斯小牛队每次练完球，人们总会看到有个球员在球场内奔跑不辍一小时，一再练习投篮，那就是贾森·基德，他是不找借口的。

智慧语珠

拥有高度责任心的人是绝不会找任何借口的。要成功，就不要给自己寻找借口。失败也罢，做错了也罢，再完美的借口对事情的改变也毫无作用！借口只会让人碌碌无为。

第十章

感谢折磨你的人

人生道路上，每一次辉煌的背后肯定都有一个凤凰涅槃的故事，世上没有不弯的路，人间没有不谢的花。折磨原本就是生命旅途中一道不可或缺的风景，生命也总是在各种各样的折磨中茁壮成长。

自然界的一切事物如果想要变得更强，必须经过折磨。人也一样，只有历经折磨的人，才能够更快、更好地成长。人生永远只能在折磨中得到升华。学会感谢折磨你的人和事，你才能真正领悟生活的真谛。

❋ 成长需要折磨 ❋

有个渔夫有着一流的捕鱼技术，被人们尊称为"渔王"。依靠捕鱼所得的钱，"渔王"积累了一大笔财富。然而，年老的"渔王"却一点也不快活，因为他3个儿子的捕鱼技术都极其平庸。

于是他向人倾诉心中的苦恼："我真想不明白，我捕鱼的技术这么好，我的儿子们为什么这么差？我从他们懂事起就传授捕鱼技术，从最基本的东西教起，告诉他们怎样织网最容易使鱼易进难出，怎样划船最不会惊动鱼，怎样下网最容易捕捉到鱼。他们长大了，我又教他们怎样识潮汐、辨鱼汛……凡是我多年辛辛苦苦总结出来的经验，我都毫无保留地传授给他们，可他们的捕鱼技术竟然赶不上技术比我差的其他渔民的儿子！"

一位路人听了他的诉说后，问："你一直手把手地教他们吗？"

"是的，为了让他们学会一流的捕鱼技术，我教得很仔细、很耐心。"

"他们一直跟随着你吗？"

"是的，为了让他们少走弯路，我一直让他们跟着我学。"

路人说："这样说来，你的错误就很明显了。你只是传授给了他们技术，却没有传授给他们教训，对于才能来说，没有教训与没有经验一样，都不能使人成大器。"

是啊，渔夫的儿子从来都没有经受一点挫折的考验，他们怎么会获得成长呢？

智慧语珠

没有经历过风霜雨雪的花朵，无论如何也结不出丰硕的果实。温室的花朵注定经不起风雨，成长的过程就是不断接受折磨的过程，只有在经受折磨之后，才能真正领悟成功的真谛。

❋ 感谢折磨你的人就是在感恩命运 ❋

面对人生中各种各样的不顺心事，你要保持感谢的态度，因为唯有折磨才能使你不断地成长。法国启蒙思想家伏尔泰说："人生布满了荆棘，我们晓得的唯一办法是从那些荆棘上面迅速踏过。"人生是不平坦的，但同时也说明生命正需要磨炼，"燧石受到的敲打越厉害，发出的光就越灿烂"。正是这种敲打才使它发出光来，因此，燧石需要感谢那些敲打。人也一样，感谢折磨你的人，你就是在感恩命运。弗雷斯对此深有体会。

美国独立企业联盟主席杰克·弗雷斯从 13 岁起就开始在他父母的加油站工作。弗雷斯想学修车，但他父亲让他在前台接待顾客。当有汽车开进来时，弗雷斯必须在车子停稳前就站到司机门前，然后去检查油量、蓄电池、传动带、胶皮管和水箱。

弗雷斯注意到，如果他干得好的话，顾客大多还会再来。于是弗雷斯总是多干一些，帮助顾客擦去车身、挡风玻璃和车灯上的污渍。有一段时间，每周都有一位老太太开着她的车来清洗和打蜡。这个车的车内踏板凹陷得很深很难打扫，而且这位老太太极难打交道。每次当弗雷斯给她把车清洗好后，她都要再仔细检查一遍，让弗雷斯重新打扫，直到清除掉每一缕棉绒和灰尘，她才满意。

终于有一次，弗雷斯忍无可忍，不愿意再侍候她了。他的父亲告诫他说："孩子，记住，这就是你的工作！不管顾客说什么或做什么，你都要记住做好你的工作，并以应有的礼貌去对待顾客。"

父亲的话让弗雷斯深受震动，多年以后他仍不能忘记。弗雷斯说："正是在加油站的工作使我学到了严格的职业道德和应该如何对待顾客，这些东西在我以后的职业生涯中起到了非常重要的作用。"

智慧
语珠

学会感谢那些在工作中、生活中折磨你的人。唯有感谢，你才能领悟到折磨对你的价值所在。

❋ 反击别人不如充实自己 ❋

成功学大师戴尔·卡耐基刚开始拓展事业的时候，经常在全国各地巡回演讲，举办一些成人教育班和座谈会。

某次的活动里，来了一位纽约《太阳报》的记者，他后来在报道中毫不留情地攻击卡耐基和他的工作。

这对年轻气盛的卡耐基来说，不只是一桶泼在头上的冷水，简直是一桶恶臭难当的馊水。

卡耐基看了报纸，越想越恼火。这些文字侮辱了他的人格、他的理想以及他全身心投入的事业，这个记者在刻意扭曲事实。

气急败坏之下，卡耐基马上打电话给《太阳报》执行委员会的主席，要求刊登一篇声明，以澄清真相。

是可忍，孰不可忍！卡耐基当时只有一个念头，就是一定要让犯错的人受到应有的惩罚。

几年之后，卡耐基的事业规模越来越庞大，他不禁为自己当时的幼稚行为感到惭愧。

因为，他直到这时才体会到，当时气冲冲地发表自己的文章，想要借此昭告天下、澄清事实，但是实际上，看那份报纸的人也许当中只有1/10会看到那篇文章；看到那篇文章的人里面可能有1/2会把它当成一件微不足道的小事，而真正注意到这篇文章的人里面，又有1/2会在几个礼拜之后，把这件事忘得一干二净，如此一来，刊登这篇文章有什么作用呢？

经过一番思考，卡耐基的处世态度更为成熟，他深深地明白了这样一个道理：

面对别人的批评指责，你可以回敬同样的"礼数"，这也许会使你的怨气得以宣泄，但是却不会让你有更好的名声。因为，当你反击对手，平反自己时，你还是同一个你，根本没有一点进步：喜欢你的人依然喜欢你，不接受你的人还是不接受你。这就像生气地把一块大石头丢进海水里，只会有一瞬间的水花，转眼却又风平浪静。

智慧语珠

　　多充实自己，你就会像一座山一样，慢慢高过所有的山，甚至高过空中的白云，这时，也许对别人的折磨，你只会有感激的想法了。

❋ 向挫折说一声"我能行" ❋

挫折并不能保证你会得到完全绽开的成功的花朵，它只提供成功的种子。饱受挫折折磨的人，必须自己努力去寻找这颗种子，并且以明确的目标给它养分并培育它，否则它不可能开花、结果。

有这样一个故事：一个农民，只上了几年学，家里就没钱继续供他上学了。他辍学回家，帮父亲耕种二亩薄田。在他18岁时，父亲去世了，家庭的重担全部压在了他的肩上。他要照顾身体不佳的母亲，还有一位瘫痪在床的祖母。

改革开放后，农田承包到户。他把一块水洼挖成池塘，想养鱼，但村里的干部告诉他，水田不能养鱼，只能种庄稼，他只好又把水塘填平。这件事成了一个笑话，在别人看来，他是一个想发财但又非常愚蠢的人。

听说养鸡能赚钱，他向亲戚借了300元钱，养起了鸡。一场大雨后，鸡得了鸡瘟，几天内全部死光。300元对别人来说可能不算什么，对一个只靠二亩薄田生活的家庭而言，可谓天文数字。他的母亲受不了这个刺激，忧劳成疾而死。

他后来酿过酒，捕过鱼，甚至还在石矿的悬崖上帮人打过炮眼……可都没有赚到钱。

36岁的时候，他还没有娶到媳妇。即使是离异的有孩子的女人也看不上他，因为他只有一间土屋，随时有可能在一场大雨后倒塌。娶不上老婆的男人，在农村是没有人看得起的。

但他还是没有放弃，不久他就四处借钱买一辆手扶拖拉机。不料，上路不到半个月，这辆拖拉机就载着他冲入一条河里。他断了一条腿，成了瘸子。而那拖拉机，被人捞起来以后，已经支离破碎，他只能拆开它，当作废铁卖。

所有的人都说他这辈子完了。

但是多年后他却成了一家公司的老总，手中有1亿元的资产。现在，许多人都知道他苦难的过去和富有传奇色彩的创业经历。许多媒体采访过他，许多报告文学描述过他。

在一次采访中，记者问他："在苦难的日子里，你凭借什么一次又一次毫不退缩？"

他坐在宽大豪华的老板台后面，喝完了手里的一杯水。然后，他把玻璃杯子握在手里，反问记者："如果我松手，这只杯子会怎样？"

记者说："摔在地上，碎了。"

"那我们试试看。"他说。

他手一松，杯子掉到地上发出清脆的声音，但并没有破碎，而是完好无损。他说："即使有 10 个人在场，他们都会认为这只杯子必碎无疑。但是，这只杯子不是普通的玻璃杯，而是用玻璃钢制作的。"

我们在埋怨自己生活多磨难的同时，不妨想想他的人生经历，以及其他经历过磨难的人们，与他们相比我们的困难和挫折算什么呢？向挫折说一声"我能行"，自强起来，生命就会屹立不倒。

面对挫折，只有自强者才能战胜困难、超越自我。而如果一味地想着等待别人来帮忙，只能落得失败的下场。遭遇不顺利的事情时，坐等他人的帮助是一种极其愚蠢的做法，只有靠自己的努力才能解决问题，向折磨说一声"我能行"。记住：永远可以依赖的人只有自己！

❀ 沙漠里也能找到星星 ❀

塞尔玛陪伴丈夫来到沙漠中的陆军基地里，白天丈夫奉命外出训练，她一人留在基地的小铁皮房子里。天气很热，她没有可聊天的人，周围只有墨西哥人和印第安人，而他们不会说英语。她十分苦闷，于是写信给父母，说想要回家去。父亲的回信只有两行：

"两个人从牢中的铁窗望出去，

一个看到泥土，一个却看到星星。"

读完信后，她决定要在沙漠中找到星星。

塞尔玛开始尝试和当地人交朋友，他们的反应使她惊讶不已。她对他们的纺织品、陶器很感兴趣，他们就把自己最喜欢的、舍不得卖给观光客人的纺织品和陶器送给了她。塞尔玛研究那些让人着迷的仙人掌和各种沙漠植物，又学习有关土拨鼠的知识。她观看沙漠日落，还寻找海螺壳——这些海螺壳是几万年前，这沙漠还是海洋时留下来的……原来难以忍受的环境变成了令她兴奋不已、流连忘返的奇景。

沙漠里的星星终于闪光了，《快乐的城堡》一书也终于出版。

山不转，路转；路不转，人转。《圣经》上说："上帝关了这扇窗，必会为你开启另一道门。"消极者会说："我只有看见了才会相信。"而积极者会说："只要我相信我就会看见。"积极者采取行动，消极者静止不动。同样的半杯水，消极者说它只有一半，积极者说它已经满了一半。因为，积极者往杯里倒水，消极者从杯里取水。

著名作家约翰·斯图尔特·米尔曾说过："一个有信念的人的力量，相当99位只有兴趣的人的力量。"如果你拥有坚定的信念，即使面对孤独、寂寞的折磨，你也可以转化不利的环境为有利的环境，就像故事中的女主人公一样，写出《快乐的城堡》。

世界上没有任何力量能像信念那样影响我们的生活。人生到底是喜剧收场还是悲剧落幕，是成功辉煌还是黯然神伤，全在于你保持着什么样的信念。信念是决定我们潜能发挥程度的关键，有信念在人生之路上为你牵引，无论你身处怎样的困境，你都能克服。

抱怨生活之前先认清你自己

生活中总有这样那样的困难和不顺，在面对折磨时，在你抱怨生活之前，先问问自己，你认清你自己了吗？

一个女孩对父亲抱怨她的生活，抱怨事事都那么艰难。她不知该如何应付生活，想要自暴自弃了。她已厌倦抗争和奋斗，因为一个问题刚解决，新的问题就又出现了。

女孩的父亲是位厨师，他把她带进厨房。他先往三只锅里倒入一些水，然后把它们放在旺火上烧。不久锅里的水烧开了。他往第一只锅里放些胡萝卜，第二只锅里放入鸡蛋，最后一只锅里放入碾成粉状的咖啡豆。他将它们浸入开水中煮，一句话也没说。

女孩咂咂嘴，不耐烦地等待着，纳闷父亲在做什么。大约20分钟后，他把火关了，把胡萝卜捞出来放入一个碗内，把鸡蛋捞出来放入另一个碗内，然后又把咖啡舀到一个杯子里。做完这些后，他才转过身问女儿："亲爱的，你看见什么了？"

"胡萝卜、鸡蛋、咖啡。"她回答。

他让她靠近些，并让她用手摸摸胡萝卜。她摸了摸，注意到它们变软了。

父亲又让女儿拿一只鸡蛋并打破它。将壳剥掉后，她看到了是只煮熟的鸡蛋。

最后，父亲让她啜饮咖啡。品尝到香浓的咖啡，女儿笑了。她轻声问道："父亲，这意味着什么？"

父亲解释说，这三样东西面临同样的逆境——煮沸的开水，但其反应各不相同。

胡萝卜入锅之前是强壮的、结实的，但进入开水后，它变软了，变弱了。

鸡蛋原来是易碎的，它薄薄的外壳保护着它呈液体的内脏，但是经开水一煮，它的内脏变硬了。

而粉状咖啡豆则很独特，进入沸水后，它们反改变了水。

> 一个人总会在生活中遇到不顺，心灵受到折磨。这个时候，如果你一味选择抱怨，也许只会让生活变得更糟。因此，在抱怨之前，先认清自己。或许你就能找到改变境遇的答案。

❋ 学会必要的忍耐 ❋

关于俞敏洪的创业经历，记者卢跃刚在《东方马车——从北大到新东方的传奇》一文中，有详细记录。其中令人印象深刻的是对俞敏洪一次醉酒经历的描述。

俞敏洪那次醉酒，缘起于新东方的一位员工贴招生广告时被竞争对手用刀子捅伤。俞敏洪意识到自己在社会上混，应该结识几个警察，但又没有这样的门道。最后通过报案时仅有一面之缘的那个警察，将刑警大队的一个政委约出来"坐一坐"。

他兜里揣了3000块钱，走进香港美食城。在中关村十几年，他第一次走进这么好的饭店。他在这种场面交流有问题，一是他那口江阴普通话，别别扭扭，跟北京警察对不上牙口；二是找不着话说。为了掩盖自己内心的尴尬和恐惧，劝别人喝，自己先喝。不会说话，只会喝酒。因为不从容，光喝酒不吃菜，喝着喝着，俞敏洪失去了知觉，钻到桌子底下去了。老师和警察把他送到医院，抢救了两个半小时才苏醒过来。医生说，换一般人，喝成这样，回不来了。俞敏洪喝了一瓶半的高度五粮液，差点喝死。

他醒过来喊的第一句话是："我不干了！"学校的人背他回家的路上，一个多小时，他一边哭，一边撕心裂肺地喊着："我不干了！再也不干了！把学校关了！把学校关了！我不干了……"

他说："那时，我感到特别痛苦，特别无助，四面漏风的破办公室，没有生源，没有老师，没有能力应付社会上的事情，同学都在国外，自己正在干着一个没有希望的事业……"

他不停地喊，喊得周围的人发憷。

哭够了，喊累了，睡着了，睡醒了，酒醒了，晚上 7 点还有课，他又像往常一样，背上书包上课去了。

实际上，酒醉了很难受，但相对还好对付，然而精神上的痛苦就不那么容易忍受了。当年"戊戌六君子"谭嗣同变法失败以后，被押到菜市口去砍头的前一夜，说自己乃"明知不可为而为之"，有几个人能体会其中深沉的痛苦。醉了、哭了、喊了、不干了……可是第二天醒来仍旧要硬着头皮接着干，仍旧要硬着头皮挟起皮包给学生上课去，眼角的泪痕可以不干，该干的事却不能不干。拿"观察家"卢跃刚的话说："不办学校，干吗去？"

现在大家都知道俞敏洪是亿万富翁，但又有谁知道俞敏洪这样一类创业者是怎样成为亿万富翁的呢？他们在成为亿万富翁的道路上，付出了怎样的代价，付出了怎样的努力，忍受了多少别人不能够忍受的屈辱、憋闷、痛苦，有多少人愿意付出与他们一样的代价，获取与他们今天一样的财富。

百忍成钢，人生就像一个磨刀的过程，忍耐好比磨刀石。当心性修炼得清澈如镜，达到不以物喜、不以己悲的境界时，那就是我们历经千锤百炼的刀已炼成。

第十一章

方法总比问题多，
莫为失败找借口

> 卓越者必是重视方法之人。在他们的世界里，不存在不可能之类的字眼，他们相信凡事必有方法去解决，而且能够解决得最完美。事实也一再证明，看似极其困难的事情，只要用心去寻找方法，必定会有所突破。
>
> 有些人之所以不成功，就在于屈服于困难，无端地将困难放大，把自己看轻。其实，只要你努力去找方法，就一定会找到，而且越去找方法，便越会找方法；越会找方法，就越能创造更高的价值。

❋ 寻找最佳的方法 ❋

从前有个小村庄，村里除了雨水没有任何水源，为了解决这个问题，村里的人决定签订送水合同，以便每天都能有人把水送到村子里。有两个人愿意接受这份工作，于是村里的长者这两个人各签了一份合同。

得到合同的两个人中有一个叫艾德，他立刻行动了起来。每日奔波于1里外的湖泊和村庄之间，用他的两只桶从湖中打水运回村子，将打来的水倒在由村民们修建的一个结实的大蓄水池中。每天早晨他都比其他村民起得早，以便当村民需要用水时，蓄水池中已有足够的水供他们使用。

由于起早贪黑地工作，艾德很快就开始挣钱了。尽管这是一项相当辛苦的工作，但是艾德很高兴，因为他能不断地挣钱，并且他对能够拥有两份专营合同中的一份而感到满意。

另外一个获得合同的人叫比尔。令人奇怪的是自从签订合同后比尔就消失了，几个月来，人们一直没有看见过比尔。这令艾德兴奋不已，由于没人与他竞争，他挣到了所有的水钱。

比尔干什么去了？他做了一份详细的商业计划书，并凭借这份计划书找到了4位投资者，他们一起开了一家公司。6个月后，比尔带着一个施工队和一笔投资回到了村庄。花了整整一年的时间，比尔的施工队修建了一条从村庄通往湖泊的大容量的不锈钢管道。

这个村庄需要水，其他有类似环境的村庄也一定需要水。于是他重新制订了他的商业计划，开始向全国甚至全世界的村庄推销他的快速、大容量、低成本并且卫生的送水系统，每送出一桶水他只赚1便士，但是每天他能送几十万桶水。无论他是否工作，几十万的人都要消费这几十万桶的水，而所有的这些钱都流入了比尔的银行账户中。显然，比尔不但开发了使水流向村庄的管道，而且还开发了一个使钱流向自己钱包的管道。

从此以后，比尔幸福地生活着，而艾德在他的余生里仍拼命地工作，最终还是陷入了"永久"的财务问题中。

多年来，比尔和艾德的故事一直指引着人们。

每当人们要做出工作决策时，这个故事都能给人以帮助，所以我们应时常问自己："我究竟是在修管道还是在运水？我是在拼命地工作还是在聪明地工作？"

智慧语珠

同样是在工作，有些人只懂勤勤恳恳，循规蹈矩，终其一生也成就不大。而聪明的人却在努力寻找一种最佳的方法，在有限的条件中充分发挥智慧的作用，将工作做到最完美。同样是在解决难题，思想老化的人年复一年，机械地重复着手边的工作，没有创意的工作让人生无比乏味。相反，会动脑子的人会借着问题，将工作上升到更高效的层面，自己也可"一劳永逸"。

❉ "金河"的传奇 ❉

有一个人在 19 岁那年，带着 6 个窝窝头，骑着一辆破自行车，独自一人从小山村到离家 80 公里外的城里去谋生。

他好不容易在建筑工地上找到了一份打杂的活。一天的工钱是 1.7 元，这对他而言只够吃饭，但他还是想尽办法每天省下 1 元钱接济家人。

尽管生活十分艰难，但他还是不断地鼓励自己会有出人头地的一天。为此他付出比别人更多的努力。2 个月后，他被提升为材料员，每天的工资加了 1 元钱。

靠比别人多付出，他初步站稳了脚跟。之后，他就开始重视方法。他认为：要在新单位站稳脚跟，就得更多地得到大家的认可，甚至成为单位不可缺少的人。那么，怎样才能做到这点呢？

冥思苦想之后，他终于想到了一个小点子。工地的生活十分枯燥，他想，能不能让大家的业余生活过得丰富一点呢？想到这点，他拿出自己省下来的一点钱，买了《三国演义》、《水浒传》等名著，认真阅读后，讲给大家听。这一来，晚饭后的时间，总是大家最开心的时间。每天，工地上都洋溢着工友们欢心的笑声。

一天，老板来工地检查工作，发现他有非常好的口才，于是决定将他提升为公关业务员。

一个小点子付诸实践后就能有这样的效果，他极受鼓舞。于是，他便将主动找方法的特长，运用到工作的各个方面。

对工地上的所有问题，他都抱着一种主人公的心态去处理。夜班工友有随地小便的习惯，怎么说都没有用，他想尽办法让大家文明上厕；一个工友性格暴躁，喝酒后与承包方要拼命，他想办法平息矛盾，做到使各方都满意……

别看这些都是小事，但领导都看在眼里。慢慢地，他成了领导的左膀右臂。

由于他经常主动找方法，终于等来了一个创业的良机。有一天，工地领导告诉他，公司本来承包了一个工程，但由于这样那样的原因，难度太大，决定放弃。

作为一个凡事都爱想办法的人，他力劝领导别放弃。领导看着他充满热情，突然说了一句话："这个项目我没有把握做好。如果你想做，可以由你牵头来做，我可以为你提供帮助。"

他几乎不敢相信自己的耳朵：这不是给自己提供了一个可以自主创业的绝好机会吗？他毫不犹豫地接下了这个项目，然后信心百倍地干了起来。

这位年轻人获得了用不懈的进取精神和不断想办法解决难题的益处，从此工作更加努力。他现在不仅拥有当地最大的建筑队，还是内蒙古最大的草业经营者之一，每年有1万多户农民给他的企业提供玉米、草等饲料。拥有了巨额财富的他，在贫困的故乡建起了一个全世界最大的金霉素生产厂，其生产量占全球的1/4，很多父老乡亲跟着他走上了脱贫致富的道路。

这位创造了奇迹的人，他叫王东晓，是内蒙古金河集团的董事长。

智慧语珠　机遇垂青于有准备的人，只要我们在工作与生活中主动运用我们的大脑，让好点子如泉水般涌出，我们便会找到属于自己的最佳坐标。

✖ 不为失败找借口 ✖

　　20世纪70年代中期，日本的索尼彩电在日本已经很有名气了，但是在美国它却不被顾客所接受，因而索尼彩电在美国市场的销售相当惨淡，但索尼公司没有放弃美国市场。后来，卯木肇担任了索尼国外部部长。上任不久，他被派往芝加哥。当卯木肇风尘仆仆地来到芝加哥时，令他吃惊不已的是，索尼彩电竟然在当地的寄卖商店里蒙满了灰尘，无人问津。如何才能改变销售的现状呢？卯木肇陷入了沉思。

　　一天，他驾车去郊外散心，在归来的路上，他注意到一个牧童正赶着一头大公牛进牛栏，而公牛的脖子上系着一个铃铛，在夕阳的余晖下叮当叮当地响着，后面是一大群牛跟在这头公牛的屁股后面，温顺地鱼贯而入。此情此景令卯木肇一下子茅塞顿开，他一路上吹着口哨，心情格外开朗。想想一群庞然大物居然被一个小孩儿管得服服帖帖的，为什么？还不是因为牧童牵着一头带头牛。索尼要是能在芝加哥找到这样一只"带头牛"来率先销售，岂不是很快就能打开局面？卯木肇为自己找到了打开美国市场的钥匙而兴奋不已。

　　马歇尔公司是芝加哥市最大的一家电器零售商，卯木肇最先想到了它。为了尽快见到马歇尔公司的总经理，卯木肇第二天很早就去求见，但他递进去的名片却被退了回来，原因是经理不在。第三天，他特意选了一个估计经理比较闲的时间去求见，但回答却是"外出了"。他第三次登门，经理终于被他的诚心所感动，接见了他，却拒绝卖索尼的产品。经理认为索尼的产品经常降价出售，形象太差。卯木肇非常恭敬地听着经理的意见，并一再地表示要立即着手改变商品形象。

　　回去后，卯木肇立即从寄卖店取回货品，取消削价销售，在当地报纸上重新刊登大量的广告，重塑索尼形象。

　　做完了这一切后，卯木肇再次叩响了马歇尔公司经理的门。可听到的却是索尼的售后服务太差，无法销售。卯木肇立即成立索尼特约维修部，全面负责产品的售后服务工作；重新刊登广告，并附上特约维修部的电话和地址，并注明 24 小时为顾客服务。

屡次遭到拒绝，卯木肇还是毫不气馁。他规定他的每个员工每天拨 5 次电话，向马歇尔公司询购索尼彩电。马歇尔公司被接二连三的电话搞得晕头转向，以致员工误将索尼彩电列入"待交货名单"。这令经理大为恼火，这一次他主动召见了卯木肇，一见面就大骂卯木肇扰乱了公司的正常工作秩序。卯木肇面带微笑地听着，等经理发完火之后，才晓之以理、动之以情地对经理说："我几次来见您，一方面是为本公司的利益，但同时也是为了贵公司的利益。在日本国内最畅销的索尼彩电，一定会成为马歇尔公司的摇钱树。"在卯木肇的说服下，经理终于同意试销 2 台，但有个条件：如果一周之内卖不出去，立马搬走。

为了开个好头，卯木肇亲自挑选了两名得力干将，把订货的重任交给了他们，并要求他们破釜沉舟，如果一周之内这 2 台彩电卖不出去，就不要再返回公司了……

两人果然不负众望，当天下午 4 点钟，两人就送来了好消息。马歇尔公司又追加了 2 台。至此，索尼彩电终于挤进了芝加哥的"带头牛"商店。随后，进入家电的销售旺季，短短一个月内，竟卖出 700 多台。索尼和马歇尔从中获得了双赢。

有了马歇尔这只"带头牛"开路，芝加哥的 100 多家商店都对索尼彩电群起而销之，不到 3 年，索尼彩电在芝加哥的市场占有率达到了 30%。

有些人之所以不成功，就在于屈服于困难，无端地将困难放大，把自己看轻。其实，只要你努力去找方法，就一定会找到，而且越去找方法，便越会有方法；越会有方法，就越能创造更高的价值。

面对困难，一流人才找方法，末流的人找借口。愿你成为一个不找借口找方法的精英。

❋ 方法使"不能"成为"能" ❋

罗宾以前经营着一家小规模的皮鞋厂，只有十几个雇工。

他很清楚自己的工厂规模小，要挣到大钱是很困难的。资金少，规模小，人力资源又不够，无论从哪一方面都不能和强大的同行相抗衡。

那么，该怎样改变这种局面呢？

罗宾面前摆着两条路：

一是提高鞋料的成本，使自己的产品在质量上胜人一筹。然而在现在这种状况下，自己的成本原本就比别人的高，若再提高成本，那么就只能赔钱卖了。所以，这条路现在根本不可行。

再有就是在款式上下功夫。只要自己能够翻出新花样、新款式，不断变换、不断创新，就可以为自己打开一条新的出路。

罗宾认为后一个主意不错，并决定走这条道路。

随后，他立即召集工厂的十几个工人开了个皮鞋款式改革会议，并要求他们各尽所能地设计新款的鞋样。

罗宾还特设了一个奖励办法：凡设计出的样式被公司采用者，可得到1000美元的奖励；若是通过改良被采用的，奖励500美元；即使没被采用，但别具匠心的仍可获得100美元的奖励。

号召很快就被响应，没过多久，被采纳的3款鞋样便试行生产了，当然这3名设计者也分别得到了应得的1000美元的奖励。

第一批生产出的产品，被送往各大城市进行推销。

顾客都很欣赏这些款式新颖的皮鞋，这些皮鞋在很短的时间内便被抢购一空。

两个星期后，罗宾的工厂便收到了2700份订单，这使得工人们开始加班加点。生意越做越大，公司也在原来的规模上，扩充成为有18家分厂的规模庞大的工厂了。

没过多久，危机又出现了，当皮鞋工厂一多起来，做皮鞋的技工便显得供不应求了。其他的工厂都出重资挽留住自己的工人，即使罗宾提高工资，也难以把工人从其他工厂拉过来。没有工人，工厂将难以维持，这是最令罗宾头疼的事了。他接了不少订单，但如在规定的期限内交不上货，那么他将赔偿巨额的违约金。罗宾为此煞费脑筋。

他召集18家皮鞋工厂的工人开了一次会议。他坚信，3个臭皮匠顶个诸葛亮，众人协力，定能把问题解决。

罗宾把工厂缺少工人的难题告知大家，并宣布了谁动脑筋想出办法就重奖谁。

会场陷入了寂静，人们都在埋头苦想。

过了片刻，一个不起眼的小伙子举起了右手，在罗宾应允后，他站起来发言："罗宾先生，没有工人，我们可以用机器来造皮鞋。"

罗宾还未表态，底下就有人嘲讽说："小伙子，用什么机器造鞋呀？你能给我们造台这样的机器吗？"

那小伙子听了，怯生生地坐回了原位。

这时罗宾却走到了他的身旁，然后把他拉到了主席台上，朗声向大家宣布："诸位，这小伙子说得很对，虽然他还造不出这种机器，但这个想法很重要，很有用处。只要我们沿着这个思路想下去，问题肯定会很快解决的。

"我们永远不能安于现状，不能把思维局限于一定的框架之中，这样我们才能不断创新。现在，我宣布这个小伙子可获得500美元奖金。"

通过4个多月的大量研究和实验，罗宾的皮鞋工厂中的很大一部分工作已经被机器取代了。

罗宾·维勒，这个美国商业界的奇才，就像一盏指路明灯照亮了美国商业界的前途。他的成功证明了：商海茫茫，只有那些相信自己，并使不可能成为可能的人才能抵达胜利的彼岸。

智慧语珠

工作中，要使"不能"成为"能"，最好的方法是拓展自己的创造力。任何事情的成功，都是因为能找到把事情做得更好的方法。

❈ 将难题进行分解 ❈

1872 年，"圆舞曲之王"约翰·施特劳斯来到美国。当地有关团体立即来访，请求他在波士顿指挥音乐会，施特劳斯答应了。但谈演出计划的时候，他被这个规模惊人的音乐会吓了一跳。

原来，美国人想创造一个世界之最：由施特劳斯指挥一场有 2 万人参加演出的音乐会。而一个指挥家一次指挥几百人的乐队就是一件很不容易的事了，何况是 2 万人？

施特劳斯想了想，居然答应了。到了演出那天，音乐厅里坐满了观众。施特劳斯指挥得非常出色，2 万件乐器奏起了优美的乐曲，观众听得如痴如醉。原来，施特劳斯任的是总指挥，下面有 100 名助理指挥。总指挥的指挥棒一挥，助理指挥紧跟着相应指挥起来，2 万件乐器齐奏，合唱队的和声响起。

因此可见，"分"是一种大的智慧，它不仅能够帮助我们解除心理上的压力，也能帮助我们将难解决的问题高效解决，水晶大教堂的建立采取的也是这个办法。

1968 年春，罗伯·舒乐博士立志在加州用玻璃建造一座水晶大教堂，他向著名的设计师菲利浦·强生表达了自己的构想：

"我要的不是一座普通的教堂，我要在人间建造一座伊甸园。"

强生问他的预算，舒乐博士坚定而坦率地说："我现在一分钱也没有，所以 100 万美元与 400 万美元的预算对我来说没有区别，重要的是，这座教堂本身要具有足够的魅力来吸引人们捐款。"

教堂最终的预算为 700 万美元。700 万美元对当时的舒乐博士来说是一个不仅超出了能力范围也超出了理解范围的数字。

当天夜里，舒乐博士拿出 1 页白纸，在最上面写上"700 万美元"，然后又写下了 10 行字：

1. 寻找 1 笔 700 万美元的捐款。

2. 寻找 7 笔 100 万美元的捐款。

3. 寻找 14 笔 50 万美元的捐款。

4. 寻找 28 笔 25 万美元的捐款。

5. 寻找 70 笔 10 万美元的捐款。

6. 寻找 100 笔 7 万美元的捐款。

7. 寻找 140 笔 5 万美元的捐款。

8. 寻找 280 笔 2.5 万美元的捐款。

9. 寻找 700 笔 1 万美元的捐款。

10. 卖掉 1 万扇窗户，每扇 700 美元。

60 天后，舒乐博士用水晶大教堂奇特而美妙的模型打动了富商约翰·可林，他捐出了第一笔 100 万美元。

第 65 天，一位倾听了舒乐博士演讲的农民夫妻，捐出第一笔 1000 美元。

90 天时，一位被舒乐博士孜孜以求精神所感动的陌生人，在生日的当天寄给舒乐博士一张 100 万美元的银行本票。

8 个月后，一名捐款者对舒乐博士说："如果你能筹到 600 万美元，剩下的 100 万美元由我来支付。"

第二年，舒乐博士以每扇 500 美元的价格请求美国人订购水晶大教堂的窗户，付款办法为每月 50 美元，10 个月分期付清。6 个月内，1 万多扇窗户全部售出。

1980 年 9 月，历时 12 年，可容纳 10000 多人的水晶大教堂竣工，这成为世界建筑史上的奇迹和经典，也成为世界各地前往加州的人必去瞻仰的胜景。

水晶大教堂最终造价为 2000 万美元，全部是舒乐博士一点一滴筹集而来的。

许多困难乍一看似乎无法克服，然而我们本着从零开始，点点滴滴去实现的决心，有效地将问题分解成许多板块，这将大大提升我们去克服困难的信心和效率。

❋ 问题引领成功 ❋

大发明家爱迪生辞退不称职的助手后，又贴出招聘新雇员的广告，但是应试的人没有一个能使他满意。他满腹怨气地对爱因斯坦说："每天上我这儿来的年轻人真不少，可没有一个我看得上的。"

"您判断应征者合格或不合格的标准是什么？"爱因斯坦问道。

爱迪生一面把一张写满各种问题的纸条递给爱因斯坦，一面说："只有能回答出这些问题，他才有资格当我的助手。"

"从纽约到芝加哥有多少英里？"爱因斯坦读了一个问题，并且回答说，"这需要查一下铁路指南。"

"不锈钢是用什么做成的？"爱因斯坦读完第二个问题又回答说，"这得翻一翻金相学手册。"

"您说什么，博士？"爱迪生打断了爱因斯坦的话问道。

"看来我不用等您拒绝，就自动宣布落选啦！"爱因斯坦幽默地说。

爱因斯坦从自己的切身体验出发，强调不能死记住一大堆东西，而是要能灵活地进行思考。

爱因斯坦认为，正确地进行思考，是实现成功至关重要的条件。

小时候的爱因斯坦一点也看不出来有什么天赋，直到3岁时，他还不会讲话。他6岁上学，在学校里成绩非常差，一上课就是被批评的对象，老师还说他永远也不会有什么大的出息。大家一致认为他是一个天生的笨蛋。

但是，爱因斯坦在12岁时，就已经决定献身于解决"那广漠无垠的宇宙"之谜。15岁那一年，由于历史、地理和语言等都没有考及格，加上老师认为他破坏了秩序和纪律，他被学校开除了。

爱因斯坦非常重视思考和想象。他说："想象力比知识更重要。因为知识是有限的，而想象力包括世界上的一切，推动着进步，并且是知识进化的源泉。"他在16岁时，幻想着自己正骑在一束光上，做着太空旅行，然后思考："如果这时在出发地有一座钟，从我坐的位置看，它的时间会怎样流逝呢？"

从此，他开始了他的科学远征。他设计了大量理想实验，提出了"光量子"等模型，为相对论和量子论的建立奠定了基础。

智慧语珠

灵活地进行思考对一个人的成功是非常必要的。保持一颗好奇心，多问几个为什么，而不是死记硬背一些知识，否则你只会成为成功者的助手，而不是一个真正的成功者。请记住：问题引领成功。

❋ 善于发问 ❋

著名的日本丰田汽车公司，曾经使用提问的思考方式来找出问题的最终原因，从而使问题得到根本的解决。

有一天，丰田汽车公司的一台生产配件的机器在生产期间突然停止转动了。负责的主管立即把大家召集起来，进行一系列的提问来解决这个问题。

问：机器为什么不转动了？

答：因为熔断丝断了。

问：熔断丝为什么会断？

答：因为超负荷而造成电流太大。

问：为什么会超负荷？

答：因为轴承发涩不够润滑。

问：为什么轴承不够润滑？

答：因为油泵吸不上来润滑油。

问：为什么油泵吸不上来润滑油？

答：因为油泵产生了严重的磨损。

问：为什么油泵会产生严重磨损？

答：因为油泵未装过滤器而使铁屑混入。

在上面的提问中，主管用"为什么"进行提问，连续用了6个"为什么"找出了最终的原因，从而使问题得到根本解决。当然，实际问题的解决过程中并不会像上面叙述的那么顺利，但主要的思路是这样的。

在解决问题时，要多问几个为什么，做到"刨根问底"，这样才能使问题得到根本的解决，尽可能地消除隐患。

人要想有所成就，就必须尽可能多地涉猎各方面的知识，取得多样的经验，拓宽自己的视野。在广泛猎获渊博知识的基础上，还要不时地梳理、归纳，形成合理的认知结构，建立知识间的各种联系。这就需要在思考问题时，要更快更好地提出问题。

✖ 多一种方案 ✖

几年前，一个城市发生了垃圾问题。这个城市以前相当干净，但由于人们不愿使用垃圾桶，结果垃圾四处堆积。

卫生部门对此极为关注。他们提出许多解决的办法，希望能使城市整洁。第一个方法是：把乱丢垃圾的人的罚金从 25 元提高到 50 元。实施后，收效甚微。第二个方法是：增加街道巡逻人员的数量。然而成效同样不明显。

于是，有人提出了这样一个问题：假如人们把垃圾丢入垃圾桶时，可以从桶里拿到钱呢？可以在每一个垃圾桶上装上电子感应的退币机器，在人们倒垃圾入桶时，就可以拿到 10 元奖金。

但是，这个点子明显难以实施，因为假若市政府采用了这个办法，那么过不了多久就会使财政拮据或发生危机。

上述建议虽然不切实际未被采用，但可以被用做垫脚石。他们想到："是否有其他奖励大家用垃圾桶的办法呢?"这个问题有了答案。卫生部门设计出了电动垃圾桶，桶上装有一个感应器，每当垃圾丢进桶内，感应器就有反应而启动录音机，播出一则故事或笑话，其内容每两个星期换一次。这个设计大受欢迎。结果所有的人不论距离远近，都把垃圾丢进垃圾桶里，城市又恢复了干净。

　　没有哪种方案是完美无缺的，如果你只钟爱一种方案，你就看不到其他方案的长处，你也会因此而失去许多机会。寻找新方案最稳妥的方法就是将思维发射到四面八方，绝不要在刚找到第一个答案时就止步不前，而应该继续寻找其他的答案。

❋ 学会变通 ❋

　　在一次培训课上，企业界的精英们正襟危坐，等着听管理学教授做关于企业运营的报告。门开了，教授走进来，矮胖的身材，圆圆的脸，左手提着个大提包，右手擎着个涨得圆鼓鼓的气球。精英们很奇怪，但还是有人立即拿出笔和本子，准备记下教授精辟的分析和坦诚的忠告。

　　"噢，不，不，你们不用记，只要用眼睛看就足够了，我的报告将非常简单。"教授说道。

　　教授从包里拿出一只开口很小的瓶子放在桌子上，然后指着气球对大家说："谁能告诉我怎样把这只气球装到瓶子里去? 当然，你不能这样，嘭!"教授滑稽地做了个气球爆炸的姿势。

　　众人面面相觑，都不知教授葫芦里卖的什么药，终于一位精明的女士说："我想，也许可以改变它的形状……"

　　"改变它的形状? 嗯，很好，你可以为我们演示一下吗?"

　　"当然。"女士走到台上，拿起气球小心翼翼地捏弄。她想利用橡胶柔软可塑的特点，把气球一点点塞到瓶子里。但这远远不像她想的那么简单，很快她发现自己的努力是徒劳的，于是她放下手里的气球，道："很遗憾，我承认我的想法行不通。"

"还有人要试试吗？"

无人响应。

"那么好吧，我来试一下。"教授道。他拿起气球，三下两下便解开气球嘴上的绳子，"嗤"的一声，气球变成了一个软耷耷的小袋子。

教授把这个小袋子塞到瓶子里，只留下吹气的口儿在外面，然后用嘴巴衔住，用力吹气。很快，气球鼓起来，胀满在瓶子里，教授再用绳子把气球的嘴儿给扎紧。"瞧，我改变了一下方法，问题迎刃而解了。"教授露出了满意的笑容。

教授转过身，拿起笔在写字板上写了个大大的"变"字，说："当你遇到一个难题，解决它很困难时，那么你可以改变一下你的方法。"他指着自己的脑袋，"思想的改变，现在你们知道它有多么重要了。这就是我今天要说明的。"

精英们开始交头接耳，一些人脸上露出顽皮的笑意。

停了片刻，教授又开口了。"现在，还有最后一个问题，这是个简单的问题。"他从包里拿出一只新瓶子放到台上，指着那只装着气球的瓶子说："谁能把它放到这只新瓶子里去？"

精英们看到这只新瓶子并没有原来那个瓶子大，直接装进去是根本不可能的。但这样简单的问题难不住头脑机敏的精英们，一个高个子的中年男人走过去，拿起瓶子用力向地上掷去，瓶子碎了，中年人拾起一块块残片装入新瓶子。

教授点头表示称许，精英们对中年人采取的办法并没有感到意外。

这时教授说："先生们、女士们，这个问题很简单，只要改变瓶子的状态就能完成，我想你们大家都想到了这个答案，但实际上我要告诉你们的是：一项改变最大的极限是什么。瞧，"教授举起手中的瓶子，"就是这样，最大的极限是完全改变旧有状态，彻底打碎它。"

教授看着他的听众，补充道："彻底的改变需要很大的决心，如果有一点点留恋，就不能够真的打碎。你们知道，打碎了它就是毁了它，再没有什么力量能把它恢复得和从前一模一样。所以当你下决心要打碎某个事物时，你应当再一次问自己：我是不是真的不会后悔。"

讲台下面鸦雀无声，精英们琢磨着教授话中的深意。教授收拾好自己的包，说："感谢在座的诸位，我的报告结束了。"然后他飘然而去。

不通则变，一心求变的人要知道，变的极限是毁，用到思维上就是不破不立。

学会变通地去应对工作中的困难，我们定能做到无往不利。

从哲学的角度来讲，唯一不变的东西是变化本身。我们生活在一个瞬息万变的世界里，应当学会适应变化。在竞争日益激烈的今天，要培养以变化应万变的理念，一个有思想有觉悟的人，应勇于面对变化带来的困难，这样才能做到卓越和高效。

❈ 开启智慧之门 ❈

这年，松下公司要招聘一名高级女职员，一时应聘者如云。经过一番激烈的比拼，山川秀子、原亚纪子、宫崎慧子 3 人脱颖而出，成为进入最后阶段的候选人。3 个人都是名牌大学的高才生，又是各有千秋的美女，条件不相上下，竞争到了白热化状态。她们都在小心翼翼地做着准备，力争使自己成为"笑到最后"的胜利者。

这天早上 8 点，3 人准时来到公司人事部。人事部长给她们每人发了一套白色制服和一个精致的黑色公文包，说："3 位小姐，请你们换上公司的制服，带上公文包，到总经理室参加面试。这是你们最后一轮考试，考试的结果将直接决定你们的去留。"3 位美女脱下精心搭配的外衣，穿上那套白色的制服。人事部长又说："我要提醒你们的是，第一，总经理是个非常注重仪表的先生，而你们所穿的制服上都有一小块黑色的污点。毫无疑问，当你们出现在总经理面前时，必须是一个着装整洁的人，怎样对付那个小污点，就是你们的考题；第二，总经理接见你们的时间是8点15分，也就是说，10分钟以后，你们必须准时赶到总经理室，总经理是不会聘用一个不守时的职员的。好了，考试开始了。"

3个人立即行动起来。

山川秀子用手反复去擦那块污点，反而把污点越弄越大，白色制服最终被弄得惨不忍睹。山川秀子紧张起来，红着脸央求人事部长能否给她再换一套制服，没想到，人事部长抱歉地说："绝对不可以，而且，我认为，你没有必要到总经理室去面试了。"山川秀子一下子愣住了，当她知道自己已经被取消了竞争资格后，眼泪汪汪地离开了人事部。

与此同时，原亚纪子已经飞奔到洗手间，她拧开水龙头，撩起自来水开始清洗那块污点。很快，污点没有了，可麻烦也来了，制服的前襟处被浸湿了一大片，紧紧贴在身上。于是，原亚纪子快步移到烘干器前，打开烘干器，对着那块浸湿处烘烤着。烤了一会儿，她突然想起约定的时间，抬起手腕看表：坏了，马上就到约定时间了。于是，原亚纪子顾不得把衣服彻底烘干，赶紧往总经理室跑。

赶到总经理室门前，原亚纪子一看表，8点15分，还没迟到。更让她感到庆幸的是，白色制服上的湿润处已经不再那么明显了，要不是仔细分辨，根本看不出曾经洗过。何况堂堂大公司总经理，怎么会死盯着一个女孩的衣服看呢？除非他是一个色鬼。

原亚纪子正准备敲门进屋，门却开了，宫崎慧子大步走出来。原亚纪子看见，宫崎慧子的白色制服上，那块污迹仍然醒目地躺在那里。原亚纪子的心里踏实了，她自信地走进办公室，得体地说声："总经理好。"总经理坐在办公桌后面，微笑地看着原亚纪子白色制服上被弄湿的那个部位，好像在分辨着什么。原亚纪子有点不自在。

这时，总经理说话了："原亚纪子小姐，如果我没有看错的话，你的白色制服上有块地方被水浸湿了。"原亚纪子点了点头。"是清洗那块污渍所致吗？"总经理问。原亚纪子疑惑地看着总经理，点了点头。总经理看出原亚纪子的疑惑，浅笑一声道："污点是我抹上去的，也是我出的考题。在这轮考试中，宫崎慧子是胜者，也就是说，公司最终决定录用宫崎慧子。"

原亚纪子感到愕然："总经理先生，这不公平。据我所知，您是一位见不得污点的先生。但我看见，宫崎慧子的白色制服上，那块污点仍然清晰可见。"

"问题的关键是，宫崎慧子小姐没有让我发现她制服上的污点。从她走进我的办公室，那只黑色公文包就一直幽雅地横在她的前襟上，她没有让我看见那块污迹。"总经理说。

原亚纪子说："总经理先生，我还是不明白，您为什么选择了宫崎慧子而淘汰了我呢？我准时到达您的办公室，也清除了制服上的污点，而宫崎慧子只不过耍了个小聪明，用皮包遮住了污点。应该说，我和宫崎慧子打了个平手。"

"不。"总经理果断地说，"胜者确实是宫崎慧子，因为她在处理事情时，思路清晰，善于分清主次，善于利用手中现有的条件，她把问题解决得从容而漂亮。而你，虽然也解决了问题，但你却是在手忙脚乱中完成的，你没有充分利用你现有的条件。其实，那只公文包就是我们解决问题的杠杆，而你却将它弃之一旁。如果我没猜错的话，你的'杠杆'忘在洗手间里了吧？"

原亚纪子终于信服地点了点头。总经理又微笑着说："如果我没猜错的话，宫崎慧子小姐现在会在洗手间里，正清洗她前襟处的污渍呢。" 从成功的角度来讲，两点之间的最短距离并不一定是条直线，而可能是一条障碍最小的曲线。

智慧语珠

　　要找到绕过障碍最短的曲线，需要一颗时时寻找方法去处理事情和面对困难的大脑。优秀的人，会养成寻找方法而不惧怕困难的习惯，力争做到最好。每个渴望实现自我价值和最大化潜能的人，从现在开始就要开启智慧的大脑，用方法克服困难。这也许是松下"魔鬼"考核给我们最大的启示。

第十二章

学会选择，
懂得放弃

> 人生需要选择，也需要放弃，选择与放弃是成功的两个不可缺少的条件。选择是人生成功路上的航标，只有量力而行的睿智选择才会拥有更辉煌的成功。放弃是智者面对生活的明智选择，只有懂得何时放弃的人才会时时如鱼得水。当我们渐渐地长大、成熟，会逐渐明白人生很多的事情都要有选择有放弃，选择和放弃的力量，原来是如此巨大。

❋ 善于选择最重要 ❋

在乔治的记忆中，父亲一直就是瘸着一条腿走路的，父亲的一切都平淡无奇。所以，他总是想，母亲怎么会和这样的一个人结婚呢？

一次，市里举行中学生篮球赛，他是队里的主力。他找到母亲，说出了他的心愿，他希望母亲能去给他加油。母亲笑了，说："那当然。你就是不说，我和你父亲也会去的。"他听罢摇了摇头，说："我不是说父亲，我只希望你去。"母亲很是惊讶，问："这是为什么？"他勉强地笑了笑，说："我总认为，一个残疾人站在场边，会使得整个气氛变味的。"母亲叹了一口气，说："你是嫌弃你的父亲了？"父亲这时正好走过来，说："这些天我得出差，有什么事，你们商量着去做就行了。"

比赛很快就结束了，乔治所在的队得了冠军。在回家的路上，母亲很高兴，说："要是你父亲知道了这个消息，他一定会放声高歌的。"乔治沉下了脸，说："妈妈，我们现在不提他好不好？"母亲接受不了他的口气，说："你必须告诉我这是为什么？"乔治满不在乎地笑了笑，说："不为什么，就是不想在这时提到他。"母亲的脸色凝重起来，说："孩子，这话我本来不想说，可是，我再隐瞒下去，很可能就会伤害到你的父亲。你知道你父亲的腿是怎么瘸的吗？"乔治摇了摇头，说："我不知道。"母亲说："那一年你才两岁。父亲带你去公园里玩，在回家的路上，你左奔右跑。忽然，一辆汽车急驰而来，你父亲为了救你，左腿被碾在了车轮下。"乔治顿时呆住了，说："这怎么可能呢？"母亲说："这怎么不可能？不过这些年你父亲不让我告诉你罢了。"

二人慢慢地走着，母亲说："有件事可能你还不知道，你父亲就是布莱特，你最喜欢的作家。"乔治惊讶地蹦了起来，说："你说什么？我不信！"母亲说："其实你父亲也不让我告诉你。你不信可以去问你的老师。"乔治急急地向学校跑去。老师面对他的疑问，笑了笑，说："这都是真的。你父亲不让我们透露这些，是怕影响你的成长。但现在你既然知道了，那我就不妨告诉你，你父亲是一个伟大的人。"

两天以后，父亲回来了。乔治问父亲："你就是大名鼎鼎的布莱特吗？"父亲愣了一下，然后笑了，说："我就是写小说的布莱特。"乔治拿出一本书来，说："那你先给我签个名吧！"父亲看了他片刻，然后拿起笔来，在扉页上写道："赠乔治，选择其实比什么都重要。"

当我们慢慢长大、成熟时，我们会逐渐明白很多我们不曾发现的真情与关爱，但这一切需要我们从选择中去发现和体会，因为选择比什么都重要。

❋ 脚踏实地是最好的选择 ❋

曾任北京外交学院副院长的任小萍女士说，在她的职业生涯中，每一步都是组织上安排的，自己并没有什么自主权。但在每一个岗位上，她也有自己的选择，那就是要比别人做得更好。

1968 年，在西瓜地里干活的她，被告知北京外国语学院录取了她。到了学校，她才知道她年纪最大，水平最差，第一堂课就因为回答不出问题而站了一堂课。然而等到毕业的时候，她已成为全年级最好的学生之一。

大学毕业后她被分到英国大使馆做接线员。接线员是个不愿意干就很简单，愿意干就很麻烦的工作。任小萍把使馆里所有人的名字、电话、工作范围甚至他们家属的名字都背得滚瓜烂熟。有时候，有一些电话进来，不知道该找谁，她就多问几句，尽量帮助别人找到该找的人。逐渐地，使馆人员外出时，都不告诉自己的翻译了，而是打电话给任小萍，说有谁会来电话，请转告什么话。任小萍成了一个留言台。不仅如此，使馆里有很多公事私事都委托她通知、转达、转告。这样，任小萍在使馆里成了很受欢迎的人。

有一天，英国大使来到电话间，靠在门口，笑眯眯地看着任小萍，说："你知道吗，最近和我联络的人都恭喜我，说我有了一位英国姑娘做接线员！当他们知道接线员是中国姑娘时，都惊讶万分。"英国大使亲自到电话间表扬接线员，在大使馆是破天荒的事情。结果没多久，她就因工作出色而被破格调去给英国某大报记者处做翻译。

该报的首席记者是个名气很大的老太太，得过战地勋章，被授过勋爵，本事大，脾气也大，把前任翻译给赶跑了，刚开始也拒绝雇用任小萍，看不上她的资历，后来才勉强同意一试。一年后，老太太经常对别人说："我的翻译比你的好上十倍。"不久，工作出色的任小萍就被破例调到美国驻华联络处，她干得同样出色，获外交部嘉奖。

一个人在无法选择工作时，至少永远有一样可以选择：就是好好干还是得过且过。在同一个工作岗位上，有的人勤恳敬业，付出的多，收获的也多；有的人整天想换好工作，而不做好眼前的事，最终碌碌无为。其实，这样的选择就决定了将来的被选择。

人生有各种各样的舞台，但最能展现你才华的舞台却只有一个。只有准确地选择这个舞台，脚踏实地地干下去，你的才华才能得到更好的发挥，从而实现自己的人生梦想。

❈ 学会放弃 ❈

两个贫苦的樵夫靠着上山捡柴糊口，有一天在山里发现两大包棉花。两人喜出望外，棉花的价格高过柴薪数倍，将这两包棉花卖掉，足可让家人一个月衣食无虑。当下两人各自背了一包棉花，便赶路回家。

走着走着，其中一名樵夫眼尖，看到山路边放着一大捆布，走近细看，竟是上等的细麻布，有十多匹之多。他欣喜之余，和同伴商量，一同放下所背的棉花，改背麻布回家。

他的同伴却有不同的想法，认为自己背着棉花已走了一大段路，到了这里才丢下棉花，岂不枉费自己先前的辛苦，坚持不愿换麻布。先前发现麻布的樵夫屡劝同伴不听，只得自己竭尽所能地背起麻布，继续前行。

又走了一段路后，背麻布的樵夫望见林中闪闪发光，待近前一看，地上竟然散落着数坛黄金，心想这下真的发财了，赶忙邀同伴放下肩头的麻布及棉花，改用挑柴的扁担来挑黄金。

他的同伴仍是那套不愿丢下棉花以免枉费辛苦的想法，并且怀疑那些黄金不是真的，劝他不要白费力气，免得到头来一场空欢喜。

发现黄金的樵夫只好自己挑了两坛黄金，和背棉花的伙伴赶路回家。走到山下时，突然下了一场大雨，两人在空旷处被淋了个湿透。更不幸的是，背棉花的樵夫肩上的大包棉花，吸饱了雨水，重得完全无法背动。那个樵夫不得已，只能丢下一路舍不得放弃的棉花，空着手和挑黄金的同伴回家去。

只有放弃眼前利益，才能获得长远大利——要想成功，就要学会放弃。为了更好的明天，学会放弃眼前的小利，只有勇于舍弃的人才是智慧的人。成功者永远是一群具备高瞻远瞩眼光的人。

不同的环境，不同的人生

众所周知，李斯是秦朝的著名丞相，他辅佐秦始皇统一中国，为秦朝的建立和发展立下了汗马功劳。然而，就是这样一位举足轻重的人物，在年轻时仅仅是一名小小的粮仓管理员。

李斯年轻时，曾是楚国上蔡郡里的一个看守粮仓的小吏，他的工作乏味而单调，就是每天负责记录粮食的进出情况。日子就这样一天天过去了，李斯一直待在粮仓里过着无所作为的生活，已经习以为常了。

有一天，李斯去厕所。然而，在那里，他惊动了厕所内的一群老鼠。这群在厕所内安身的小老鼠，个个瘦小干枯，毛色灰暗，身上又脏又臭，让人一看就恶心之极。

看着这些老鼠，李斯不由得想起了自己管理的粮仓中的老鼠。那些老鼠，一个个脑满肠肥，皮毛油亮，整日在粮仓中逍遥自在，与眼前厕所中的这些老鼠相比真是天上地下，不可同语！

人生如鼠，不在仓就在厕，李斯这样想到。位置不同，命运也不同，自己在这个小小的县城一直做着默默无闻的粮仓管理员，就像厕所里的老鼠一样。于是李斯决定换一个环境，去寻找适合自己发展的道路。

于是他师从荀况，学习治国之术。20 多年后，他终于成为秦国的丞相。

选择什么样的环境，就会成就什么样的人生。只有选择适合自己发展的环境，才能展示人生的精彩。

❋ 放弃是为了更好的选择 ❋

成立于 1881 年的日本钟表企业精工舍，是一家世界闻名的大企业。它生产的石英表、"精工·拉萨尔"金表远销世界各地，其手表的销售量长期位于世界第一的位置。它能取得这样的成功，应归功于其第三任总经理服部正次的放弃战略。

1945 年，服部正次就任精工舍第三任总经理。当时的日本还处在战争后的满目疮痍中。而这时，有"钟表王国"之称的瑞士，由于没有受到二战的破坏影响，其手表占据了钟表行业的主要市场。

服部正次并没被困难吓倒，他沉着冷静，制定了"不着急，不停步"的战略，着重从质量上下手，开始了赶超钟表王国的步伐。10 多年过去了，服部正次带领的精工舍取得了长足的进展，但仍然无法与瑞士表分庭抗礼。整个 20 世纪 60 年代，瑞士年产各类钟表 1 亿只左右，行销世界 150 多个国家和地区，世界市场的占有额也达到了 50% ~ 80% 之间。有"表中之王"美誉的劳力士和浪琴、欧米茄等瑞士名贵手表，是各国达官贵人、富商巨贾等人财富地位的象征。无论精工舍在质量上怎样下功夫，都无法赶上瑞士表的质量标准！

怎么办？是继续寻求质量上的突破，还是另辟蹊径？服部正次思量着。他看到，要想在质量上超过有深厚制表传统的瑞士，那简直是不可能的。经过慎重的思考，服部正次决定放弃在机械表制造上和瑞士表的较劲，转而在新产品的开发上做文章。

经过几年的努力，服部正次带领科研人员成功地研制出了一种新产品——石英电子表！与机械表相比，石英表的最大优势就是走时准确。表中之王的劳力士月误差在 100 秒左右，而石英表的误差却不超过 15 秒。1970 年，石英电子表开始投放市场，立即引起了钟表界和整个世界的轰动。到 70 年代后期，精工舍的手表销售量就跃居到了世界首位。

在电子表市场牢牢站稳了脚跟后，1980 年，精工舍收购了瑞士以制作高级钟表著称的"珍妮·拉萨尔"公司，转而向机械表王国发起了进攻。不久，以钻石、黄金为主要材料的高级"精工·拉萨尔"表开始投放市场，马上得到了消费者的认可，成为人们心中高质量、高品质的象征！

智慧语珠

鱼和熊掌不可兼得，你必须有所选择，有所放弃。人生是一个不断放弃，又不断创造的过程，所以适时地放弃一些不切实际的要求，会令你收获更大的惊喜。

❄ 不为打翻的牛奶哭泣 ❄

卡维琪经常为很多事情发愁。他常常为自己犯过的错误自怨自艾：他总是想那些做过的事，希望当初没有这样做；总是回想那些说过的话，后悔当初没有将话说得更好。

一天早上，全班到了科学实验室。老师温斯顿博士把一瓶牛奶放在水槽边上。大家都坐了下来，望着那瓶牛奶，不知道它和这堂生理卫生课有什么关系。

过了一会儿温斯顿博士突然站了起来，一下把那牛奶瓶打碎在水槽里，同时大声叫道："不要为打翻的牛奶而哭泣。"

然后他叫所有的人都到水槽旁边，好好地看看那瓶打翻的牛奶。

"好好地看一看，"他对大家说，"我希望大家能一辈子记住这一课，这瓶牛奶已经没有了，你们可以看到。无论你怎么着急，怎么抱怨，都没有办法再救回一滴。只要先用一点思想，先加以预防，那瓶牛奶就可以保住。可是现在已经太迟了，我们现在所能做到的，只是把它忘掉、丢开这件事情，去注意下一件事。"

卡维琪对这堂课感触颇深，他终于明白了自己的苦恼都来自何处了。

做错了事，只后悔和自责是没有用的，重要的是尽量避免错误，并且在做错事情后好好地自我反省。也不要太在意他人的批评，任何人都有批评你的权利。你要把握的是：哪些是不需要听取的批评，哪些是真正对你有益的。

如果你的每一天都在对你做错的事悔恨不已，那你只能终日生活在错误之中，苦恼之中。

生活有自己的进程，是无数个事变的组合，事情的变化有时很难笼统地说是好是坏，自寻烦恼显然毫无价值。为了避免一味责怪自己，减轻烦恼情绪，应该想到，自己的能力毕竟有限，虽经努力，纵然奋斗，一时也难以完全改观；同时，还要懂得社会和人生变化的辩证关系，懂得万事称心如意是不可能的道理。只要不懈努力，出路总是有的。常言说："车到山前必有路。"不要把一时的困难看成永久的困难，不要把局部的困难看成总体的困难，这样，很多烦恼就烟消云散了，许多问题就迎刃而解。

❋ 卸下生命的负担 ❋

有一个流浪汉在看不见尽头的路上长途跋涉，他背着一大袋沉重的沙子，一根装满水的粗管子缠在他身上，两只手分别拿着两块大石头，脖子上用一根旧绳子吊着一块大磨盘，脚腕上系着一条生锈的铁链，铁链上拴着大铁球，头上还顶着一个已腐烂发臭的大南瓜。这个流浪汉一步一挪地吃力地走着，每走一步，脚上的铁链就发出"哗哗"的响声。他抱怨着，他抱怨他的命运如此艰难，他抱怨疲倦在不停地折磨着他。

正当他头顶烈日艰难前行时，迎面走过来一位农夫。

农夫问："喂，疲倦的流浪人，为什么你自己不将手里的石头扔掉呢？"

"我真蠢，"流浪汉明白了，"我以前怎么没想到呢？"

他丢掉了石头，觉得轻了许多。

不久，他在路上又遇到一位少年。

少年问他："告诉我，疲倦的流浪汉，你为什么不把头上的烂南瓜扔了呢？你为什么要拖着那么重的铁链子呢？"

流浪汉答道："我很高兴你能给我指出来。我没意识到我在做什么事。"

他解开脚上的铁链子，把头上的烂南瓜扔到路边摔得稀烂。他又觉得轻了许多。但当他继续往前走，他又感到了步履的艰难。

后来，有一位老人从田里走来，见到流浪汉十分惊异："啊，我的孩子，你扛了一口袋沙子，可一路上有的是沙子；你带了一根大水管，可你瞧，路旁就有一条清亮的小溪，它已伴随着你走了很长一段了。"

听到这些话，流浪汉又解下了大水管，倒掉了里面已经变了味的水，然后把口袋里的沙子倒进一个洞里。突然他看到了脖子上挂着的磨盘，意识到正是这东西使他不能直起腰来走路。于是他解下磨盘，把它远远地扔进河里。

他卸掉了所有负担，在傍晚凉爽的微风中，寻找住宿之处。

智慧语珠

生命之舟需要轻载。我们每个人心中都应谨记，你不可能什么都得到，所以你应该学会放弃。否则生活就会逼迫你，不得不交出权力，不得不放走机遇，甚至不得不抛下爱情。放弃，并不意味着失去，因为只有放弃才会有另一种获得。

❋ 迎接新的生活 ❋

人们习惯于对爬上高山之巅的人顶礼膜拜，实际上，能够及时从光环下隐退的下山者也是英雄。

作家班塞说过一段令人印象深刻的话："在其位的时候，总觉得什么都不能舍，一旦真的舍了之后，又发现好像什么都可以舍。"曾经做过杂志主编、翻译出版过许多知名畅销书的班塞，在 40 岁事业最巅峰的时候退下来，选择当个自由人，重新思考人生的出路。欧文也做出了相似的决定。

40 岁那年，欧文从人事经理被提升为总经理。3 年后，他自动"开除"自己，舍弃堂堂"总经理"的头衔，改任没有实权的顾问。

正值人生最巅峰的阶段，欧文却奋勇地从急流中跳出，他的说法是："我不是退休，而是转职。"

"总经理"三个字对多数人而言，代表着财富、地位，是事业身份的象征。然而，短短 3 年的总经理生涯，令欧文感触颇深的，却是诸多的"无可奈何"与"不得而为"。

他全面地打量自己，他的工作确实让他过得很光鲜，周围想巴结自己的人更是不在少数，然而，除了让他每天疲于奔命，穷于应付之外，他其实活得并不开心。这个想法，促使他决定辞职。"人要回到原点，才能更轻松自在。"他说。

辞职以后，司机、车子一并还给公司，应酬也减到最低。不当总经理的欧文，感觉时间突然多了起来，他把大半的精力拿来写作，抒发自己在广告领域多年的观察与心得。

"我很想试试看，人生是不是还有别的路可走。"他笃定地说。

事实上，欧文在写作上很有天分，而且多年的职场经历给他积累了大量的素材。现在欧文已经是某知名杂志的专栏作家，期间还完成了两本管理学著作，欧文迎来了他的第二个人生辉煌。

一个不受过去干扰的人，就像画家手中的一张干净的纸，更能画出美妙的图画来。因为是崭新的开始，就需要付出全部的努力，需要一丝不苟地去应对每一个环节和细节，这样往往更能把事情做好。

❋ 敢于放下身架 ❋

不要以为自己了不起，不要认为自己现在有令人垂涎的待遇和足以自豪、炫耀的地位就可以目空一切，你的虚架子搭得越高，就可能摔得越重。反过来说，如果你能放下架子，认真地努力，则会取得成功，罗伯特的经历是一个很好的例子。

都柏公司是美国一家著名的制造企业，技术先进，实力雄厚，是业内的佼佼者。许多人毕业后到该公司求职遭拒绝，原因很简单，该公司的高技术人员爆满，不再需要各种高技术人才。但是令人垂涎的待遇和足以自豪、炫耀的地位仍然向那些有志的求职者闪烁着诱人的光环。

罗伯特和许多人的命运一样，在该公司每年一次的用人测试会上被拒绝申请，其实这时的用人测试会已经是徒有虚名了。罗伯特并没有死心，他发誓一定要进入都柏公司。于是他采取了一个特殊的策略——假装自己一无所长。

他先找到公司人事部，提出愿为该公司无偿提供劳动力，请求公司分派给他工作，他将不计任何报酬来完成。公司起初觉得这简直不可思议，但考虑到不用任何花费，也用不着操心，于是便分派他去打扫车间里的废铁屑。一年来，罗伯特勤勤恳恳地重复着这种简单却劳累的工作。为了糊口，下班后他还要去酒吧打工。他虽然得到老板及工人们的好感，但是仍然没有一个人提到录用他的问题。

1990年初，公司的许多订单纷纷被退回，理由均是产品质量有问题，为此公司蒙受了巨大的损失。公司董事会为了挽救颓势，紧急召开会议商议解决方案，当会议进行了一大半却尚未见眉目时，罗伯特闯入会议室。在会上，罗伯特把他对这一问题出现的原因做了令人信服的解释，并且就工程技术上的问题提出了自己的看法，随后拿出了自己对产品的改造设计图。这个设计非常先进，恰到好处地保留了原来机械的优点，同时克服了已出现的弊病。总经理及董事会的董事们见到这个编外清洁工如此精明在行，便询问他的背景以及现状。罗伯特面对公司的最高决策者们，将自己的意图和盘托出。经董事会举手表决，罗伯特当即被聘为公司负责生产技术问题的副总经理。

原来，罗伯特在做清扫工时，利用清扫工到处走动的机会，细心观察了整个公司各部门的生产情况，并一一做了详细记录，发现了所存在的技术性问题并想出解决的办法。为此，他花了近一年的时间搞设计，做了大量的统计数据，为最后一鸣惊人奠定了基础。

智慧语珠

面对机会的来临，人们常有许多不同的选择方式。有的人会单纯地接受；有的人抱持怀疑的态度，站在一旁观望；有的人则顽固得如同驴子一样，固执地不肯接受任何新的改变。而不同的选择，当然会导致迥异的结果。许多成功的契机，起初未必能让每个人都看得到深藏的潜力，而起初抉择的正确与否，往往更决定了成功与失败的分野。

第十三章

缺乏勇气的人永远不会成功

心有多大，舞台就有多大。如果一个人丝毫没有开拓进取的勇气，那他的心只会圈于现有的视野，不能从更高、更新、更远的角度去观察。成功意味着超越平庸，而要冲出平庸的束缚，就必须具备突破现状的勇气。事实上，哪怕你多想了一点点，多做了一点点，你也会比别人多一分优势，并多一分成功的可能。

※ 积极迈出第一步 ※

杰米先生在几十年前是一个普通的年轻人，有妻子和孩子，收入并不多。

他们全家住在一间小公寓里，夫妇两人都渴望有一套自己的新房子。他们希望有较大的居住空间、比较干净的环境、小孩有地方玩，同时也增添一份产业。买房子的确很难，必须有钱支付分期付款的首付才行。有一天，当他签写下个月的房租支票时，突然很不耐烦，因为房租跟新房子每月的分期付款差不多。

杰米跟太太说："下个礼拜我们就去买一套新房子，你看怎样？"

"你怎么突然想到这个？"她问，"开玩笑！我们哪有能力？我们连首付都付不起!"

但是他已经下定决心:"跟我们一样想买一套新房子的夫妇大约有几十万,其中只有一半能如愿以偿,一定是什么事情才使他们打消这个念头。我们一定要想办法买一套房子。虽然我现在还不知道怎么凑钱,可是一定要想办法。"

下个礼拜他们真的找到了一套两人都喜欢的房子,朴素大方又实用,首付是1200美元。现在的问题是如何凑够1200美元。他知道无法从银行借到这笔钱,因为这样会降低他的信用等级,使他无法获得一项关于销售款项的抵押借款。

可是皇天不负有心人,他突然有了一个灵感,为什么不直接找承包商谈谈,向他私人贷款呢? 他真的这么做了。承包商起先很冷淡,由于杰米的一再坚持,他终于同意了。他同意杰米把1200美元的借款按月交还100美元,利息另外计算。

现在他要做的是,每个月凑出100美元。夫妇两个想尽办法,一个月可以省下25美元,还有75美元要另外设法筹借。

这时杰米又想到另一个点子。第二天早上他直接跟老板解释这件事,他的老板也很高兴他要买房子了。

杰米说:"老板,你看,为了买房子,我每个月要多赚75美元才行。我知道,当你认为我值得加薪时一定会加,可是我现在很想多赚一点钱。公司的某些事情可能在周末做更好,你能不能答应我在周末加班呢? 有没有这个可能呢?"

老板被他的诚恳和雄心所打动,真的找出许多事情让他在周末工作10小时。杰米夫妇因此欢欢喜喜地搬进新房子了。

智慧语珠

行动需要你积极的勇气,人生要敢于去跨越那一道道坎。如果你有了强烈的愿望,就要积极地迈出实现它的第一步,千万不要等待或拖延,也不必等待具备所有的条件。记住: 你可以创造一切条件!

❋ 勇于突破才能成功 ❋

当王波在成都最繁华的地段挂出"剪报服务公司"的牌子时，朋友亲戚都说他笨。剪报只是人的兴趣爱好，人们在闲暇时以剪报打发时间。但剪报公司就让人费解了，难道那些收集剪报的人还会购买剪报吗？事实表明，剪报公司走了一条正确的道路。现在商场竞争日趋激烈，商场如战场，《孙子兵法》说，知己知彼，百战不殆。收集信息已成了很多大公司大企业工作的一部分。如果只是坐井观天，把自己限制在一个小范围内，迟早会落后于时代，在竞争中处于劣势，而要专门派人负责收集信息又没有必要。剪报公司的出现，使他们发出"及时雨"的感叹。于是，公司开张3个月后，经营状况良好。信息员已由最初的5名猛增至20名，他们具有较强的专业素质和高度的责任心，能够按客户的需求提供周到的服务。

剪报公司敢为天下先的胆识和气魄为他们赢得了成功。

智慧语珠

心有多大，舞台就有多大。如果一个人丝毫不存突破前人的野心，那他的心只会囿于现有的视野，不能站在更高更新更奇的角度去观察。只有敢于突破现有的状况，哪怕你多想了一点点，你也会比别人多一分优势，多一分成功的可能。

❋ 一次不同寻常的面试 ❋

一家知名的外资广告公司招聘策划人员，李哲也加入了应聘的队伍。通过笔试和面试后，李哲和另外两位求职者得到了复试的机会。复试主考官是公司的艺术总监迈克曼。

迈克曼在自己的办公室接待了3位求职者，但是他并没像其他考官一样，出一些奇怪的测试题，也没有立即考核他们的创造力，而是大手一挥，让李哲他们跟着他一起上10楼的董事长办公室。迈克曼的办公室在6楼，李哲和两位求职者只得跟着爬楼。

楼梯很窄，迈克曼在前面慢悠悠地走，3位求职者跟在后面。他们想要保证比较正常的速率前进，但是受到了不小的牵制，没人主动超越迈克曼。走着走着，大家的心情变得有些急躁，但是都刻意地压抑着。

从6楼爬到8楼，两层楼的距离竟然花了平时3倍的时间。迈克曼依旧慢悠悠地走在前面，全然不顾身后求职者的表情。快到9楼时，性急的李哲终于按捺不住了，一个箭步超过了迈克曼。很快，李哲就爬到了10楼。不过令李哲惊讶的是，整个10楼是用来做仓储的，根本没有什么董事长办公室。

就在李哲感到茫然不解时，其他3人也已经到了10楼。李哲看到另外两位求职者在不住摇头，对李哲的沉不住气表示惋惜。不过，迈克曼宣布的录用结果却大出他们的所料——只有李哲最后被留了下来，迈克曼的理由是：

"干广告这一行，需要超越和创新，如果墨守成规、没进取心，那不是公司需要的人才。"

的确很冒险，如果李哲没有这最后一步的超越，他也会和其他两位面试者一样，敲不开这家广告公司的大门。

智慧
语珠

无论在哪一个环节都要让面试官看到你勇敢和自我激励的精神，这样才能拥有成功的机会。如果做什么事都小心谨慎、不敢冒险，缺乏勇气的话，你将会与机会和成功擦身而过。

❋ 迎着风雨才能成功 ❋

一位喜欢登山的年轻人去拜访一位著名的登山专家，向他讨教有关登山的问题。其中一个问题是："如果我们在半山腰，突然遇到大雨，应该怎么办？"

登山专家说："你应该向山顶走。"

"为什么要往山上走呢，那样风雨不是更大吗？"年轻人疑惑地问。

"往山顶走，固然风雨可能更大，却不足以威胁你的生命；向山下跑，看来风雨小些，却可能遇到暴发的山洪而被活活淹死。"登山专家严肃地说，"对于风雨，逃避它，可能被卷入洪流；正面它，你反而可能获得生存！"

迎着风雨，胜算更大。正如一句老话："困难像弹簧，你强它就弱，你弱它就强。"然而，当暴风雨袭来之时，许多人却失去了迎难而上的勇气，结局是想逃避的终究逃脱不了，不逃避的便能凯旋。

❋ 生机只在一念间 ❋

一艘轮船在一次远洋航行时不幸触礁，沉没在汪洋大海里，幸存下来的船员拼死登上一座孤岛。

接下来的情形更加糟糕，岛上除了石头还是石头，没有任何可以用来充饥的东西。更为可怕的是，在烈日的曝晒下，每个人都口渴得难以抑制，水成为最珍贵的东西。尽管四周都是水，可谁都知道那是海水，海水又苦又咸，根本不能用来解渴。

这些人唯一的生存希望是等到下雨或有过往船只发现他们。但是没有任何船只经过这个孤独的海岛，而且也没有任何下雨的迹象，周围除了海水还是海水。渐渐地，这些幸存的船员支撑不下去了，他们纷纷渴死在孤岛上。

当最后一名船员快要渴死的时候，他实在忍受不住水的诱惑，他跳进海里，"咕嘟咕嘟"地喝了一肚子海水。船员喝完海水，一点儿也感觉不出海水的苦涩味，相反觉得这海水十分甘甜，非常解渴。他心想：也许这是自己渴死前的幻觉吧。他静静地躺在岛上，等着死神的降临。可是过了很长时间，他一点儿也没有不舒服的感觉。船员非常奇怪，于是他每天靠喝海水度日，几天后，终于等来了救援的船只。

后来，人们化验这里的海水时才发现，由于有地下泉水的不断翻涌，这儿的海水实际上完全是可以饮用的。

智慧语珠

冒险是勇敢的人才会做的事，生命因冒险而绽放美丽的奇葩，不敢尝试的人永远领略不到生命之花的曼妙妖娆。我们要打破经验的束缚，要敢于尝试。

❋ 成功的捷径是敢于冒险 ❋

有两位少年去求助一位老人，他们问着相同的问题："我有许多的梦想和抱负，但总是笨手笨脚，无从下手，不知道如何才能实现自己的目标。"老人给他们一人一颗种子，细心地交代："这是一颗神奇的种子，谁能够妥善地保存它的价值，谁就能够实现他的理想。"

几年后，老人碰到了这两位少年，顺便问起种子的情况。

第一位少年谨慎地拿着锦盒，缓缓地掀开里头的棉布，对着老人说："我把种子收藏在锦盒里，时时刻刻都将它妥善地保存着。为了这颗种子能够完整地保存，我为它专门建了一个恒温室。我相信它现在仍完好如初，其价值没有任何折损。"老人听后，失望地点了点头。第二位少年指着旁边的一座山丘道："您看，我把这颗神奇种子，埋在土里灌溉施肥，现在整座山丘都长满了果树，每一棵果树都结满了果实，原来的一颗种子现在变为了千万颗。这就是我实现这颗神奇种子价值的方法。"

老人关切地说："孩子们，我给的并不是什么神奇的种子，不过是一般的种子而已。如果只是守着它，永远不会有结果；只有用汗水灌溉，才能有丰硕的成果。让种子生根发芽，虽然会冒一定的风险，但正由于经历了这些锤炼，生命才焕发出神奇的力量，种子的价值才真正得到了实现和延续。"

要想做成一件事都有成功和失败两种可能。当失败的可能性大时，你却偏要去做，那就是常说的冒险。事实上，冒险与收获常常是结伴而行的。险中有夷，危中有利。因此，要想有卓越的结果，就要敢冒风险。

❋ 敢作敢为的哥伦布 ❋

哥伦布年轻的时候，曾经当过海盗，这不是值得惊奇的事。因为当时一些生活困难的家庭，都愿意把孩子送到海盗船上去工作，使孩子可以增长一点见闻，经历人生磨难，而且还可以多赚一点钱。在他们看来，只要不被官方捉住，也就无所谓羞耻与卑贱，要是不幸地被逮着了，也只好自叹命运不济了。

哥伦布还在求学的时候，偶然读到一本毕达哥拉斯的著作，知道地球是圆的，他就牢记在脑子里。经过很长时间的思索和研究后，他大胆地提出，如果地球真是圆的，他便可以经过极短的路程而到达印度了。当时虽然地圆说已经出现，但在理论上还有许多缺陷，因此许多大学教授和哲学家们都耻笑他的意见；因为，他想向西方行驶而到达东方的印度，岂不是傻人说梦话吗？他们告诉他：地球不是圆的，而是平的，然后又警告道，他要是一直向西航行，他的船将驶到地球的边缘而掉下去……这不是等于走上自杀之路吗？

然而，哥伦布对这个问题很有自信，只可惜他家境贫寒，没有钱让他去实现这个冒险的理想，他想从别人那儿得到一点钱，助他成功。但一连空等了17年，还是无人资助，所以，他决定不再向这个"理想"努力了。因为他忧S虑和失望的事情太多了，结果他的头发也完全变得花白了——虽然当时他还不到50岁。

灰心的哥伦布，这时只想进西班牙的修道院，去度过后半生。正在这时候，罗马教皇却怂恿西班牙皇后伊莎贝露帮助哥伦布。教皇先送了一些钱给哥伦布，算是路费；但他自觉衣服过于褴褛，便以这些钱买了一套新装和一匹驴子，然后启程去见伊莎贝露，沿途穷得竟以乞讨糊口。皇后赞赏他的理想，并答应赐给他船只，让他去从事这种冒险的工作。为难的是，水手们都怕死，没人愿意跟随他走，于是哥伦布鼓起勇气跑到海滨，找到了几位水手，先向他们哀求，接着是劝告，最后用恫吓手段逼迫他们去。一方面他又请求女皇释放了狱中的死囚，允许他们如果冒险成功，就可以免罪恢复自由。一切都准备妥当。1492年8月，哥伦布率领三艘船，开始了一个划时代的航行。刚航行几天，就有两艘船破了，接着又在几百平方公里的海藻中陷入了进退两难的险境。他亲自拨开海藻，才得以继续航行。在浩瀚无垠的大西洋中航行了六七十天，也不见大陆的踪影，水手们都失望了，他们要求返航，否则就要把哥伦布杀死。哥伦布用鼓励和高压手段，总算说服了船员。

也许是天无绝人之路，在继续前进中，哥伦布忽然看见有一群飞鸟向西南方向飞去，他立即命令船队改变航向，紧跟这群飞鸟。因为他知道海鸟总是飞向有食物和适于它们生活的地方，所以他预料到附近可能有陆地。果然很快发现了美洲新大陆。

当他们返回欧洲报喜的时候，又遇上了四天四夜的大风暴，船只面临沉没的危险。在十分危急的时候，他想到的是如何使世界知道他的新发现，于是，他将航行中所见到的一切写在羊皮纸上，用蜡布密封后放在桶内，准备在船毁人亡后，使自己的发现能够留在人间。

哥伦布很幸运，终于脱离了危险，胜利返航了。无须赘言，哥伦布如果没有不怕困难、不怕牺牲、勇往直前的冒险精神，"新大陆"能被早日发现吗？

哥伦布那种无畏、勇敢和敢于冒险的精神，值得我们学习。当水手们畏惧退缩的时候，只有他还要勇往直前；当水手们恼羞成怒警告他再不折回，便要叛变杀了他时，他的答复还是那一句话："前进啊！前进啊！前进啊！"

智慧语珠

生命从本质上说应该就是一次探险。你不是主动地迎接风险的挑战，便是被动地等待风险的降临。

❋ 敢干但不蛮干 ❋

一个人或一个企业要想成功，就要有"与风险亲密接触"的勇气。不冒风险，则与成功永远无缘，但更重要的是冒风险的同时，一定要以稳重为主，只有这样的成功，才是我们想要的成功。作为一名成功的证券投机商，霍希哈从来都不鲁莽行事。他的每一个决策都是建立在充分掌握第一手资料的基础上。他有一句名言："除非你十分了解内情，否则千万不要买减价的东西。"而这个至理名言是他以惨痛的代价换来的。

1916 年，初涉股市的霍希哈以自己的全部家当买下了大量雷卡尔钢铁公司的股票，他原本以为这家公司将走出经营的低谷，然而，事实证明他犯了一个不可饶恕的错误。霍希哈没有注意到这家公司的大量应收账款实际已成死账，而它背负的银行债务即使以最好的钢铁公司的业绩水平来衡量，也得 30 年时间才能偿清。

结果雷卡尔公司不久就破产了，霍希哈也因此倾家荡产，只好从头开始。

经过这次失败，霍希哈一辈子都牢记着这个教训。1929 年春季，也就是举世闻名的世界大股灾和经济危机来临的前夕，当霍希哈准备用 50 万美元在纽约证券交易所买一个席位的时候，他突然放弃了这个念头。霍希哈事后回忆道："当你发现全美国的人们都在谈论着股票，连医生都停业而去做股票投机生意的时候，你应当意识到这一切不会持续很久了。人们不问股票的种类和价钱疯狂地购买，稍有差价便立即抛出，这不是一个让人放心的好兆头。所以，我在 8 月份就把全部股票抛出，结果净赚了 400 万美元。"这一个明智的决策使霍希哈躲过了灭顶之灾。而正是在随后的 16 年中，无数曾在股市里呼风唤雨的大券商都成了这次大股灾的牺牲品。

霍希哈的决定性成功来自于开发加拿大亚特巴斯克铀矿的项目。霍希哈从战后世界局势的演变及核武器的巨大威力中感觉到，铀将是地球上最重要的一项战略资源。于是，从 1949 年到 1954 年，霍希哈在加拿大的亚大巴斯卡湖买下了 1222 平方公里的土地，他认定这片土地蕴藏着大量的铀。亚特巴斯克公司在霍希哈的支持下，成为第一家以私人资金开采铀矿的公司。然后，他又邀请地质学家法兰克·朱宾担任该矿的技术顾问。

在此之前，这块土地已经被许多地质学家勘探过，分析的结果表明，此处只有很少的铀。但是，朱宾对这个结果表示怀疑。他确认这块土地藏有大量的铀。他竭力向十几家公司游说，劝它们进行一次勘探，但是，这些公司均表示无此意愿。而霍希哈在听取了朱宾的详细汇报之后，觉得这个险值得去冒。

1952 年 4 月 22 日，霍希哈投资 3 万美元勘探。在 5 月份的一个星期六早晨，他得到报告：在 78 个矿样中，有 71 块含有品质很高的铀。朱宾惊喜得大叫："霍希哈真是财运亨通。"

霍希哈从亚特巴斯克铀矿公司得到了丰厚的回报。1952 年初，这家公司的股票尚不足 45 美分一股，但到了 1955 年 5 月，也就是朱宾找到铀矿整整 3 年之后，亚特巴斯克公司的股票已飞涨至 252 美元一股，成为当时加拿大蒙特利尔证券交易所的"神奇黑马"。

在加拿大初战告捷之后，霍希哈立即着手寻找另外的铀矿，这一次是在非洲的艾戈玛，与上一次惊人相似的是，专家们以前的钻探结果表明艾戈玛地区的铀资源并不丰富。

但霍希哈更看中在亚特巴斯克铀矿开采中立下赫赫战功的法兰克·朱宾的意见，朱宾经过近半年的调查后认为，艾戈玛地区的矿砂化验结果不够准确。如果能更深地钻入地层勘探，一定会发现大量的铀矿。

1954年，霍希哈交给朱宾10万美元，让他正式开始钻探的工作。两个月以后，朱宾和霍希哈终于找到了非洲最大的铀矿。这一发现，使霍希哈的事业跃上了顶峰。

1956年，据《财富》杂志统计，霍希哈拥有的个人资产已超过20亿美元，排名世界最富有的前100位富豪榜第76位。

霍希哈的失败和成功都是偶然性中带着必然性的。因为风险是一柄双刃剑，但只要你审时度势，仔细考察和分析，冒险就会给予你优厚的回报。

智慧语珠

冒风险并不等于蛮干，它是建立在正确的思考与对事物的理性分析之上的。克劳塞维茨说："只有通过智力的这样一种活动，即认识到冒险的必要而决心去冒险，才能产生果断。"须知，卓越的勇敢与智慧缺乏的勇敢是截然不同的两种勇敢，前者叫勇敢，而后者被称为莽撞。

❉ 敢于冒险的富兰克林 ❉

1752年7月的一天，富兰克林在野外放风筝进行捕获雷电的试验。他的风筝很特别，用杉树做骨架，用丝手帕做纸，扎成菱形的样子。

风筝的顶端安了一根尖尖的铁针，放风筝的麻绳末端拴着一把铁钥匙。当风筝飞上高空不久，突然大雨降临，电闪雷鸣。

富兰克林对全身被淋湿毫不在意，对可能被雷击也不畏惧，他全神贯注于他的手。

当头顶上闪电的瞬间，他感到自己的手麻辣辣的，他意识到这是天空的电流通过湿麻绳和铁钥匙导来的。

他高兴地大叫："电，捕捉到了，天电捕捉到了！"

　　想成功，常常要面对各种各样的风险，同时也要承受来自四面八方的压力和阻挠。然而，当成功需要我们勇敢前行的时候，逃避和拖延难道就能够化解矛盾、解决问题吗？当然不是，这只会让我们距离梦想越来越远。因此，不要犹豫，不要退缩，勇敢去尝试，也许惊喜就在轻而易举间。

✿ 尝试"不可能"的事 ✿

成功者的字典里是没有"不可能"这3个字的，在他们眼里，越是不可能做成功的事，越可能成功。一位成功人士说："只要有无限的热情，几乎没有一样事情不可能成功。"

20世纪50年代，索尼公司创始人盛田昭夫和井深大就树立了打造全球性公司和全球强势大品牌的远大目标和宏大愿景。他们意识到，索尼要成长为真正的全球性公司和全球强势大品牌，实现真正的品牌全球化是必须全面突破的关键性难题。

但是，对于创立不久的索尼来说，尽管实现了产品创新和销售业绩上的突飞猛进，索尼还只能算是日本本土上的一个小小的暴发户。那么如何才能使索尼走向世界？有足够大的决心、足够多的勇气甚至不惜冒险是索尼品牌全球化战略必须迈出的第一步。

1953年盛田昭夫对荷兰飞利浦电子公司进行了考察，已在世界范围内建立起广泛声誉和美誉的飞利浦竟然坐落在一个又偏又小的老式农庄里的眼前实景，给了盛田昭夫莫大的启发，使他信心倍增，更坚定了把索尼打造成全球强势大品牌的信念。他在给井深大的信中说："如果一个人在又小又偏的农庄，都能建成一个大型、高科技、有全球声誉的公司，就像飞利浦那样，可能，只是有这个可能，索尼在日本也能做得到。"

正是在这种冒险精神的鼓舞下，1953 年索尼公司冲破重重险阻，实现了一个名不见经传的日本小公司从贝尔实验室购买晶体管的关键技术的"神话"，在 1995 年成功推出全世界第一台晶体管收音机，1957 年推出第一款便携式晶体管收音机，奠定了索尼在世界消费电子行业的领先地位。

冒险与收获常常是结伴而行的。要想有卓越的成果就要敢于冒险。许多成功人士不一定比你"会"做，重要的是他们比你"敢"做，而凡事也正是在这种"会"做与"敢"做的细微差别间，分化出了千变万化的可能。

❈ 10 美元购买豪华别墅 ❈

一位商人正准备买房，他指着报纸上的一则广告征询朋友们的意见。"豪华别墅，只售 10 美元。"

朋友听他念出这则广告后，都说："今天不是愚人节吧！哪有天上掉馅饼的好事？"大家都好心地提醒他："可千万别上当，这是个陷阱，我看其中一定有不可告人的图谋！"

商人虽然半信半疑，但他还是按照报纸上提供的联系方式，找到了那个登广告的人。房主是一个衣着华贵的中年妇女。问清楚商人的来意后，她指着身后的房子说："喏，就是这里。"

商人不禁大吃一惊：这里是纽约郊区最著名的别墅区，寸土寸金。再说这幢房屋设计高雅精妙，装潢富丽豪华，如果要售出，价格应该是天文数字，他可是无论如何也拿不出那样一大笔钱的。

"太太，能看看房子的有关手续吗？"商人不知道说什么好。

贵妇人微微一怔，自己转身上楼，一会儿回来，交给商人一个文件袋。

商人瞪大了眼睛，辨别着房契的真伪。正在这时，一位戴着眼镜、夹着公文包的男士走了进来，他对商人说："先生，您好。我是律师，如果您没有什么异议，我可以为您办理买卖房屋的手续了。"

"你是说10美元……这幢房子……"商人不敢相信这一切是真的。

"是的，先生，如果可能的话，请您交现款。"律师一本正经地回答。

直到商人拿到属于自己的房契之后，仍然觉得这一切都是梦，可这梦又是那么真实。

好的机会总是会青睐那些大胆并充满奇思妙想的人，而他们大胆行为的后面也总是伴随着承担一切后果的勇气。由于他们积极地尝试，他们才会得到自己想要得到的东西。

第十四章

可以平凡，
但不能平庸

平凡并不等于平庸。一个人可以平凡，但不能平庸。埋下头去做一个平凡的人，努力从平凡的小事做起。只有牢牢地把握住了今天，才能迎来明天的成就。生命可以没有辉煌，但不能失去的是平凡。如果没有自己的头脑和判断，没有一种不屈不挠，精益求精的态度，那么我们终将沦为平庸。

❀ 追求卓越才能成为核心人物 ❀

推销员戴尔做了一年半的业务，看到许多比他后进公司的人都晋升了职位，而且薪水也比他高许多，他百思不得其解。想想自己来了这么长时间，客户也没少联系，薪水也还凑合自己开支，可就是没有大的订单让他在业务上有所起色。

有一天，戴尔像往常一样回家就打开电视若无其事地看起来，突然有一个名为"如何使生命增值"的专题采访节目引起了他的关注。

心理学专家回答记者说："我们无法控制生命的长度，但我们完全可以把握生命的深度！其实每个人都拥有超出自己想象 10 倍以上的力量。要使生命增值，唯一的方法就是在职业领域中努力地追求卓越！"

戴尔听完这段话后，信心大增。他立即关掉电视，拿出纸和笔，严格地制订了半年内的工作计划，并落实到每一天的工作中……

两个月后，戴尔的业绩明显大增。9 个月后，他已为公司赚取了 2500 万美元的利润，年底他当上了公司的销售总监。

如今，戴尔已拥有了自己的公司。他每次培训员工时，都不忘记说："我相信你们会一天比一天更优秀，因为你们拥有这样的能力！"于是员工信心倍增，公司的利润也飞速增长。

在人生历程中，每个人都迫切希望自己能成为众人中的焦点，成为聚光灯的中心。事实上，这并不是什么困难的事，只要你拥有一颗追求卓越的心。

❋ 邮差弗雷德 ❋

费雷德是美国联合包裹服务公司（UPS）的一名普通职员，但他的故事随着著名培训专家马克·桑布恩先生的演讲，已传遍世界的各个角落。弗雷德为顾客提供的完美服务堪称典范，他身上所体现出来的精神，影响着千千万万的雇员。桑布恩先生在回忆起和弗雷德初次见面的场景，仍记忆犹新：

"第一次遇见弗雷德，是在我买下新居后不久。迁入新居几天后，有人敲门来访，我打开房门一看，外面站着一位邮差。

"'上午好，桑布恩先生！'他说起话来有种兴高采烈的劲头，'我的名字是弗雷德，是这里的邮差。我顺道来看看，问您表示欢迎。介绍一下我自己，同时也希望能对您有所了解，比如您所从事的行业。'

"弗雷德中等身材，蓄着一撮小胡子，相貌很普通。尽管外貌没有任何出奇之处，他的真诚和热情却溢于言表。

"这真让人惊讶，我收了一辈子的邮件，还从来没见过邮差做这样的自我介绍，但这确实使我心中一暖。"

马克·桑布恩与邮差弗雷德就这样认识了。弗雷德的热情给他留下了深刻的印象。接下来，马克·桑布恩出差，从外地赶回来时，邮差弗雷德的一个小小的举动，让桑布恩感觉到了更多的温暖。桑布恩说：

"两周后，我出差回来，刚把钥匙插进锁眼，突然发现门口的擦鞋垫不见了。我想不通，难道在丹佛连擦鞋垫都有人偷？不太可能。转头一看，擦鞋垫跑到门廊的角落里了，下面还遮着什么东西。

"事情是这样的：在我出差的时候，美国联合包裹服务公司误投了我的一个包裹，放到沿街再向前第五家的门廊上。幸运的是，我有邮差弗雷德。

"看到我的包裹送错了地方，他就把它捡起来，送到我的住处藏好，还在上面留了张纸条，解释事情的来龙去脉，又费心地用擦鞋垫把它遮住，以避人耳目。

"弗雷德已经不仅仅是在送信，他现在做的不是工作分内应该做好的事！

"他的行为使我震动。作为一个职业演说家，不管是在客户服务还是一般的业务中，我可以很容易地发现并指出服务质量上的问题。但要找到优秀的例子，甚至是稍堪称许的，都要困难得多。但弗雷德却是一个金光灿灿的例子，人性化的贴心服务正该如此，他为所有渴望在工作中有所作为的人树立了榜样。

"邮差成千上万，对于他们中的大多数，它只是'一份工作'；对于某些人，它可能是一个让人喜欢的职业；但只对少数几个弗雷德，送信才成为一种使命。"

智慧语珠

邮差弗雷德的故事昭示了一个道理：在平凡的岗位上一样可以找到卓越的感觉，普通的工作一样可以实现从平凡到杰出的跨越。

❋ 三个建筑工人 ❋

三个建筑工人在砌一堵墙。有个路人问："你们在干什么？"

第一个没好气地说："没看见吗？砌墙。"

第二个人抬头笑了笑，说："我们在盖一幢高楼。"

第三个人边干边哼着歌曲，他的笑容很灿烂："我们正在建设一座美丽的新城市！"

10 年后，第一个人在另一个工地上砌墙；第二个人坐在办公室里画图纸，他成了工程师；第三个人呢，是前两个人的老板。

看一个人是否能做好事情，只要看他对待工作的态度。那些看不起自己工作的人，往往是一些被动适应生活的人，他们不愿意奋力崛起，努力创造自己的生活，他们实际上是人生的懦夫。

智慧语珠

有时候，普通的工作不一定就低人一等。对于许多选择就业岗位的人们来说，首要的不是先瞄好令人羡慕的岗位，而是一开始就树立正常的就业观念。如果干什么都挑三拣四，或者以为选准一个岗位便可以一劳永逸，那么你就可能永远真正地低人一等。相反，只要你秉持一种积极、热忱的态度，即使在平凡的岗位上，你也照样能出类拔萃。

❋ 在平凡中追求卓越 ❋

阿穆耳饲料厂的厂长麦克道尔之所以能够从一个速记员一步一步往上升，就是因为他在工作中总是追求尽善尽美。

他最初在一个懒惰的经理手下做事，那个经理习惯于把事情推给下面的职员去做。有一次，他吩咐麦克道尔编一本总经理阿穆耳先生前往欧洲时需要的密码电报书，如果是一般人来做这个工作，恐怕只会简单地把电码编在几张纸片上敷衍了事，但麦克道尔可不是这样玩忽职守的人。他利用下班的空余时间，把这些电码编成了一本漂亮的小书，并用打字机打印出来，然后再装订好。完成之后，经理便把电报本交给了阿穆耳先生。

"这大概不是你做的吧?"阿穆耳先生问。

"不……是……"那经理战栗着回答。

"是谁做的呢?"

"我的速记员麦克道尔做的。"

"你叫他到我这里来。"

阿穆耳对麦克道尔亲切地说："小伙子，你怎么想到把我的电码做成这个样子呢?"

"我想这样用起来会方便些。"

"你什么时候做的呢?"

"我是晚上在家里做的。"

"是吗? 我特别喜欢它。"

这次谈话后没几天，麦克道尔便坐到了前面办公室的一张写字台前。没过多久，他便代替了以前那个经理的位置。

智慧语珠

卓越是细节完美的具体表现，卓越并非高不可攀，只要我们认真从自己做起，从日常的每一件小事做起，并把它做细，就算是在平凡的岗位上也能创造卓越。

❋ 耕耘播种希望 ❋

唐骏可以说是当今 IT 界的精英。他刚进微软时，担任微软最基层的程序员，成为微软这个大"蜂巢"里千千万万的"工蜂"之一。

微软当时正在开发 Windows，先做英文版，然后再由一个 300 人的大团队开发成其他语言版本。以中文版为例，并不只是翻译菜单那么简单，许多源代码都需要重新改写。比如 Word 里打完一行字自动换行，英文是单字节的，中文却是双字节。比如一个"好"字，如果照英文版来，可能"女"在上一行末尾，"子"就到了下一行开头。为此，微软的团体努力修改了大半年，才改出满意的中文版。所以最初 Windows 英文版上市后，中文版过了 9 个月才上市；到了 Windows3.1，中文版上市时间更是滞后了 1 年多。

参与开发 10 个月后，唐骏越想越觉得不对劲：常年雇那么多人做新版本，成本太高；其他语言版本推迟那么久上市，实在是贻误良机。

能不能改进一下？下了班，唐骏开始动脑筋，琢磨怎样才能解决这个问题。

半年后，他写出了几万行代码，反复运行，证明他的程序经得起检验，才找老板面谈。公司又花了 3 个月时间进行认证，于是，原先的 300 人团队一下子减缩到了 50 人。凭借这个业绩和对待工作精益求精的精神，唐骏得到了提升，在微软一直做到微软（中国）总裁的位置，也获得了微软很少颁发的"比尔·盖茨终身成就奖"。

一个人只要尽职尽责、追求完美，就会不断发掘出自身的潜力，做出优异的业绩；而对待工作漫不经心、得过且过的人，纵然才华横溢，也会逐步流于平庸。所以，无论你拥有什么样的教育背景，无论你拥有多么高的学历，无论你曾经做出过多么大的业绩，你都应该树立尽职尽责的工作态度，把工作做得尽善尽美。在追求尽善尽美的过程中，会激发出你的潜力，使你的执行力得到不断提高，成为公司里的佼佼者。

智慧
语珠

你如何对待工作，工作就会如何对待你。一分耕耘，一分收获，工作给予你的回报，就是对你努力程度的反映，只要你勤勉、认真地工作，你就能取得相应的结果。

❀ 在平凡的岗位上做到最好 ❀

许多年前，在日本，一个年轻女孩来到一家著名的酒店应聘服务员。这是她走出校门的第一份工作，她将在这里正式步入社会，迈出她人生关键的第一步。

没想到在新员工受训期间，主管竟然安排她洗马桶，而且对工作质量要求高得吓人：必须把马桶擦洗得光洁如新！

说实话，洗马桶的工作使她难以忍受。当她拿着抹布伸向马桶时，胃里立刻一阵翻腾，恶心得想吐却又吐不出来，这令她每天工作时战战兢兢，如临深渊。

为此，她心灰意冷，面临着自己人生第一步应该怎样走下去的选择：是继续干下去，还是另谋职业？

就在此时，一位同酒店的前辈及时地出现在她的面前。

这位前辈并没有用空洞的理论去说教，而是亲自为她演示了一遍洗马桶的过程。她一遍遍地洗着马桶，直到洗得光洁如新。最后，她竟从马桶里盛了一杯水，一饮而尽！

她看得目瞪口呆，在前辈鼓励的目光下，如梦初醒！她意识到是自己的工作态度出了问题，于是痛下决心："就算一辈子洗马桶，也要做一名洗马桶最出色的人！"

在那以后，她仿佛脱胎换骨成为一个全新的人，全身心地投入到工作中，她的工作质量也达到了无可挑剔的高水准。为了检验自己的自信心，为了证实自己的工作质量，也为了强化自己的敬业心，她也多次喝过马桶里的水，正因为如此，她很成功地迈好了人生的第一步。从此，她踏上了人生的成功之旅。

多年以后，这个当年洗马桶的日本女孩，37岁就成了日本内阁的邮政大臣，她的名字叫野田圣子。

生活总是会给每个人回报的，无论是荣誉还是财富，条件是你必须转变自己的思想和认识，努力培养自己尽职尽责的工作精神。一个人只有具备了尽职尽责的精神之后，才会产生改变一切的力量。

❀ 艺贵在精，而不在多 ❀

般特是佛祖释迦牟尼的一个徒弟，他以愚钝著称，多年来连一首偈都背不全。一天，佛祖把他叫到面前，逐字逐句地教他一首偈："守口摄意身莫犯，如是行者得度世。"

佛祖接着说："你不要认为这首偈稀疏平常，你只要认真地学会这一首偈，就已经不容易了！"于是，般特翻来覆去地学这一首偈，终于领悟了其中的意思。不久，佛祖派他去给附近的女尼讲经说法。

在讲经说法之前，般特谦虚地对众女尼说道："我生来愚钝，在佛祖身边只学得一偈，现在给大家讲述，希望静听。"接着便念偈："守口摄意身莫犯，如是行者得度世。"

众女尼笑道："居然只会一首启蒙偈，我们早就倒背如流了，还用你来讲解？"可是，般特却不动声色，从容讲下去，说得头头是道，新意迭出。一首普通的偈，说出了无限深邃的佛理。

众女尼不禁感叹道："一首启蒙偈，居然可以理解到这种程度，实在是高人啊！"于是对他肃然起敬，再也不取笑他了。

当我们在充实知识、提高自身素质的时候，要明确对自己发展有用的技能并用心把它们学好。十八般武艺不一定要样样都精通，但一定要至少有一样是自己的强项。只有这样，你才能在人才济济的现代竞争之中占有一席之地。

第十五章

细节决定成败，
小事成就大事

世界上最伟大的推销员乔·吉拉德曾说："成功的机会无处不在、无时不有，遍布于每一个细节之中。"在工作和生活中，细节无处不在，只要认识它，注意它，就会给你带来成功的机会。

细节就像人体的细胞一样举足轻重，谁能把握住细节，谁就能实现成功。我们在日常的工作、生活中，若能将小事做细，并且注重在做事的细节中找到机会，就能使自己走上成功之路。

❊ 被马掌钉打败的国家 ❊

国王的马夫牵着一匹战马来到铁匠铺。

"快点给它钉掌。"马夫对铁匠说，"国王要急着出征呢。"

"你得等等。"铁匠回答。

"我等不及了。"马夫不耐烦地叫道，"敌人正在向我们的国土推进，我们必须早日出发。"

铁匠开始埋头干活，钉了三个掌后，他发现没有钉子来钉第四个掌了。

"我还需要一个钉子，"他说，"得需要点儿时间。"

"我告诉过你我等不及了，"马夫急切地说，"我听见军号了，你能不能凑合?"

"我能把马掌钉上，但是不能像其他几个那么结实。"

"能不能挂住?"

"应该能，"铁匠回答，"但我没把握。"

"好吧，就这样，"马夫叫道，"快点，要不然国王会怪罪到我头上的。"

于是，国王骑上他的战马出发了。两军交上了锋，国王率领部队冲向敌阵。

可是国王还没走到一半，一只马掌掉了，战马跌翻在地，国王也被抛在地上。

国王还没有再抓住缰绳，惊恐的战马就跳起来逃走了。士兵们突然看不见国王在前面骑马指挥了，人心惶惶，纷纷转身撤退，敌人的军队包围了上来。

国王无力地哀叹道："一匹马，我的国家倾覆就因为这一匹马。"从那时起，人们就说：

"少了一个铁钉，丢了一只马掌；

少了一只马掌，丢了一匹战马。

少了一匹战马，败了一场战役，

败了一场战役，失了一个国家。

所有的损失都是因为少了一个马掌钉。"

成大业若烹小鲜，做大事必重细节。这个故事告诉人们，无论做什么事情，千万不可忽视细节，否则就有可能付出极其惨重的代价。其实,细节是一种征兆，从中可以看出一个人的命运走向和事业的成败。

❋ 小数点 ❋

有三只动物去山羊的一家公司应聘采购主管。它们当中一只动物是某知名动物管理学院毕业的，一名毕业于某动物商院，第三名则是一家民办动物高校的毕业生。应聘者经过测试，留下的是那名民办高校的动物毕业生。

在整个应聘过程中，它们经过一番测试后，在专业知识与经验上各有千秋，难分伯仲，随后招聘公司总经理熊先生亲自面试，它提出了这样一道试题，题目为："假定公司派你到某动物工厂采购 4999 个信封，你需要从公司带去多少钱？"

几分钟后，应聘者都交了答卷。

第一名应聘者的答案是 430 元。

总经理熊先生问："你是怎么计算的呢？"

"就采购 5000 个信封计算，可能是要 400 元，其他杂费就算 30 元吧！"它说。

总经理未置可否。

第二名应聘者的答案是 415 元。

对此它解释道：

"假设 5000 个信封大概需要 400 元，另外可能需用 15 元。"

总经理熊先生对此答案同样没表态。

但当它拿到第三只动物的答卷，见上面写的答案是 418.42 元时，不觉有些惊异，立即问：

"你能解释一下你的答案吗？"

"当然可以，"该动物自信地回答道，"信封每个 8 分钱，4999 个是 399.92 元。从公司到某动物工厂，乘汽车来回票价 10 元。午餐费 5 元。从工厂到汽车站有 750 米，雇一辆三轮车搬信封，需用 3.5 元。因此，最后总费用为 418.42 元。"

总经理熊先生露出了满意的微笑，收起他们的试卷，说："好吧，今天到此为止，明天你们等通知。"

在工作中关注小事，反映的是一种忠于职业操守、尽职尽责、认真负责、一丝不苟、善始善终的职业道德和精神，其中也糅合了一种使命感和道德责任感。认真对待每一个细节，把每一件小事得很完美，我们才有机会在工作中铸就自己的辉煌。

❋ 天下第一关 ❋

明朝万历年间，中国北方的女真为患。皇帝为了要抗御强敌，决心整修万里长城。当时号称天下第一关的山海关，却早已年久失修，其中"天下第一关"的题字中的"一"字，已经脱落多时。万历皇帝募集各地书法名家，希望恢复山海关的本来面貌。各地名士闻讯，纷纷前来应试，但是没有一人的字能够表达天下第一关的原味。皇帝于是再下诏——只要能够中选的，就能获得重赏。经过严格的筛选，最后中选的，竟是山海关旁一家客栈的店小二，真是跌破大家的眼镜。

在题字当天，会场被挤得水泄不通，官府也早就备妥了笔墨纸砚，等候店小二前来书写。只见主角抬头看着山海关的牌楼，舍弃了狼毫大笔不用，拿起一块抹布往砚台里一沾，大喝一声"一"，十分干净利落，立刻出现绝妙的"一"字。旁观者莫不给予惊叹的掌声。有人好奇地问他为何能够如此成功的秘诀。他被问之后，久久没有回答，后来勉强答道："其实，我想不出有什么秘诀，我只是在这里当了30多年的店小二，每当我在擦桌子时，我就望着牌楼上的'一'字，一挥一擦就这样而已。"

原来这位店小二的工作地点正好面对山海关的城门，每当他弯下腰，拿起抹布清理桌上的油污之际，刚好这个视角，正对准"天下第一关"的"一"字。因此，他不由自主地天天看、天天擦，数十年如一日，久而久之，就熟能生巧、巧而精通，这就是他能够把这个"一"字临摹到炉火纯青、惟妙惟肖的原因。

智慧语珠

有做小事的精神就能产生做大事的气魄。不要小看作小事。只要有益于工作，有益于事业，人人都应从小事做起。用小事堆砌起来的事业才是坚固的，用小事堆砌起来的工作长城才是牢靠的。

❋ "磨"出来的科学院士 ❋

在荷兰，有一个初中毕业的青年农民，来到一个小镇，找到了一份替镇政府看门的工作。他在这个门卫的岗位上一直工作了60多年，一生都没有离开过这个小镇，也没有再换过工作。

也许是工作太清闲，他又太年轻，他得打发时间。他选择了又费时又费工的打磨镜片当自己的业余爱好。就这样，他磨呀磨，一磨就是60年。他是那样的专注和细致，锲而不舍，他的技术已经超过专业技师们了，他磨出的复合镜片的放大倍数，比他们的都要高。借着他研磨的镜片，他终于发现了当时人们尚未知晓的另一个广阔的世界——微生物世界。从此，他声名大振，只有初中文化的他，被授予了他看来是高深莫测的巴黎科学院院士的头衔，就连英国女王都到小镇拜会过他。

创造这个奇迹的小人物，就是科学史上鼎鼎有名的、活了90岁的荷兰科学家万·列文虎克。他老老实实地把手头上的每一个玻璃片磨好，用尽毕生的心血，致力于每一个平淡无奇的细节的完善，终于他在细节里看到了他的上帝，科学也在他的细节里看到了自己更广阔的前景。

一花一世界，一沙一天堂。如果你能执着地把手上的小事坚持下去，你同样也会成为一个了不起的人物。

❋ 聚少成多的力量 ❋

卡特·华尔德曾经是美国近代诗人、小说家和钢琴家爱尔斯金的钢琴教师。有一天，他给爱尔斯金上课的时候，忽然问他："你每天要练习多长时间钢琴？"

爱尔斯金说："大约每天三四个小时。"

"你每次练习，时间都很长吗？是不是有个把钟头的时间？"

"我认为这样才能提高水平。"

"不，不要这样！"卡特说，"你将来长大以后，每天不会有多长时间的空闲的。你需要从现在就开始养成习惯，一有空闲就几分钟几分钟地练习。比如，在你上学以前，或在午饭以后，或在工作的休息余闲，5分钟、5分钟地去练习。把零散的练习时间分散在一天里面，如此弹钢琴就成了你日常生活中的一部分了。"

当时14岁的爱尔斯金对卡特的忠告并没放在心上，但后来回想起来觉得卡特的话真是至理名言，并且他从中得到了意想不到的益处。

当爱尔斯金在哥伦比亚大学教书的时候，他想兼职从事创作。可是上课，看卷子，开会等事情似乎把他白天和晚上的时间完全占满了。差不多有两个年头，他一直不曾动过笔，借口是："没有时间。"后来，他突然想起了卡特先生告诉他的话。到了下一个星期，他就把卡特的话实验起来。只要有5分钟左右的空闲时间，他就坐下来写作一百字或短短的几行。

出乎意料的是，在那个星期结束的时候，爱尔斯金竟写出了相当多的稿子。

后来，他同样用这种聚沙成塔的方法，进行长篇小说的创作。虽然学校给爱尔斯金的教学任务一天比一天重，但是他每天仍有许多短短的余暇可以利用，他仍然一边练琴一边写作，最后取得了骄人的成绩。

> 人们总以为做大事就需要大段的时间，当很多"宏伟"的计划没有实现时，便拿"没时间"当作理由。实际上，时间像任何有形的东西一样，是可以积累的，小块的时间可以挤出来，凑成大块的时间。或者换句话说，大计划可以被分解成许多小步骤，重视细节的累积，一步一步实现小计划，最后就能实现大计划。

✳ 20分钟的代价 ✳

一位朋友向周总推荐了一位印刷公司老板。这位老板知道周总的公司每年在印刷方面花不少钱，因此想使周总成为他的客户。他带来了精美的样本、仔细考虑的价钱建议和热情的许诺。周总有礼貌地坐着，但在他未会谈前就已决定不把生意交给他，因为对方迟了20分钟才来。准时取得印刷品对周总的公司是十分重要的。周总公司的产品的印刷部件星期三送到，星期四装订，星期五发送到周总下星期出席的座谈会地点，迟一天就跟迟一年那么糟糕。周总的公司还要雇十多位工人在既定的一天将销售信、小册子与订货单叠好塞进信封，如果印刷品没运到，什么事都干不成。所以，当那位印刷公司的老板在第一次会议时就不能准时出席，周总就认为不能指望这位印刷公司老板能把他的工作干好。

> 大事小事只是相对而言。很多时候，小事不一定就真的小，大事不一定就真的大，关键在于做事者的认知能力。那些一心想做大事的人，常常对小事嗤之以鼻，不屑一顾。其实连小事都做不好的人，大事是很难成功的。

❀ 爱思考的加藤 ❀

加藤信三是日本狮王牙刷公司的员工。有一次，加藤为了赶去上班，刷牙时急急忙忙，没想到牙龈出血。他为此大为恼火，上班的路上仍是非常气愤。

回到公司，加藤为了把心思集中到工作上，还是硬把心头的怒气给平息下去了，他和几个要好的伙伴提及此事，并相约一同设法解决刷牙容易伤及牙龈的问题。

他们想了不少解决刷牙造成牙龈出血的办法，如把牙刷毛改为柔软的狸毛、刷牙前先用热水把牙刷泡软、多用些牙膏、放慢刷牙速度等，但效果均不太理想，后来他们进一步仔细检查牙刷毛，在放大镜底下，发现刷毛顶端并不是尖的，而是四方形的。加藤想："把它改成圆形的不就行了！"于是他们着手改进牙刷。

经过实验取得成效后，加藤正式向公司提出了改变牙刷毛形状的建议，公司领导看后，也觉得这是一个特别好的建议，于是把全部牙刷毛的顶端改成了圆形。改进后的狮王牌牙刷在广告的宣传下，销路极好，销量直线上升，最后占到了日本同类产品 40% 左右的份额，加藤也由普通职员晋升为主任，十几年后成为公司的董事长。

牙刷不好用，在我们看来都是司空见惯的小事，所以很少有人想办法去解决这个问题，机遇也就从身边溜走了。而加藤不仅发现了这个小问题，而且对小问题进行细致的分析，从而使自己和所在的公司都取得了成功。

智慧语珠

加藤的故事告诉我们，不管现实生活多么不尽如人意，依然不乏成功的机会。个人是否成功，关键在于自己是不是能把握住自己生活中的每一个细节、每一个看似只能抱怨的生活场景。如果不管什么事，你都能有着积极的态度，去努力改变现状，而不只是发泄牢骚，悲叹不公，那么，成功就在你的不远处。

第十六章

成长比成功更重要

在追求成功的道路上，小赢要靠智，而大赢要靠德。做事与做人是硬币的两面，二者紧密相连。做事是我们行走人生之根本，而做人则是我们立身为人之底线。

一个人如果没有过硬的品质，那他必将失败。不仁爱者，最终不会被人爱戴；贪财者，最终会被财伤身。做事的成功，不能称为真正的成功；做人的成功，才是真正的成功。做任何事，莫过于人品的指引；只有塑造过硬的品质，才能赢得根基牢固的成功。

❁ 诗人与钟表匠 ❁

有一位才华出众的年轻诗人，创作了很多抒情诗篇，可是他却很苦恼，因为人们都不喜欢读他的诗。这到底是怎么一回事呢？

年轻的诗人从来不怀疑自己的创作才华。于是，他带着自己的诗集去向父亲的好朋友——一位老钟表匠请教。

老钟表匠听后一句话也没说，把他领到一间小屋里，里面陈列着各式各样的名贵钟表。这些钟表，诗人从来没有见过。有的外形像飞禽走兽，有的会发出鸟叫声，有的能奏出美妙的音乐。

老人从柜子里拿出一个小盒，把它打开，取出了一只式样特别精美的金壳怀表。这只怀表不仅式样精美，更奇异的是，它能清楚地显示出星象的运行、大海的潮汛，还能准确地标明月份和日期。这简直是一只"魔表"，世上到哪儿去找呀？诗人爱不释手。他很想买下这个"宝贝"，就开口问表的价钱。老人微笑了一下，只要求用这"宝贝"，换下青年手上的那只普普通通的表。

诗人对这块表真是珍爱至极，吃饭、走路、睡觉都戴着它。可是，不久他到老钟表匠那儿要求换回自己原来的那块普通的手表。老钟表匠故作惊奇，问他对这样珍贵的怀表还有什么感到不满意。

青年诗人遗憾地说："它不会指示时间，可表本来就是用来指示时间的。我戴着它不知道时间，要它还有什么用处呢？有谁会来问我大海的潮汛和星象的运行呢？这表对我实在没有什么实际用处。"

老钟表匠微微一笑，把表往桌上一放，拿起了这位青年诗人的诗集，意味深长地说："年轻的朋友，让我们努力干好各自的事业吧。你应该记住：怎样给人们带来用处。"

诗人这时才恍然大悟，从心底里明白了这句话的深刻含义。

人生的精彩不在于你做什么，而在于你是否能够成为一个有用的人，并为自己的存在而骄傲。爱因斯坦曾告诉我们："不要努力去做一个成功的人，而是要努力去做一个有价值的人。"他不仅为我们指明了人生发展的取向，而且也教会了我们一种正确对待人生的方式。

女郎的拒绝

1912年诺贝尔化学奖的获得者法国著名化学家维克多·格林尼亚，自幼出生在一个非常富裕的家庭，从小就养成了游手好闲、挥金如土、盛气凌人的恶习。但是，在他 21 岁的时候，却遭受了人生中一次严重的打击。

在一次宴会上，他对一位年轻美貌的巴黎女郎一见钟情。他仗着自己长相英俊，有钱有势，便走上去搭讪。

没料到这位女郎却冷冰冰地说道："请站远一点，我最讨厌被花花公子挡住视线。"这让格林尼亚羞愧难当。

格林尼亚认识到自己的浅薄与轻浮，他下定决心要成为一个成熟稳重、受人尊敬的人。他毅然地离开了舒适的家庭环境，只身一人来到里昂，在那里他隐姓埋名，发奋求学，整天待在图书馆和实验室里。工夫不负有心人，在菲利普·巴尔教授的精心指导和自己的长期努力下，他发明了"格氏试剂"，发表学术论文 200 多篇。1912 年，瑞典皇家科学院授予他诺贝尔化学奖。

富裕和优越的出身环境并不能为我们赢得尊严，只有靠自己辛勤的劳动和积极向上的进取热情，才能实现自己的价值，才能赢得别人的尊重。

❀ 棋品和人品 ❀

唐朝元和年间，东都留守名叫吕元应。他酷爱下棋，养有一批下棋的门客。

吕留守常与门客下棋。如赢了他一盘，出入可配备车马；如赢两盘，可携儿带女来门下投宿就食。

有一日，吕留守在院亭的石桌旁与门客下棋。正在激战犹酣之际，卫士送来一叠公文，要吕留守立即处理。吕元应便拿起笔准备批复。下棋的门客见他低头批文之状，认为不会注意棋局，迅速地偷换了一子。哪知，门客的这个小动作，吕元应看得一清二楚。他批复完文件后，不动声色地继续与门客下棋，门客最后胜了这盘棋。门客回到住房后，心里一阵欢喜，期望着吕留守提高自己的待遇。

第二天，吕元应携来许多礼品，请这位门客另投门第。其他门客不明其中缘由，很是诧异。

十几年之后，吕留守处于弥留之际，他把儿子、侄子叫到身边，谈起那回下棋的事，说："他偷换了一个棋子，我倒不介意，但由此可见他心迹卑下，不可深交。你们一定要记住这些，交朋友要慎重。"这是他多年的人生经验，他深知棋品与人品密不可分。

"小赢靠智，大赢靠德"，没有良好的人品，再高的才能也不会获得他人的赏识与帮助。

✳ 真实的高度 ✳

有一天，大仲马得知自己的儿子小仲马寄出的稿子总是碰壁，就告诉小仲马说："如果你能在寄稿时，随稿给编辑们附上一封短信，说'我是大仲马的儿子'，或许情况就会好多了。"

小仲马断然拒绝了父亲的建议，他说："不，我不想坐在你的肩头上摘苹果，那样摘来的苹果没味道。"

年轻的小仲马不但拒绝以父亲的盛名做自己事业的敲门砖，而且不露声色地给自己取了十几个不同的笔名，以避免那些编辑把他和大名鼎鼎的父亲联系起来。

面对那些冷酷而无情的退稿笺，小仲马没有沮丧，仍然坚持创作自己的作品。他的长篇小说《茶花女》寄出后，终于以其绝妙的构思和精彩的文笔震撼了一位资深编辑。这位知名编辑曾和大仲马有着多年的书信来往。他看到寄稿人的地址同大作家大仲马的丝毫不差，便怀疑是大仲马另取的笔名，但作品的风格却和大仲马的截然不同，带着这种兴奋和疑问，他迫不及待地乘车造访大仲马家。

令他大吃一惊的是,《茶花女》这部伟大的作品,作者竟是大仲马名不见经传的儿子小仲马。

"您为何不在稿子上署上您的真实姓名呢?"老编辑疑惑地问小仲马。

小仲马说:"我只想拥有真实的高度。"

老编辑对小仲马的做法赞叹不已。

《茶花女》出版后,法国文坛评论家一致认为这部作品的价值大大超越了大仲马的代表作《基度山伯爵》,小仲马一时声名鹊起。

智慧语珠

　　一个人的价值只有通过自己的勤劳和才智才能够证明。我们要捍卫自身独立的尊严,要通过实实在在的成绩去证实和展示自己,而不是靠外在的荣耀,来往自己脸上贴金。

❋ 一次特别的复试 ❋

在经过一轮又一轮的筛选后,5个来自不同地方的应聘者终于从数百名竞争对手中,像大浪淘沙一般脱颖而出,成为进入最后一轮面试的佼佼者。

这5个人各有所长,势均力敌,谁都可以胜任所要应聘的职务。也就是说,谁都有可能被聘用,同时谁都有可能被淘汰。正是因为这样,才使得最后一轮的角逐更加具有悬念,更加显得激烈和残酷。

张明虽然身居众高手当中,但心里相对还是比较踏实的。因为凭他在初试、复试、又复试、再复试中过关斩将那股所向披靡的势头,他想自己获胜是绝对没有问题的了。于是,胜利的自信和成功的愉悦提前写在了他的脸上。

按照公司的规定,他们要在那天早上9点钟准时到达面试现场。

面对如此重要的机遇，不用说，他们当中不仅没有人迟到，还都不约而同提前半个多小时就赶到了。距面试开始时间还早，为了打破沉寂的僵局，他们还是勉强地聚在一块儿闲聊了起来。面对眼前这些随时会威胁自己的对手，在交谈中彼此都显得比较矜持和保守，甚至夹着丝丝的冷漠和虚伪．

忽然，一个青年男子急急忙忙地赶来了。他们惊奇地看着他，因为在前几轮面试中谁都不曾见过他。

他似乎感到有些尴尬，主动迎上前自我介绍说，他也是前来参加面试的，由于太粗心，忘记带钢笔了，问他们几个是否带了，想借来填写一份表格。

他们面面相觑。张明想，本来竞争就够激烈的了，半路还要杀出一个"程咬金"，岂不是会使竞争更加激烈吗？要是都不借笔给他，那不就减少了一个竞争对手，从而加大了自己成功的可能？他们几个有心灵感应似的你看着我我看着你，没有人出声，尽管他们身上都带着钢笔。

稍后，青年男子看到张明的口袋里夹了一支钢笔，眼前立刻掠过一丝惊喜："先生，可以借给我用用吗？"张明立刻手足无措，慌里慌张地说："哦……我的笔……坏了呢！"

这时，张明他们5人当中有一个沉默寡言的"眼镜"走了过来，递过一支钢笔给他，并礼貌地说："对不起，刚才我的笔没墨水了，我掺了点自来水，还勉强可以写，不过字迹可能会淡一些。"

青年男子接过笔，十分感激地握着"眼镜"的手，弄得"眼镜"感到莫名其妙。张明他们4个则轮番用白眼瞟了瞟"眼镜"，不同的眼神传递着相同的意思——埋怨、责怪，因为这样又增加了竞争对手。奇怪的是，那个后来者在纸上写了些什么就转身出去了。

一转眼，规定的面试时间已经过去20分钟了，面试室却仍旧丝毫不见动静。他们终于有些按捺不住了，就去找有关负责人询问情况。谁料里面走出来的却是那个似曾相识的面孔："结果已经见分晓，这位先生被聘用了。"他搭着"眼镜"的肩膀微笑着说道。

接着，他又不无遗憾地补上几句："本来，你们能过五关斩六将来到这儿，已经是很难能可贵的了。作为一家追求上进的公司，我们不愿意失去任何一个人才。但是很遗憾，是你们自己不给自己机会啊!"

张明他们这才如梦初醒，可是已经太迟了。自私的他们只因为这么一点小事，丢掉了马上就可以得到的职位;"眼镜"却由于他的无私，成了这次应聘中唯一的幸运儿。

智慧语珠

　　每个人都有自私的一面，这是人天性中的缺陷，但这种缺陷并不是无药可救的。我们应该时刻想着:自己对别人的态度，就是别人对自己的态度，如果我们因为自私而抛弃别人，那别人也一定会抛弃我们!

❊ 钓鱼的诀窍 ❊

感情是在相互的施与受中产生的，如果你能主动伸出善意的手，它马上会被无数同样善意的手握住。

两个钓鱼高手一起到鱼池垂钓。这两人各凭本事，一展身手，隔不了多久的工夫，都大有收获。忽然间，鱼池附近来了十多名游客。看到这两位高手轻轻松松就把鱼钓上来，不免感到几分羡慕，于是都去附近买了一些钓竿来试试自己的运气如何。没想到，这些不擅此道的游客，怎么钓也是毫无成果。

那两位钓鱼高手，个性相当不同。其中一人孤僻而不爱搭理别人，单享独钓之乐;而另一位高手，却是个热心、豪放、爱交朋友的人。爱交朋友的这位高手，看到游客钓不到鱼，就说:"这样吧! 我来教你们钓鱼，如果你们学会了我传授的诀窍，而钓到一大堆鱼时，每十尾就分给我一尾，不满十尾就不必给我。"双方一拍即合，很快达成了协议。

教完这一群人，他又到另一群人中，同样也传授钓鱼术，依然要求每钓十尾回赠给他一尾。一天下来，这位热心助人的钓鱼高手，把所有时间都用于指导垂钓者，获得的竟是满满一大篓鱼，还认识了一大群新朋友，同时，左一声"老师"，右一声"老师"地被人围着，备受尊崇。

同来的另一位钓鱼高手，却没享受到这种服务人们的乐趣。当大家围绕着其同伴学钓鱼时，那人更显得孤单落寞。他闷钓了一整天，数数竹篓里的鱼，收获远没有同伴的多。

生活中，你分享越多，给予越多，你就拥有越多。自私的人往往会回收更多的自私，而与人分享的人却能获得更多的分享。你把你的热心与人分享，你就会收获到更多的热心。把你的乐趣与人分享，你会品尝到更大的乐趣。

❀ 技术顾问 ❀

比利刚当上公司技术部的经理，接受一个客户的邀请共进晚餐。在饭桌上，客户对比利说："只要你把公司里最新产品的数据资料给我，我会给你很好的回报，怎么样？"

比利站了起来，气得满脸通红："不要再说了！我绝不会出卖我的良心做这种见不得人的事，我不会答应你的任何要求。"

"好，好，好。"客户不但没生气，反而颇为欣赏地拍拍比利的肩膀，"这事儿就当我没说过。来，干杯！"

几年后，发生了一件令比利很难过的事，他所在的公司因经营不善破产了。比利失业了，没过几天，他突然接到客户的电话。

比利疑惑地来到客户的公司，出乎意料的是，客户热情地接待了他，并且拿出一张大红聘书——请比利去他的公司做技术顾问。

比利惊呆了，喃喃地问："你为什么这样相信我？"

客户哈哈一笑说："小伙子，你的技术水平是出了名的，你的正直更让我佩服，你是值得我信任的那种人！"

智慧
语珠

　　一个有钱有势的人不一定品格高尚，因为再雄厚的资本也不等于高尚。与财富比起来，高尚的品格要高贵得多。

❋ 救人终救己的丘吉尔 ❋

　　弗莱明是一个穷苦的苏格兰农夫。有一天，当他在田里工作时，听到附近泥沼里有人发出求救声，赶快跑去，发现一个小孩掉到粪池里，他来不及思量，赶紧跳进去，把这个小孩从死亡边缘救了出来。隔天，有一辆崭新的马车停在农夫家门前，一位优雅的绅士走出来，自我介绍是那个被他救了的小孩的父亲。绅士说："我要报答你，你救了我小孩的命。"农夫说："我不能因救你的小孩而接受报酬。"就在那时，农夫的儿子从屋外走进来，绅士说："我们来个协议，让我带走他，并让他接受良好的教育。假如这小孩像他父亲一样，他将来一定会成为一位令你骄傲的人。"农夫答应了。后来农夫的小孩从圣玛利亚医学院毕业，并成为举世闻名的弗莱明·亚历山大爵士，也就是盘尼西林（青霉素）的发明者，荣获诺贝尔奖。数年后，绅士的儿子染上肺炎。此前，这是一种不治之症，但是，有了盘尼西林，他就得救了。这位绅士是谁呢？就是上议院议员丘吉尔，他的儿子是谁？是英国政治家丘吉尔爵士。

智慧
语珠

　　佛教讲究善恶轮回，因果报应，一个乐于助人的人总能得到更多的人认可和回报。其实在现实生活中，这种所谓的"因果报应"就是心存感激的受惠者对施惠者的一种报答。

❋ 一杯鲜奶给予的力量 ❋

有一个穷困的学生，名叫赵明，为了能凑够学费，他挨家挨户地推销产品。

到了晚上，他感觉很饿，但摸摸口袋发现只剩下了一角钱，想不出能买些什么东西吃。

于是，他下定决心，到下一家时，向对方要顿饭吃。

然而，当一个年轻漂亮的女孩打开房门时，他却完全失去了勇气！

他没敢张口讨饭，只要求喝一杯水。女孩看出来他十分饥饿，于是给他端出一大杯鲜奶来。他不慌不忙地将鲜奶喝下，然后问道："我应付你多少钱啊？"

女孩微笑着回答："你不欠我们一分钱！妈妈告诉我，做善事不求回报。"

于是，赵明说："那么，我只有由衷地谢谢你们了！"当他离开时，不但觉得自己不再饥饿了，对人的信心也增强了许多——他本来是已经陷入绝境，准备放弃一切的！

数年之后，那个女孩生了重病，当地医生都束手无策。

家人无奈，只好将她送到另一个大城市，以便请名医来诊断她罕见的病情。

碰巧，他们找到的就是赵明医生。

当赵医生听说眼前这个病人来自那个城市时，眼中露出了奇特的神情。

他立刻换上工作服，走进了那个女孩所在的病房。

他一眼就认出了那个女孩。

他立刻回到诊断室，下决心尽最大的努力来挽救她的生命。

从见到女孩的那一刻起，他就一丝不苟地观察她的病情。经过一段时间的不懈努力，他终于让女孩起死回生，最终战胜了病魔。

医院划价室的人将女孩的账单送到赵医生手中，请他签字。赵医生看了一眼账单,在边上写了一行字,然后请人将单子转送到女孩手中。

女孩不敢打开单子,她觉得,单子上的费用可能是她一辈子都不能还清的。

最后,她还是打开了,账单边上的一行字让她格外注意:

"一杯鲜奶足以付清全部的医药费!赵明医生。"

她眼中浸着感激的泪水,账单握在发抖的手中,她激动地祈祷:"上帝啊!感谢您!感谢您的慈爱,借由众人的心和手,不断地在人间传播。"

善良是不求回报的,当你做善事而心存回报的企图时,善良已然变味。然而,当你用一颗无私的心去付出时,你收获到的也将是累累的硕果。

❋ 严格要求自己 ❋

高尔基是苏联的大文学家。他处处严格要求自己,以人品和文品为世人做出表率,越发受到人们的尊敬。

有一年冬天,莫斯科远郊的一个小镇上,冰天雪地,寒气逼人。一个阴冷的下午,小镇上唯一的一家剧院门口排起了长长的队伍。镇民穿着厚厚的大衣,高高的皮靴,又长又宽的围巾绕在头颈上,连同嘴巴一块儿裹住了。妇女头上扎着羊毛头巾,男人则戴着毛茸茸的皮帽。看不清每个人的五官,只看见一双双眼睛和一只只鼻子。他们在排队买票,城里话剧院这次到镇上演出的是高尔基的戏剧《底层》。恰巧,高尔基外出开一个会,回来时遭遇冰雪封住了铁路,火车停开,所以就在这个小镇临时住了下来。这天他散步经过小镇戏院门口时,发现镇民正排队购买《底层》的票子,心想:"不知道镇民对《底层》反应如何?趁着回不了城,不如也坐进戏院,观察观察镇民对该剧的褒贬意见。"心里想着，脚就移向戏院门口的队伍，高尔基也排队买了票。他刚回身走出没多远，只听身后有追上来的脚步声，回头一看，是一位男子跑了过来。那男子跑到高尔基跟前，打量着并谨慎地问道："您是阿列克谢·马克西莫维奇·彼什科夫同志吧？"

"是，我就是。您——"高尔基好奇地问道。

"我是戏院售票组的组长。刚才您买票时，我正在售票房里，我看着您面熟，但您戴着围巾和帽子，我一下子不敢确认是您。您走路的背影，使我越发感到您可能就是高尔基，所以我跑过来问问您。"

"噢，"高尔基和蔼地笑了，他握住售票组组长的手说，"现在，您认出我了。有什么事要我帮忙吗？""嗯，没什么。只是，这钱请您收回。"售票组长从衣兜里掏出钱递给高尔基。

"这是为什么？"高尔基奇怪地问。

"实在对不起，售票员刚才没看清是您，所以让您花自己的钱买了票，现在我来退回给您。请您多包涵！"

"怎么，我不能看这场戏？"高尔基愈发奇怪了。

"不，不，不，不是这个意思。这个戏本来就是您写的，您看就不用花钱买票了。"组长解释道。"噢，是这样。"高尔基明白了。他想了想，问售票组长道："那布是纺织工人织的，他们要穿衣服就可以不花钱，到服装店去随便拿吗？面包是面粉厂工人把小麦加工制粉后做成的，工人们要吃面包就可以不花钱，到食品仓库里去随便取吗？我想您一定会说，这不行吧。那么，我写的剧本一旦上演，我就可以不论何时何地地到处白看戏吗？"

"这——"售票组长一时无话以对。"告诉您吧，同志，我们写戏的人，除领导上规定的观摩活动以外，自己看戏看电影，一律都要像普通人一样地照章办事。就像现在，我要看戏，就得买票。"说完，高尔基乐呵呵地笑了起来。

"您真的一点儿也没有大文豪的架子。"售票组长也笑了起来。说着，他们愉快地道别了。

真正有内涵、有气质的人都是不为名而骄、不为利而傲、不为荣而喜、懂得自制的人，正如高尔基。他不为名利所侵扰，时刻都保持着自我本色，这样的人才能拥有永恒的魅力，才能持久地获得他的敬重。

❋ 理解的力量 ❋

美国经济大萧条时期，18 岁的姑娘安娜好不容易才找到一份在一家高级珠宝店当售货员的工作。在圣诞节的前一天，店里来了一位 30 岁左右的男顾客。他虽然穿着整齐干净，看上去很有修养，但很明显，这也是一个遭受失业打击的不幸的人。

此时，店里只有安娜一个人，其他几个职员刚刚出去。

安娜向他打招呼时，男子不自然地笑了一下，目光从安娜的脸上慌忙躲闪开，仿佛在说："你不用理我，我只是看看。"

这时，电话铃响了。安娜去接电话，一不小心，将摆在柜台上的盘子弄翻了，盘子里装着的 6 枚精美绝伦的金戒指掉在了地上。姑娘慌忙去捡。可她捡回了 5 枚以后，却怎么也找不到第 6 枚戒指。当她抬起头时，看到那位男子正向门口走去，顿时，她明白了那第 6 枚戒指在哪里。

当男子的手将要触到门把手时，安娜柔声叫道："对不起，先生。"

那男子转过身来，两个人相视无言，足足有一分钟。

安娜的心在狂跳："他要是来粗的怎么办？他会不会……"

"什么事？"他终于开口说道。

安娜极力压住心跳，鼓足勇气，说道："先生，这是我头回工作，现在找个事真不容易，是不是？"

男子长久地审视着她，良久，一丝微笑在他脸上浮现出来。安娜终于也平静下来，她也微笑着看着他，两人就像老朋友见面似的那样亲切自然。

"是的,的确如此。"他回答,"但是我能肯定,你在这里会干得不错。"

停了一下,他向她走去,并把手伸给她:"我可以为你祝福吗?"

紧紧地握完手后,他转身缓缓地走向门口。

安娜握着手心里的第6枚戒指,望着男子的背影,感激的泪水在眼里打转。

智慧语珠

　　体谅是一种神奇的力量。做人,多一份体谅的心就能够融化人心中的坚冰,能够拉近人与人之间的距离。给人一点理解和体谅,它将带给人更多的希望,去获取人生旅途中的下一个幸福。

扫码获取更多资源